THE COIN

by Yasmin Zaher

Copyright © Yasmin Zaher 2024

All rights reserved.

Korean translation edition is published by arrangement with Claire Roberts Global Literary Management and Triangle House Literary through EYA Co., Ltd.

Korean Translation Copyright © Minumsa 2025

이 책의 한국어 판 저작권은 EYA Co., Ltd를 통해
Claire Roberts Literary Management와 독점 계약한 (주)민음사에 있습니다.

저작권법에 의해 한국 내에서 보호를 받는 저작물이므로
무단 전재와 무단 복제를 금합니다.

THE COIN
코인

야스민 자헤르
장편 소설

진영인 옮김

민음사

Yasmin Zaher

일러두기

1. 본문의 모든 주석은 옮긴이 주다.
2. 본문의 외국어 표기는 국립국어연구원의 용례를 따랐으나 통상적으로 쓰여 굳어진 고유 명사들은 이를 따르지 않았다.
3. 원문에서 이탤릭체 등으로 강조한 부분은 고딕체로 구분했다.

차례

코인 ——————— 7

감사의 말 ——————— 291

먼지가 내 첫 가설이었다. 먼지는 보통 다른 물질은 닿지 못할 곳까지 파고드는 방식이 있어 사물의 표면이며 구석, 가구 아래, 긴 손톱에서 모습을 드러냈다. 나는 먼지의 존재를 늘 알아챘는데, 이상한 일은 아니었다. 나는 많은 것을 알아보는 사람이었으니까, 아름다운 것들도. 색깔도 잘 보았고, 나무 사이를 날아다니는 새도 놓치지 않았다. 이 모든 것이 선사하는 즐거움을 누렸고 이 모든 것이 — 특히 먼지가 — 주는 고통도 함께 경험했다. 먼지는 어디에나 존재했다. 뉴욕에서는 더더욱 그랬다. 뉴욕의 더러움은 고질적인 문제로 질병의 징조가 농후했다.

나는 미국에 건너온 지 얼마 되지 않았고, 중학교 교사로 근무하고 있었다. 화려하고 고급스러운 일을 선호했을 나로서는 원한 적이 없는 직업이었지만 일은 즐거웠다. 나는 늘 돈이 아닌 즐거움에서 동기를 찾았다. 돈이 충분히 있었고, 즐거움은 사람이 소유할 수 없는 속성이기 때문이다. 그리고 교사가 권력을 가진다는 점을 잊지 말기를.

　프랭클린 중학교는 벽도 계단도 문도 파란색이었다. 학생들이 다들 파란색 침실을 쓰며 자란 걸까. 다른 곳이라면 어디든 파란색은 역겨웠을 테지만 학교의 경우 파란색은 기쁨을 주었다. 아바나에서 사샤와 보낸 휴가가 떠오르는 색이었다. 그곳 가게들에 필수 물품만 진열되어 있던 모습이란. 빵, 달걀, 비누, 화장지. 기본적인 파랑. 이제 생각해 보니 프랭클린 중학교의 파랑은 쿠바 국기의 그 파랑이었다.

　미국 국기에도 파란색이 있다는 네 지적은 타당하다. 그렇지만 같이 있는 줄무늬며 별 때문에 파란색의 핵심에 가 닿을 수가 없다. 너무나 위압적인 생김새라서, 생각만 해도 눈알을 굴리게 된다.

　쿠바 여행 막판에 사샤는 대놓고 말했다. 넌 거기서 나와야 하잖아, 내가 도와줄게. 사샤는 프랭클린 중학교의 교장인 아이샤와 친한 어느 동료를 통해 일자리를 구해 주었다. 모두에게 잘된 일이었다. 나는 팔레스타인을 떠나게 되었고, 사샤는 나를 얻었으며, 프랭클린 중학교는 샤사에게 기부를 받았으니까.

　나는 9월 중순에 고용되었다. 아직은 새 학년의 시작이라고 할 시기였고, 교장인 아이샤의 말처럼 학교가 이것저것 달라지는 시기였다. 그녀를 따라 교실에 들어가니 그곳에 있는 『모비딕』이 전부 눈에 들어왔다. 바로 떠오른 생각은 선생 노릇이란 내게 버거운 일이고, 터무니없는 짓이라는 거였다. 교실 사물함의 책 가운데 내가 읽어 본 건 한 권도 없었다. 마크 트웨인도 읽어 본 적 없고, 브론테 자매에 대해서는 들어 본 적도 없었다. 그렇지만 처음 몇 주가 지나자 알게 되었다. 소년들이 학력 평가 시험에서 좋은 점수를 받는 한, 나는 학생들과 원하는 건 무엇이든 할 수 있었다. 이때부터 나는 스스로를 정말 크고 대단한 존재로 간주하기 시작했다.

아니, 학생들의 구원자가 아니라 훨씬 더 중요한 존재. 학생들의 대장.

소년들은 인생의 중요한 시기를 보내고 있었다. 조만간 그들도 뉴욕 거리에서 더러워질 터였다. 그렇지만 아직은 깨끗했고, 나는 그들 곁에 있는 것이 좋았다.

난 네게 한 톨의 거짓도 없어야 해. 우린 좋은 데 닿을 거야. 너도 알게 될 거야. 내가 도덕적인 여성이고, 원하는 건 그저 깨끗해지는 것뿐이라는 걸.

당시 나는 아주 근사한 향수를 썼다. 조향사 에두아르 플레시에의 향수 '리스 메디테라네'로, 아주 강렬하고 고혹적이었다. 나는 늘 그 향이 어느 해안 도시의 여름밤에 수분을 머친 꽃에서 나는 것 같은 향기라고 상상했다. 근친상간과는 정반대인, 방금 잉태된 우월한 생명체에서 나는 향이었다.

리스는 뉴욕 같은 대도시에 사는 내게 유용했다. 뉴욕으로 이주한, 아직 나이 들지 않은 나는 자유로운 여성이었다. 퇴근 후 짙은 향을 풍기며 아무도 기다리지 않는 집을 향해 맨해튼 애비뉴를 걸으면 세상 최고의 기분을 맛보는 것 같았다. 내가 계산해본 끝에 정답을 얻은 문제가 있는데, 그 값은 언제나 0이거나 0에도 못 미쳤다. 사랑하는 일은 가치가 없다. 사랑이 주는 이점이 무엇이든, 그것은 이 세상에서 홀로 살아가는 인간으로서 겪는 끝없는 공허감에서 비롯된 위로일 때가 많다. 거기엔 자신을 타인의 처분에 맡길 만큼의 가치가 없다. 이건 비밀도 아니다. 나는 이 사실을 사람들에게, 심지어 내 학생들에게도 말했다. 얘들아, 누군가를 사랑한다는 건 인질로 잡히는 일이야, 스톡홀름 증후군이지.

맞다, 나는 사샤와 함께였고 우리는 오랜 시간을 같이 보냈다. 그렇지만 사샤는 나를 전혀 휘두르지 못했다. 사샤가 곁에 없을 때 그를 생각한 적도, 심장이 두근거린 적도 없었다. 이런 사실이 자랑스럽지는 않았다. 열정적인 관계라면 더 좋았겠지만 언제나 현실에 한 발을 디디고 살 필요가 있었다.

돌이켜보면 뉴욕 시절이 꿈처럼 느껴진다. 꿈을 꾸고 있으면 모든 상황이 그럴듯하다. 그렇지만 깨어나면 꿈은 형태가 허물어지고 논리가 어긋난다. 그러니 잊어버리기 전에 네게 빨리 이야기를 해야겠다.

아침이면 나는 부드러운 칫솔과 좋아하는 카티에 치약으로 양치를 했다. 그런 다음 유성 세안제로 세안을 하고 수성 세안제로 또 씻은 다음 토너로 닦아 냈다. 모두 도자기 같고 순수하고 티 하나 없는 피부의 세계 수도인 한국에서 수입한 제품들이었다. 달팽이 크림을 이천 년 넘게 바르면 투명해진 여자의 얼굴을 통해 뇌도 보일 거다. 뜨거운 레몬수 한 잔을 마시고 미지근한 물 한 잔을 마신 다음 커피 한 잔을 마셔 장을 비웠다. 이런 행동은 쉽고 기분이 좋아지며 어떤 노력이나 생각도 요구하지 않아, 어느 제국의 쇠망사 축약본을 훑어보는 경험과 비슷하다. 전부 내보내면 내부는 깨끗해진다.

퇴근 후에는 뜨거운 물로 샤워를 하며 피부 관리 단계를 반복했다. 샴푸 두 종류로 머리를 감고, 속돌에 발을 문지르고, 면봉으로 귀와 손톱 밑을 깨끗이 닦아 냈다. 샤워를 마치면 슬리퍼를 신고 침실로 갔다. 하얀 시트에 누울 준비 완료. 샤워하지 않으면 절대, 절대 침대에 눕지 않았다.

그때 나는 깨끗한 여자였다 해도 틀린 말은 아닐 것이다. 나는 청결에 시간과 돈과 관심을 투자했다. 그렇지만 충분하지 않았다. 먼지는 계속 쌓였다. 고통이란 일종의 누적이다.

프랭클린 중학교의 학생들은 좋은 학교에 다닐 기회를 얻은 아이들이었다. 그들은 학비를 낼 필요가 없었다. 학교는 신분 상승의 사다리에 오를 입장권이었다. 그래서 그들은 그에 맞춰 차려 입고 말하고 읽어야 했다. 담갈색 재킷에 셔츠를 받쳐 입고 정장용 구두를 신어야 했다. 교복은 규정이 엄격하지는 않아 학생들은 옷에 손을 댈 수 있었다. 아무튼 미국이니까. 핵심은 이 학생들이 장차 올라갈 계급에 맞게 옷을 입기로 되어 있다는 것이었다. 언제나 근사해 보이는 차림을 얼개 삼아 학생들은 일종의 연기를 펼쳤다. 다투는 일도, 질 낮은 말을 입에 담는 일도 거의 없이 예의 바르고 매력적인 모습을 선보였다. 집에서 길들인 동물처럼.

나는 일찍부터 자기만의 스타일이 있는 학생을 알아볼 수 있었다. 예를 들자면 출근 첫날, 살(Sal)은 온통 겨자색 옷에 바둑판 무늬 나비넥타이를 매고 나타났다. 한 주 내내 나는 살의 옷을 관찰하며 그의 어머니가 바친 정성에 감탄했다. 살의 옷은 늘 다림질이 되어 있었다. 제이는 단순해도 품위 있는 모습이었는데, 가끔 화장실에 다녀온 뒤 셔츠를 바지에 집어넣는 일을 까먹긴 했다. 내 모범생 레너드는 제이와 달리 언제나 셔츠를 꼭꼭 밀어 넣어, 아마 아버지의 물건일 갈색 가죽 벨트 위로 뚱뚱한 배가 흔들릴 일이 없었다.

내 경우 원하는 걸 이미 다 이루었고 더 얻어야 할 게 없었다. 그래서 내가 입고 싶은 대로, 나 자신을 보는 방식대로 입었다. 와스프(WASP)처럼 파스텔 색조의 옷이나 진주 액세서리, 몸에 꼭 맞는 무릎 길이의 치마 같은 것을 입는 일은 절대 없었다. 그래도 어머니에게 물려받은 버킨백은 가지고 다녔다. 송아지 가죽으로 만든 그 검은색 가방은 놀라우리만큼 실용적이었다. 표준 A4 종이가 딱 들어가는 크기로 내부에 주머니가 두 개 있어 하나는 지갑과 휴대 전화를, 다른 하나는 지하철 교통카드를 넣으면 되었다. 심지어 발도 있었다. 맞다, 발 말이다. 가방 밑면의 네 모서리를 감싼 금속 장식 덕분에 지하철 의자에 올려놓아도 가방은 깨끗했고 반듯한 모양을 유지했다. 그 가방은 자급자족하는, 스스로를 돌보는 물건이었다.

수년간 이 가방을 가지고 다녔지만 아무도 관심을 주지 않았다. 그런데 뉴욕에서는 이목을 끌었다. 나이와 상관없이 모든 여자가 나를 보았고, 심지어 어린 소녀들과 게이들도 시선을 보냈다. 특히 시내에서, 한 줄기 햇살 속에 뉴욕의 부유한 거리 매디슨의 모퉁이를 돌 때였다. 일종의 계시였음을 너도 짐작할 수 있으리라. 알다시피 나는 가방이 힘을 전혀 쓰지 못하는, 폭력만이 목소리를 내는 장소에서 왔다. 그러다 별안간 다른 사람이 소유하고 싶은 물건을 가진, 다른 사람이 연출하고 싶은 모습의 여자가 된 것이다.

　자, 그저 가방일 뿐이다. 과장하지 말자. 그렇지만 때로는 아주 작은 부분이 다른 세상으로 건너가는 문이 된다.

우리가 이야기를 시작하는 지점은 이상하다. 적절하고 체계적으로 이야기를 하려면 내 출생부터 시작했어야 했을지도 모른다. 하지만 먼지는 은유가 아니다. 나는 실제로 그걸 목격했으니까. 내 귓구멍에서, 콧구멍에서, 발목 둘레에서도. 역겹다고? 내가 더러워 보이지는 않지?

어느 날, 내 몸이 평소보다 더럽다는 사실을 깨닫기 시작했다. 9월 하순의 쾌청한 날이었고, 나는 퇴근 후 숫자도 표시도 없는 거리를 한참 걸어 다녔다. 길을 잃을까 봐 걱정하지는 않았다. 모퉁이에는 언제나 택시가 있었다. 이만하면 충분하다 싶은 무렵 해가 저물고 있어서 나는 팔을 치켜들고 택시를 잡아서 집으로 향했다. 집에 들어서면서 샤워를 해야지 마음먹었다. 어떤 의도도 없는 자연스러운 행동이었다. 그저 기분 좋은 일을 하는 것뿐이었다.

씻기 전, 여행 가방 안에 튀르키예식 목욕 수세미가 있다는 사실이 기억났다. 나는 수세미를 챙겨 샤워를 시작했다. 수세미 속에 손을 넣고 몸을 문질렀다. 욕실은 작았고, 욕조도 길이가 짧았다.

먼저 오른손으로 왼팔을 문질렀다. 피부가 화끈거렸다. 물은 뜨거웠고, 심장이 쿵쿵 뛰면서 계속 문지를 힘이 생겼다. 앞서 말했듯 쾌청한 날이었고, 난 지루함 속에서 흥미진진함을 구할 길을 찾은지도 몰랐다. 눈을 감고 최대한 빨리, 힘차게 문질렀다. 오래지 않아 근육이 뻣뻣해졌는데, 과장 없이 말한다면 삼십 초도 안 걸렸다. 너도 알 수 있다시피 난 체구가 작은, 남들이 문을 열어 줄 때까지 기다리는 사람이다.

눈을 뜨니 미니어처처럼 작은 회색 뱀들이 보였다. 그 자그만 덩어리들이 내 발치에 서너 개 떨어졌다.

이게 뭘까 가만 보다가 바로 알았다. 그러니까 전에도 본 적이 있는데, 이런 모양은 아니었다. 하트형 얼굴의 여자가 튀르키예식 목욕탕에서 때를 밀어 준 적 있는데, 그때도 대리석 위에 튄 물 속에서 꼼지락거리는 이것들을 봤다. 그렇지만 뉴욕의 이 뱀들은 무서운 악귀 같은 것이, 완전히 모르는 사람의 입에서 나오는 내 목소리 같았다.

무척 신경이 쓰였다. 내가 보기에 그 뱀들은 그냥 존재하는 물질일 뿐 아니라 내 몸에서 아주 좋지 않은, 뭔가 끔찍한 일이 일어나고 있다고 알려 주는 신호였다.

목욕 수세미는 해롭지 않게 생겼으나 사실 고약하고 기묘했다. 나는 내 몸을 전부 문지르며 죽은 피부를 벗겨 냈다. 충분히 힘을 들이기만 하면, 깨끗하고 잘 정돈된 상태를 유지하기만 하면 이 과정은 내가 통제할 수 있는 일종의 죽음이라고 스스로에게 말했다. 그렇지만 기력이 달렸고, 왼손에서 오른손으로 바꾼 시점에는 더는 뱀을 볼 수 없었다. 왼쪽은 그만큼 힘이 세지 않다. 이게 불균형의 문제임을, 이야기를 더 들어보면 알게 되리라. 왼쪽은 더 깨끗한데 힘이 없다. 오른쪽은 힘이 센데 더럽다.

뱀들은 욕조 바닥에 있었다. 허리를 숙여 그것들을 집어내 욕조의 작은 쓰레기통에 전부 버렸다. 아예 눈에 들어오는 게 싫어서 나는 쓰레기통 안에 손을 집어넣고 부드러운 리소토를 요리하듯 휘젓고 뒤섞었다.

다 씻고 나서 까치발로 침실에 갔다. 분명 방이 어두웠는데, 내 기억에는. 아니면 그런 꼴로 돌아가지 않았을 거였다. 이웃이 침실 창문을 통해 벌거벗은 나를 본다고 해도 딱히 불만스럽진 않겠지만, 풀턴 스트리트로 난 부엌 창문 앞으로는 밤에 알몸으로 나다니지 않았다. 좋은 동네고, 위치도 좋았다. 그렇지만 어떻게 말할까? 노동자 계급, 출퇴근 때문에 언제나 피곤한 사람들. 나는 그들의 시선을 원하지 않았다.

그냥 말하겠다. 나는 가난한 사람들이 내 몸을 보는 게 싫었다. 그들의 절망이 나는 두려웠다.

그날 저녁에는 사샤의 집에 저녁을 먹으러 갔다. 사샤도 같은 동네에 살았다. 남근처럼 생긴 초고층 시계탑 타워를 아는지? 사샤는 부동산 업계 종사자로 몇 년 전 쿠슈너 가문 회사가 소유한 666번지 빌딩 맞은편의 작은 빌딩까지 사들였고, 내 충고를 받아들여 살바토레 페라가모에게 임대했다. 그렇지만 사샤는 매우 겸손했다. 사람들이 질문을 던지면 그는 부동산 업계에 있다고 대답했고, 넌 알 리가 없겠지만, 그냥 동유럽 출신 중개인으로 보였을 것이다.

나는 맥퀸 드레스를 입었고 팔과 다리는 광택이 나는 청동 같았지만, 드레스 아래 부위는 죄다 더러웠고 막 썩어 가기 시작하고 있었다.

사샤의 집에서 나는 잠이 오지 않았다. 밤새 내 더러운 몸과 깨끗하게 씻을 수 없는 부위에 관해 생각했다. 내 몸에서 가장 더러운 부위는 내 등에 있는, 내가 건드릴 수 없고 볼 수도 없는 유일한 부위인 어깨뼈 사이임이 분명했다. 거긴 튀르키예식 목욕 수세미로도 문지를 수 없었으니까.

이른 아침 사샤의 집을 떠났다. 우리는 모든 지하철 노선이 오가는 브루클린 지역에 겨우 세 블록 떨어져 살고 있었다. 내가 사샤와 가까이 있고 싶어서 지금의 아파트를 고른 것인데, 의존적인 마음에서 그런 건 아니고 편의점 근처에 살면 좋은 것과 비슷한 마음으로 내린 선택이었다.

나와 사샤의 집 사이, 풀턴 스트리트와 애시랜드 플레이스와 라파예트 애비뉴가 만나는 구역에는 작은 공원 하나가 있었다. 공원은 삼각형 모양으로, 그 주위를 빙 둘러 지나가야 했다. 공원 안으로 들어갈 입구도, 가로질러 갈 길도 없었기 때문이다. 노숙인들이 공원에서 자는 걸 원치 않아서 그렇게 해 둔 듯싶었다. 멀지 않은 미래의 어느 날, 동네에 가난한 사람이 몽땅 사라진 때에 이 문 닫은 공원의 화려한 개관식이 열리지 않을까. 아니면 런던의 초고층 빌딩 샤드처럼 거기에 마천루를 지을지도 모르겠다. 그래도 건물 이름은 암을 이긴 수술 도구를 기념하자며 그 도구의 이름을 따오겠지.

집에 오자마자 드레스를 벗어 버렸다. 옷에서 향수와 양고기 기름 냄새가 났다. 나는 치약을 튜브째 든 채 거실 거울 앞에 섰다.

앞서 말했듯 프랑스 브랜드 카티에 제품이었다. 시중에 나와 있는 치약 중에 최고의 제품이라고 본다. 크림처럼 부드럽고 광택이 없으며, 피부 위에 완벽하게 발린다. 나의 새 가설을 시험할 계획으로, 내가 건드릴 수 없는 신체 부위가 있는지 확인하고 싶었다.

검지에 치약을 소량 짠 다음, 머리 뒤로 팔을 뻗어 등에다 선을 그었다. 그다음 팔을 아래쪽에서 비틀어 선 하나를 또 그었다. 그리고 치약을 더 많이 짜서, 세로 선들을 그었다. 그 결과 등 가운데에 찌그러진 사각형이 생겼다. 내 한계의 영역이었다.

물론 나는 더 알아내고 싶었다. 손에 치약의 절반을 짜내서, 사각형 안을 칠하기 위해 있는 힘을 다했다. 구속복을 입은 사람처럼 몸을 뒤틀었다. 그다음 등 아래쪽과 어깨, 팔, 겨드랑이, 엉덩이에 치약을 칠했다. 발과 다리에도 칠했다. 늘 걸어 다니다 보니 종아리가 불룩했다. 도시형 종아리였다. 농민들도 발달한 종아리 근육을 가지고 있으나 손목도 굵어서 어울리는 한편 내 손목은 꽃다발 줄기처럼 허약했다. 이 또한 불균형의 문제였다.

심지어 몸을 더 잘 살펴보려고 손거울도 사용했다. 여자들이 본인의 음부를 확인하고 놀릴 때 쓸 법한 거울이었나. 그렇게 등 가운데 사각형을 제외한 온몸에 치약을 성공적으로 발랐다.

그렇다, 그 부분이 내 몸에서 가장 더러운 부분임이 틀림없었다.

카티에 치약을 씻어 내고 침실 바닥에 파란색 요가 매트를 폈 쳤다. 요가 동작은 하나도 안 하고 그냥 드러누운 채 뭔가 문제 있는 상태임을 받아들였다. 내 몸은 괜찮지 않았는데, 상태가 괜찮으면 보통 몸에서 별 느낌이 안 들기 때문이다.

나는 뉴욕에서 팔 개월을 버텨 냈다. 태아가 엄마 뱃속에서 지내는 시간보다 짧은 기간이었다. 하지만 생각해 보면 꽤 긴 시간이고, 인간 하나를 만들기엔 충분하다. 너에게 이 이야기를 하는 건 나 스스로 상기하기 위해다. 미래를 위한 약속처럼. 계속되는 건 아무것도 없다는, 심지어 너도 우리도 마찬가지라는 약속. 서로 떨어진 두 존재가 영원히 연결될 수는 없다.

청결에 시간을 쏟다 보니, 즉흥적으로 수업을 해야 할 때가 종종 발생했다. 학생들과의 사이에 신뢰가 생겨 나를 고자질하지 않으리라는 판단이 서자 아이들에게 자유 수업이 뭔지 설명해 주었다. 분명 10월에 접어든 때로, 금요일이었고 피곤한 주였다. 나는 수업 준비를 못 한 데다 심지어 수업 종이 울리고 몇 분 지나서야 교실에 도착했다.

　그날 첫 수업 대상은 6학년 학생들로 아주 고분고분했다. 프랭클린 생활을 막 시작했으니 모든 것이 새롭고 신기할 터였다. 호그와트 입학을 생각하면 된다. 나는 이번 시간에는 우리가 자유롭다고 상상하는 시간을 가질 거라고 설명했다. 책을 읽고 싶으면 책을 읽어도 된다. 휴대 전화로 게임을 하고 싶으면 게임을 해도 되고. 잠을 자고 싶으면 잠을 자라. 몇몇은 수면을 선택했는데, 열두 살밖에 안 되었는데도 과제에 시달렸고 피곤한 탓이었다.

　7학년의 경우 8학년 강의 계획에서 내용을 골라 즉석에서 가르쳤다. 너희들이 특출난 학생들이라 실력에 감명받았다고, 그래서 오늘은 훨씬 어려운 내용으로 8학년이 공부할 것을 가르치겠다고 했다. 소년들은 수업이 너무 어려워서 성적이 잘 안 나올까 걱정이 되는지 불안한 모습이었다. 아니야, 이 수업은 자유 수업이야. 시험을 칠 일도 없고 숙제도 없을 거야. 그리고 프로젝터와 십 분 동안 씨름하다가 영화 「여인의 향기」 앞부분을 삼십 분 틀어 주었다.

 교실은 어두웠다. 학생들은 아직 호르몬 분비가 늘어난 단계는 아니었다. 그들의 매끈한 피부가 프로젝터의 열 없는 빛을 반사했다. 대체로 흑인이었고, 나머지는 이민자였다. 이들은 분명 광고에서 제 모습을 찾아볼 수 있었다. 그렇지만 대부분 지하철 광고였고, 실외 광고판에서는 찾기 어려웠다. 이들의 모습은 지역 전문대학과 정부의 기업 지원 광고, 더 세련된 이미지를 위해 다양한 피부색의 소년들을 기용한 비정기적 패션 광고나 화장품 광고 속 아이들과 비슷했다. 이들은 주변부에 존재했다. 모두를 위한 미국의 민주주의를 되살리고픈 충동은 알겠으나, 그 사상은 사후적이라는 생각이 든다. 이들에게 인생은 이미 힘들었고, 앞으로 더 힘들어질 것이었다. 나도 그 나이에는 인생이 힘들었다. 그들처럼 가난하지는 않았으나, 나 또한 실외 광고판에서 내 모습을 찾을 수 없었다는 이야기까지만 해 두자. 일을 시작할 때 교장은 내가 맡을 7학년 학생 두 명이 이상주의자라고 알려주었다. 그 부분에 관해 이야기를 나눠 보고 싶었으나 내가 무능하다는 느낌이 들었다. 나는 라틴계 사람을 한 명도 몰랐는데, 그러니까 라틴계 사람의 집을 방문한 적 없다는 뜻이다.

교실에서 영화를 보는 동안 가슴이 조여 오는 듯했다. 내 안에서 뭔가 빠져나가려는데 틀어막는 느낌이었다. 기분이 좋지 않았고, 몸이 내게 뭔가 말을 건네려 한다는 생각이 들었다. 나는 점심시간 동안 다른 교사들과 함께 있지 않고 좁은 직원용 화장실에 틀어박혔다. 바닥에 버버리 트렌치코트를 펴고 거기 드러누운 채 발을 세면대에 올려놓았다. 쉬는 시간 내내 그 자세로 있으면서 몸에 귀를 기울였다. 누가 문을 두드리거나 열려고 해도 무시했다.

　그곳에서 나는 여러 가지 냄새를 흡수했는데, 그 냄새는 며칠 동안이나 몸에 남았다. 그래도 쉬는 시간이 끝날 무렵 내 마음은 결의와 다짐으로 가득했다. 화장실 바닥에 누운 나를 아무도 막을 수 없다면 프랭클린 중학교에서 더 많은 일을 할 수 있다는 뜻이겠지. 종이 울리자 나는 계단을 올라 교실로 들어갔다. 8학년 학생들은 무척 똑똑했고 열심히 공부했으며 아이디어가 풍부했다. 내가 제시한 첫 번째 작문 주제는 낯선 이와의 조우였다. 아이들은 당연히 공포에 사로잡혔다. 다수가 불안한 모습을 보였다. 이들은 전부터 교사의 마음에 들게끔 과제를 해 왔고 그게 익숙했으므로 내가 무얼 기대하는지 알고 싶어 했다. 설명해 줄게, 작은 이야기 하나 들어 봐. 나는 자신 있어 보이는 자세를 취했다. 교사용 책상에 앉아 무릎을 약간 벌리고 손은 뒤쪽에 둔 채, 입을 열었다. 오늘 점심시간에 8번 스트리트에 있는 식당 프레스토의 계단에서 한 할머니가 미끄러져 넘어지는 모습을 목격했어. 심각한 상황이 아니긴 했지만, 멋진 모습의 그 할머니는 팔꿈치를 다쳤어. 나는 카페 직원과 함께 할머니를 부축해서 택시를 태워 보냈지. 안정을 취해야 했어, 안타깝게도. 그런데 택시가 떠나자마자, 그 계단에서 사람이 또 넘어진 거야. 농담이 아니란다. 술에 약간 취한 사람 같았어.

나는 책상에서 내려와 술주정뱅이의 걸음을 흉내 내며 교실 안에서 뒤뚱거렸다. 그러다 책상에 부딪히자 학생들은 웃음을 터트렸다. 내가 어떻게 했겠니? 난 눈 하나 깜빡하지 않고 그 사람을 바로 지나쳤어. 그런데 지금은 이 사건이 자꾸 생각나. 같이 생각해 보자, 내가 어떤 사람은 잘 모르면서도 도왔는데, 다른 사람은 안 도운 이유가 뭘까?

교실을 둘러보니 학생들은 어리둥절한 모습이었다. 정답도 없고 오답도 없단다. 난 그냥 생각나는 대로 말하는 거야. 몇 분 동안 자유롭게 토론하자, 자유 수업이니까.

제이가 먼저 입을 열었다. 교실이 조용해지면 제이는 언제나 나를 도우러 나서는 학생이었다. 제이의 의견은 내가 술 취한 사람을 겁냈다는 거였다. '알코올 중독자'라는 표현을 쓰면서, 자기네 건물에도 알코올 중독자가 있는데 가끔 엘리베이터 안에서 잔다고 얘기했다. 그럴 때는 제이 본인도 너무 겁이 나서 같이 엘리베이터를 탈 수 없어 7층까지 계단으로 올라가야 했다고 털어놓았다.

아주 좋아, 제이, 알코올 중독자와는 같은 엘리베이터를 타지 마. 작은 공간은 전파가 잘 돼. 상대가 내뱉은 숨을 네가 마셨다가 따라 취할 수 있어. 나도 그래서 그 사람을 돕고 싶지 않았나 봐. 내가 취한 상태로 여기 나타나서 너희 모두를 취하게 한다고 생각해 봐. 제이는 고개를 끄덕였다. 나는 제이에게 알코올 중독에 관해 글을 쓰라고 했다. 그런 다음 교실을 다니며 학생 한 명 한 명과 대화를 나누고, 글을 쓸 거리를 찾도록 했다.

교실이 조용해지자 내 몸이 다시 깨어났다. 그러자 눈물이 흘렀고, 나는 얼굴을 숨기기 위해 가방에서 아무 물건이나 꺼낼 요량으로 책상 아래로 몸을 숙였다. 교실을 떠나 직원용 화장실로 돌아가 다시 몸의 말을 경청하고 싶었으나 그럴 수는 없었다. 그랬다간 엉망진창이 될 것이었다. 나는 학생들에게 글쓰기는 한 페이지만 채워도 충분하다고, 다 쓰면 바로 하교할 수 있다고 했다.

학생들은 주변을 둘러보며 글씨를 크게 쓰거나 공책이 작은 경우를 두고 불평했다. 선택지는 두 가지야. 200단어를 채우거나 아니면 원하는 만큼 아주 조금만 쓰거나인데, 최종 성적에 반영할 거야. 다들 큰소리로 수를 세어 서로 헷갈리게 했다. 몇 분 뒤 내 책상에 공책들이 쌓였다. 종이 울릴 무렵 교실은 정돈되었고 칠판은 깨끗해졌다. 그날의 마지막 수업이었다. 나는 학생들의 공책을 버킨백에 챙기고 교실을 얼른 떠났다. 지하철을 타기 전 세븐일레븐에 들러 진통제를 구매했고, 물 없이 약을 삼켰다. 열차 안 노란 좌석 위에 무거운 가방을 올려놓고, 약이 효과를 발휘하길 기다렸다.

우리 동네에 돌아왔을 땐 한결 좋아졌다. 하늘은 깨끗했고 부드러운 바람이 불어 가을의 첫 낙엽이 졌다. 내 트렌치코트에서는 아직 지원용 화장실 냄새가 났는데, 독한 대마초와 효모 냄새 같았다. 나는 옷을 벗은 다음 바라보았다. 만듦새가 훌륭한 옷으로 은은한 크림색이었다. 몇 년 동안 입었는데, 그동안 한결같이 주인에게 충실했으며 튼튼했고 세련미를 잃은 적이 없었다. 코트 주머니에서 립스틱을 꺼낸 다음, 종이 재활용을 위한 오렌지색 통 위에 옷을 두고 떠났다. 내가 입기엔 너무 더러웠으나, 내가 모르는 어떤 사람에게는 그리 더럽지 않을 수도 있을 것 같았다.

아파트에 들어온 나는 학생들의 공책을 식탁 위에 꺼내 놓았다. 벽돌 건물에 자리한 이 집은 크기가 50제곱미터로, 최근에 채광창을 달았다. 가구로는 침대와 식탁, 팔걸이의자, 조명과 거울이 있었다. 가진 건 많지 않았지만 그렇다고 신경 쓸 일이 많지 않으리라는 보장은 없었다. 부엌 조리대에는 먼지가 뿌옇게 쌓였고, 탁자 조명의 전선은 엉켜 있었고, 양념통들은 흐트러져 있었다. 또 저녁에는 바삐 오가는 퇴근 인파로 아주 시끄러웠다. 앞서 말했듯 포트 그린은 교통의 요지였다. 버스 정류장에는 발정기 짐승처럼 큰 숨을 토해내는 B67 버스가 있었다. 검은색 도요타 승용차의 열린 창문으로 요란한 음악 소리가 들려왔다. 부엌의 더러운 유리창 너머로는 담배 가게 밖에서 배회하는 사람들, 구급차, 악령이 깃든 듯 깜빡이는 빨간 불, 길 저편 공원에서 휙휙 움직이는 나무들도 보였다.

그래서 나는 해야 할 일을 했다. 물건들을 버리고, 정리하고,

청소했다. 이 일들은 생활이 되었다. 돈을 지불하고 청소를 부탁할 수도 있었지만 다른 여자를 내 집에 들이고 싶지는 않았다. 중요한 메모를 버리면 어쩌나 겁이 났다. 호들갑스러워 보일지 모르겠지만 나는 청소에 병적으로 집착하게 되었다. 그리 드문 상황은 아니며, 사회적으로 손가락질을 당할 일도 아니다. 오히려 좋은 특징으로 꼽힌다. 어떤 여자의 집에 들어갔는데 놀랍도록 깨끗하다고 해서 광기가 어려 있다고 여길 사람은 없다. 그저 상대를 칭찬하고, 약간의 질투를 느낄 수도 있다. 상대가 무릎을 꿇은 채 손톱이 부러지고 미스터 머슬 세제를 흡입한 그 모든 시간에 대해서는 절대 생각할 리 없다.

솔직히 내가 본 가운데 가장 더러운 사람을 목격한 것은 뉴욕에서였다. 나는 제3세계에 가 본 적이 없긴 하지만 말이다. 나는 팔레스타인 출신으로, 그곳은 국가도 제3세계도 아닌 그 자체로 독특한 곳이다. 그리고 우리 집안 여자들은 청결함을 무척 중시하는데, 아마도 인생에서 통제할 수 있는 대상이 별로 없어서일 것이다.

그렇지만 뉴욕 사람들은 청결함에 관심이 없었다. 길거리에는 죽은 쥐와 기저귀, 이쑤시개, 작은 마약 비닐봉지들이 보였다. 마스카라 통과 탐폰도 있었는데, 여성들 또한 더럽다는 증거였다. 뉴요커는 지하철 역사 바닥에 설사가 튀어 있어도 손에 베이글과 커피를 든 채 주저 없이 그 옆으로 걸어갈 수 있다. 지구상 가장 더러운 이 도시에서 사람들은 내일도 살아갈 것이다. 이 도시는 더러움이 미적 특질인 양 품었다. 녹슨 자국과 벽돌, 검은색 쓰레기봉지, 인도 위에 쿠사마 야요이의 물방울무늬처럼 따닥따닥 들러

붙은 수백만 개의 껌 자국들.

그렇지만 나는 더러움을 품을 수 없었다. 그래서 지하철을 탈 때 장갑을 끼기 시작했고, 바지가 땅에 닿지 않도록 밑단을 접었다. 하루에 반나절은 숨을 참았다.

10월의 어느 저녁, 나는 새벽 2시까지 잠을 자지 않고 대청소를 했다. 욕실과 냉장고, 옷장을 치웠고, 작든 크든 상관없이 구석구석 청소했다. 몇 주 동안 부담으로 다가온 일도 해치웠다. 뭔가 특별히 거슬린 대상이 있었다는 말인데, 붉은색 펜이나 크레용으로 휘갈겨 쓴 작은 낙서 얘기다. 낙서는 침실 문틀에 있었고, 건축업자나 어린아이가 쓴 것이었다. 낙서를 문질러 지우는 동안 이웃 아파트에서 어떤 소리가 들려왔다. 악기 소리였다. 몇 초 들어보니 클라리넷이었다. 클라리넷 연주자가 남자일 거라는 생각이 들었는데, 나는 언제나 섹스할 준비가 되어 있기 때문이었다. 붉은색 낙서는 아무리 힘주어 문질러도 사라지지 않았다. 나는 그 낙서를 혐오했다. 나보다 먼저 여기에서 사람들이 살았다는 사실을 환기하는 대상이었다.

다음 날 아침 일어나니 목이 **뻣뻣**했다. 두꺼운 세겔[01] 동전이나 영국의 옛 1파운드 동전처럼 작고 무거운 동전을 깔고 잔 느낌이었다. 그 동전은 꿈에서 여왕의 모습을 자국으로 남겼다.

---

01 이스라엘의 화폐 단위.

어린 시절 우리 가족은 남쪽으로 휴가를 갔다. 어느 해엔가 사막의 고속도로를 달리고 있을 때였다. 엄마와 아빠, 오빠와 함께였다. 약 다섯 시간 동안이나 차를 달렸는데, 나는 1세겔 동전 하나와 10아고롯 동전 두 개를 허공에 던지고 웃으며 놀았다. 세겔 동전은 작고 귀여운 은화였고, 아고롯 동전 두 개는 칙칙한 금빛이었다. 그러다 세겔 동전이 손에서 떨어져 내 입에 들어갔고, 그렇게 사라졌다. 동전의 움직임 말고 아무 일도 없었다. 나는 마술사였으나 훈련을 받은 적이 없었고, 곁에는 과학자 부모님과, 같이 목욕하기엔 나이가 많은 오빠만 있었다. 다들 주장했다. 네가 동전을 삼킨 거야. 그렇지만 동전은 절대 다시 나타나지 않았다. 식도에서 이물감이 느껴지지도 않았고, 작은 동전이 내 항문을 막는 바람에 변비가 생기는 일도 없었다. 수영장에서 종일 있다가 싼 똥에서도 반짝이는 것을 찾지는 못했다. 아침 뷔페를 먹을 때도 금속성 트림을 하지 않았고, 거지의 손가락에서 날 법한 냄새

가 입 안에서 나지도 않았다. 가난한 사람은 더럽고 부유한 사람
은 깨끗한 이유가 뭘까?

말했다시피 이야기의 시작점이 이상하긴 하다. 여기서부터 시작할 수도 있었을 텐데. 남쪽에서 집으로 돌아가는 길, 다시 사막 고속도로를 달리던 중 아버지가 운전하다 졸았다. 부모님은 두 분 다 돌아가셨고, 오빠와 나는 살아남았다.

비극이었으나 어떻게 보면 운이 좋았다. 나는 상당한 유산을 상속받게 되었다. 이 상황을 이해하는 사람이 있다면 그 사람은 바로 너라는 걸 안다.

오빠에게 편지를 써서 상황을 설명했다. 뉴욕 생활에는 매달 가욋돈이 필요하다고, 청소부와 요리사와 마사지사와 침술사와 기 치료사와 정신분석가가 있어야 한다고 썼다. 청소부는 두세 명 혹은 나만큼 청소에 진지한 사람 한 명이 필요하다. 그런 사람이 청소부일 리는 없겠지만 말이다. 집 두 곳을 철저하게 헌신적으로 치우려면 하루로는 부족하다.

노란 봉투에 담긴 오빠의 답장은 종이 우편이긴 해도 빨리 왔다. 집으로 가는 계단을 오르며 딱 한 번 읽어 보았다. 이렇게 쓰여 있었다. 내가 할 수 있는 일은 없어, 아버지의 유언장을 따라야 해. 유언장에 따르면 나는 매달 딱 정해진 금액의 용돈만 받을 뿐, 그 이상의 재산에는 접근할 수 없다. 당장 유언장을 찾아 단어 하나 하나 확인할 수도 있겠지만, 그런 일은 늘 위통을 불러온다.

나는 아버지의 바람을 따를 수밖에 없었다. 아버지 재산의 절반이 내 몫이었다. 아버지가 세상을 떠날 무렵 재산은 대략 2875만 5000달러였다. 유산은 변호사가, 다음으로 오빠가 엄격하게 관리했다. 돈이 이렇게나 많아도 접근할 수 없었다. 사샤는 내가 부유한 동시에 가난하다고 했다.

어머니의 바람은 달랐다. 어머니는 내가 미국에 가길 바랐다. 그곳에선 많은 사람이 사샤처럼 스스로 제 삶을 꾸릴 수 있었고, 심지어 성공할 수도 있었다. 그렇지만 우리 집안은 사정이 달랐다. 이민을 계속 시도했으나 실패한 처지라, 우리 가족이 저주받았다는 말도 있었다. 시작은 하이파에서 뉴욕으로 향하는 배에 오른 할머니의 맏언니였는데, 삼 년 만에 돌아왔다. 다음은 우리 할머니로, 뉴욕에서 행복하게 지냈으나 할아버지와 결혼하기 위해 돌아와야 했다. 그다음이 나의 어머니 차례로, 어머니는 왜 미국을 떠나야 했는지 이유를 몰랐지만 그렇게 되었다. 내게 이 이야기는 앞서 이민을 시도한 여성들의 사연, 실패가 반복되어 온 상황에 대한 인식이자, 시대의 변화가 일어난 정치적 격동의 순간을 뜻하기도 했다. 미국은 사진보다 울적해 보였다. 거리에는 코카인 결정 중독자들이, 고층 건물에는 코카인 가루를 쓰는 중독자들이 있었다.[02] 그리고 미국이 해외에서 저지른 일들, 베트남이며 과테말라, 특히 우리 팔레스타인 사람들에게 한 일들이 있었다. 이해가 가지 않나? 내 말은, 악마가 어떻게 꿈이 될 수 있느냐는 것이다.

02   코카인 결정은 가루 형태의 코카인보다 저렴하다. 빈곤층 중독자들은 결정 형태의 코카인을, 중상류층의 중독자들은 가루 형태의 코카인을 사용한다.

그 주에는 8학년 학생들에게 민권 운동가 스토클리 카마이클의 흑백 영상을 보여 주었다. 몇 주가 지나고 확실히 깨달았는데, 프랭클린 중학교에서 나를 감독하는 사람은 아무도 없었다. 교장은 학생들이 무얼 배우고 있는지 묻지 않았고, 정부에서 보내는 조사관도 온 적이 없었다. 그리고 학교에서 학부모를 본 적도 없었다. 나는 강의 계획서를 따르는 대신 마음대로 수업하자고 결심하고 시작을 스토클리 카마이클로 삼았다.

내가 프로젝터를 들고 교실로 들어오자 학생들은 환호했는데, 영화를 볼 줄 알았던 모양이다. 나는 따로 설명하지 않고 바로 영상을 틀었다. 아주 짧은 영상이라서 보고 또 보았다.

영상은 스토클리가 어머니와 함께 소파에 앉아 있는 장면으로 시작한다. 곧게 편 고운 단발머리를 한 어머니는 목에 우아한 스카프를 두르고 있었다. 어머니는 태도가 점잖은데, 지나치게 점잖다. 아니면 딱 알맞게 점잖다고 할까. 스토클리는 마이크를 가져가 어머니를 직접 인터뷰하기 시작한다. 얼마나 많은 사람이 한 집에 같이 사는지 묻자 어머니는 여덟 명까지 센다. 동네 풍경을 묘사해 보라고 하자 어머니는 동네가 쇠락한 편이라며, 거리는 더럽고 쓰레기통이 뚜껑도 없이 사방에 나뒹굴고 있었다고 덧붙인다. 대화를 더 나누다가 어머니는 그들이 '흑인'이기 때문에 가난하다고 인정하게 된다.

스토클리의 어머니가 니그로라는 단어를 마침내 입에 올린 순간, 제이는 헉 소리를 내고는 입을 손으로 가렸다. 긴 침묵이 흘렀고 시간이 멈춘 것만 같았다. 열네 살 아이들과 있을 때 들 일이 없는 기분이었다. 교실에서 유황 냄새가 났다. 누군가 책가방에 달걀 샐러드가 있나 보다 하고 창문을 열었다.

우리가 그 영상을 네다섯 번 볼 때쯤 몇 명은 숨도 쉬지 않았고, 나는 배가 아프기 시작했다. 나는 생각하고 또 생각했다. 내가 착한 사람이니 망정이지, 안 그랬으면 여기서 진짜 무서운 짓을 저지를지도 몰랐다.

다음 작문 과제는 남몰래 가족 일원을 인터뷰하는 것이었다. 그들이 인정하기 싫어하는 진실을 끌어내 보라고 했다. 예를 들어 이렇게. 난 우리 오빠에게 매주 복권에 돈을 얼마나 쓰는지 물어볼 거야. 물론 거짓말이었다. 오빠는 다른 나라에 살고 있고 내가 아는 한 도박은 안 하는 사람이었다. 그래도 나는 아이들에게 종종 거짓말을 했는데, 뜻을 정확히 전달하기 위해서는 어쩔 수가 없었다. 아이들에게 잘 조작해 보라고, 정말로 '조작'이라는 단어를 써서 말했다. 해로운 이야기처럼 들릴 수 있겠으나 조작은 아이들에게 낯선 개념이 아니었다. 아이들은 온갖 것들에 노출되어 있었고, 심지어 일부는 포르노도 보았다.

 인터뷰는 집에서 진행하고, 다음 주 수업에서 그에 관해 글을 쓰기로 했다. 아이들이 학교에서 무엇을 배우는지 아이들의 가족이 몰랐으면 했다. 그래서 매일 수업이 끝날 때면 공책을 전부 걷기 시작했다. 아이들은 내게 공책을 제출하면 집에서 할 숙제가 없으니 만족했다. 나는 학생들에게 이런 말도 했다. 인터뷰의 세세한 부분들을 기억하려고 노력해 봐. 그렇지만 상대가 한 말 하나를 잊어버린다고 해도 큰일은 아니란다, 잘 넘어갈 수 있어, 신문은 매번 그러거든.

제이는 교실에 남아 청소를 도왔다. 온화하고 순수한 이 소년은 그리 똘똘하진 않았다. 과제를 이해하는 일조차 버거워했으나, 어긋난 방식으로 과제를 완성하는 방법을 늘 찾았다. 그래도 무척 상냥했고, 주변의 사랑을 얻으면 성적을 지킬 수 있다는 걸 알고 있었다. 청소 돕기 또한 정말 그런 의도로 하는 행동이었는데, 다른 아이들처럼 그냥 빨리 끝내려는 게 아니라 내가 진짜로 만족하게끔 진심을 담아 청소하는 걸 보니 그랬다. 나는 제이에게 진공청소기를 돌리고 걸레로 닦는 일을 맡겼다. 단순한 일을 넘긴 덕분에 나는 좀 더 전문 기술이 필요한 청소에 매달릴 수 있었다. 나는 교실의 구석과 책장, 라디에이터를 치웠다.

그래도 교실은 깨끗해지지 않았다. 오래된 건물에, 못난 파란색 카펫이 깔린 오래된 공간이었다.

아이들이 모두 떠나고 우리 둘만 남게 되자 나는 제이에게 자세를 교정하라고 권했다. 제이는 제대로 크지 못했는데, 제 입으로 본인이 학교에서 가장 작다고, 심지어 6학년 학생들보다도 작다고 말했다. 제이, 넌 언제나 반듯해 보여야 해. 흑인 소년이니까 더 그래. 사람들이 인종주의자인 거 알잖니. 그렇지만 매번 하는 말인데, 그들은 멍청하기도 하단다. 사람들을 속이는 건 어렵지 않아. 네가 괜찮은 모습을 하고 있으면 자동으로 널 존중할 만한 상대로 여길 거야. 나는 깨끗하고 반듯한 모습을 연출하는 법 또한 프랭클린 중학교에서 배울 내용이라고 말했다. 그리고 단정함 또한 중요하다고 가르쳤다. 또, 너무 많은 물건을 소유하지 않는 것도 중요해. 그러면 자연히 엉망이 되니까. 네 방은 어때? 내 질문에 제이는 자기 쪽은 단정한데 형이 쓰는 구역은 지저분하다고 대답했다. 돼지 같은가 보구나. 나는 코웃음을 쳤다. 형제는 방과 책상을 함께 쓰는데, 형은 절대 공부하지 않는다고 했다. 있잖아, 나도 오빠와 방을 같이 썼는데 이불을 걸어 놓고 공간을 구분했어. 그래서 옷도 마음대로 갈아입을 수 있었고, 심리적으로 거리를 둘 수도 있었지. 너도 한번 시도해 봐, 형의 어수선함에 신경 쓸 거 없이 맑은 정신 상태로 자리에 앉아 공부할 수 있을 거야.

    제이는 프랭클린 중학교를 졸업하면 기숙 학교에 가고 싶다고, 집을 떠나고 싶다고 했다. 이 예민한 소년은 언제나 주변의 지지가 필요했다. 혼자 생활할 제이를 생각하면 걱정스러웠다. 그래도 나는 제이를 격려했다. 그거 괜찮은 생각이네. 가족으로부터 독립해서 살아야 할 때가 있지. 가족을 사랑하지 않아서가 아니라, 가족이 우리를 짓누르기 때문에 말이야. 내 말에 제이는 마음이 북받친 모양인지 울고 싶은 눈치였다. 나는 화제를 돌렸다. 내 성공 비결이 뭔지 알고 싶니, 제이? 난 소유한 게 거의 없어, 나 자신에게 집중한단다. 내가 나의 가장 큰 자산이야. 너도 똑똑하고 친절하고 잘생겼잖니. 너도 너의 가장 큰 자산이란다, 그 누구도 그 무엇도 필요하지 않아, 제이.

토요일, 사샤에게 문자로 아침 인사를 보내고 9시에 아카데미 식당에서 만났다. 비가 오는 날인데 내겐 이제 트렌치코트가 없었다. 그래도 식당은 길을 내려가면 바로 나오는 곳이라서 손으로 머리칼을 가린 채 빨리 걸었다.

이른 시간에 사샤를 만나 기뻤다. 그날 아침 나는 활발하고 아주 재미있고 재치가 넘쳤다. 사샤에게 새 직장과 학생들 이야기를 했다. 당신도 똑똑한 학생이었겠지, 분명 선생님이 귀여워했을 거야. 나는 오트밀을 주문했는데 말을 많이 하는 바람에 음식에는 거의 손대지 않았다. 사샤는 기름진 것들이 가득한 요리에 초콜릿 밀크셰이크를 주문했다. 좀 먹을래? 사샤가 밀크셰이크를 내 쪽으로 밀었다. 나는 완전한 채식주의사가 되기로 결심했다고, 인생 최고의 결심이라고 답하며 이렇게 속삭였다. 아침에 처음 맞이하는 항문 오르가슴 같거든. 얼굴이 벌게진 사샤는 검은 티셔츠에 초콜릿 음료를 흘려 버렸다. 사실 그 옷은 원래 더러웠다. 옷깃에는 허연 얼룩이 묻어 있고 어깨에는 비듬이 떨어져 있었다. 사샤는 일상에서 매무새를 잘 관리하지 못했고, 마음이 늘 다른 곳에 가 있었다. 사샤가 손으로 초콜릿을 훔치는 모습을 보며 생각했다. 사샤는 여전히 나를 좋아해, 사샤는 여전히 내 것이야.

사샤는 내 인생에 남은 유일한 남자이긴 했지만 나는 그에게 성적 욕망을 느끼진 않았다. 사샤를 보내주어야 했지만 그럴 수가 없었다. 그러면 아무것도 남지 않기 때문이었다. 자위를 계속하고 있어 다행이긴 했으나 더는 예전 같지 않았다. 누굴 떠올려야 할지 알 수 없었고, 늘 하던 EGR 게임도 효과가 없었다. 나의 EGR 게임은 먼저 E로 시작하는데, E는 푸짐한 저녁 식사와 점잖게 옷을 벗는 행위를 뜻한다. 그다음 G는 전희로, 상대는 아주 능숙한 사람이라 손가락으로 마법 같은 기술을 선보인다. 마지막 R은 열정으로, 긴 응시와 격렬한 삽입이 따른다. 그러다 오르가슴을 원하면 다시 E 차례로 돌아간다. 아주 훌륭한 전략이긴 해도 더 이상 통하지 않았다. 상대를 머릿속에 붙잡아 둘 수 없었고 얼굴을 떠올리기도 어려웠다.

오트밀을 조금 먹은 다음 사샤에게 말했다. 몸에 뭔가 있어. 그게 뭐냐는 사샤의 질문에, 내 몸은 더럽고 피부에선 뭐가 많이 떨어져 나오고 견갑골 사이에 깨끗이 씻을 수 없는 부분이 있다고 대답했다. 사샤는 눈을 가늘게 뜬 채 나를 보고는 밀크셰이크를 한 모금 쭉 빨았다. 그리고 같이 집에 가자고, 마사지해 주겠다고 했다. 나는 거절했다. 마사지가 끝나면 사샤가 내 몸에 손가락을 집어넣을 테니까. 사실 그 자체로는 문제가 아니고, 진짜 문제는 그런 다음 사샤가 내 곁에 누워 애처롭게 한숨을 쉬며 보상을 바란다는 것이었다. 안 돼, 그런 보상은 해 줄 수 없었다. 차라리 모르는 사람에게 마사지를 받고 돈을 내는 게 나았다. 너도 알다시피 돈은 무슨 일이든 간단하게 해 주는 법이니까.

그럼 병원에 가고 싶어? 그의 물음에 나는 아니라고 말했다. 병원에 가면 진통제 하나에 1천 달러를 내라고 하겠지. 아니면 암에 걸려 죽을 거라면서, 확인해 줄 테니 10만 달러를 내라 할 테고. 안 돼, 사샤, 난 미국에서 죽고 싶지 않아. 차라리 긴 끈에 금색 단추가 달린 미쏘니 수영복을 사겠어. 사샤가 웃음을 터뜨렸고, 그의 입에서 달걀 프라이 조각이 튀어나와 내 손에 떨어졌다.

사샤는 나와 가장 가까운 사람이지만 그걸로는 충분하지 않았다. 편안한 아침 식사도 충분하지 않았고, 유머도 충분하지 않았다. 내게 필요한 걸 사샤는 줄 수 없었다.

나는 사샤를 배웅하러 남근 모양 빌딩까지 갔다가 토마토를 사려고 홀푸즈에 들렀다. 생긴 지 얼마 안 된 매장으로, 문을 연 시점이 우리가 이 동네에 살게 된 때와 같았다. 젠트리피케이션을 알리는 신호와도 같은 이 상황에 나는 당연히 반대하는 쪽이지만 현실과 타협해야 했다. 일반 식료품점의 토마토는 풍미가 없었고 바클레이스 센터 근처의 슈퍼마켓인 스톱 앤드 숍에 가 보았으나 농산물 코너를 찾지는 못했고 거기선 병원 냄새가 났다. 결국 토마토 하나 때문에 홀푸즈를 찾게 되었다는 말이다. 어쨌든 난 지중해 출신이니까. 정체성에 어울리는 겉모습을 조금은 유지해야 했다. 또 키우는 식물 목록에 추가할 계획으로 타임 씨앗도 샀다. 모든 식물은 풀턴 스트리트 쪽으로 난 부엌에서 키웠다. 나는 일주일에 한 번 한 시간여를 들여 화분에 물을 주고 식물을 다듬고

분갈이를 했다. 이 정도가 최선이었다. 바깥에는 즐길 자연이 없고, 있는 거라고는 문 닫은 공원에 울퉁불퉁한 인도, 시끄러운 차가 전부였다. 사람들이 인간처럼 보이지도 않았다.

도저히 따라잡을 수 없었다. 아마 그것이 문제였던 것 같다. 내가 내 몸을 따라잡을 수 없는 걸까, 아니면 내 몸이 나를 따라잡을 수 없는 걸까. 언제나 이런 질문을 마음속에 품고 있었는데, 네가 그런 질문에 잘 대답할는지 모르겠다. 내가 내 몸에 그렇게 한 걸까? 혹은 내 몸이 내게 그렇게 한 걸까? 소리 내어 말해 보면 깨닫게 된다. 전부 수사적인 표현이고, 언어가 나를 잘못된 방향으로 이끌고 있다는 것을. 우리는 그렇게 다르지 않다, 내 몸과 나는. 종종 언어가 충분하지 않을 때도 있지만 이 경우엔 너무 과하다. 상황을 복잡하게 만들 뿐이다.

레너드가 어머니를 인터뷰하고 작성한 과제는 굉장했다. 나는 부엌 쓰레기통 위에 앉아 레너드가 파란색 작은 글씨로 쓴 글을 읽고 초고층 빌딩 사이 틈으로 떠오르는 해를 응시했다.

집에 텔레비전이 없고 대화 상대도 없다 보니 일요일 아침이면 학생들의 공책을 읽게 되었다. 텔레비전을 사고 싶다는 유혹도 있었다. 정말 친근하고 위안을 주니까. 그냥 수동적으로 숨 쉬며 시청하다가 몇 분에 한 번씩 침을 삼키고 가끔 화장실에 가면 된다. 그렇지만 살 수가 없었다. 텔레비전 광고가 나를 지나치게 자극했다. 광고는 언제나 양극단의 것을 보여 준다. 한쪽에는 패스트푸드와 차가, 다른 한쪽에는 보험과 의약품이 있다. 그랬다, 나는 텔레비전을 살 수 없었다. 미국 문화가 두려웠으니까. 이때 미국 문화란 총기를 소지할 권리 얘기가 아니라 웨딩드레스와 비만 얘기다.

레너드는 어머니를 인터뷰하면서 결혼에 관해 질문했다. 일일연속극 같은 그 글에 나는 푹 빠져들었다. 그리고 레너드가 프랭클린 중학교에서는 아닐지라도, 그의 학년에서는 가장 똑똑하다는 사실을 깨달았다. 비록 수업 시간에 말이 별로 없고 대개는 고개를 숙이고 있긴 하지만. 레너드는 머리가 컸고, 바가지 모양으로 자른 윤기 나는 검은 머리칼은 숱이 많았다.

나는 레너드에게 답변으로 긴 편지를 써서 공책 안에 스테이플러로 고정해 두었다. 나는 그에게 칭찬을 아끼지 않았는데, 진정 그럴 만했다. 레너드는 명확하고 간결하게 글을 썼으며 내가 아는 한 틀린 부분도 없었다.

나는 레너드가 지난 부활절 일요일에 일어난 일에 대해 쓴 글에 공감을 표하며 클라이맥스에 아버지가 어머니를 두들겨 팬 내용이 오도록 인터뷰를 재구성하라고 권했다. 그러면 인터뷰가 더욱 설득력이 있을 것이고, 독자에게 생각할 거리를 남긴다고 말하면서. 레너드는 "용서란 하느님의 명령"이라는 어머니의 말을 인용했는데, 나는 성경 인용은 학계에서 무시하는 경향이 있다고 조언하며 이렇게 썼다. 넌 똑똑한 소년이고 독립적으로 생각하는 사람이니 이런 습관은 자연스레 사라질 거야.

이어 다른 소년들의 공책도 읽었다. 과제의 맞춤법 실수를 고쳐 주고 공책의 여백 부분에 짧은 메모를 남기는 동안 이웃의 클라리넷 연주가 저편에서 들려오기 시작했다. 공책 더미의 맨 마지막 순서는 칼이었다. 죽고 싶다, 칼이 썼다. 더는 못 해 먹겠어. 총으로 자살하고 싶어. 연필로 쓴 글씨들이 공책의 흐릿한 푸른 선 밖으로 흘러넘치고 있었다. 죽고 싶어, 학교에 있는 사람들을 다 죽일 거야. 나는 잠시 근심했다가 어떤 이유에선지 창밖을 보았다. 구리로 된 돔과 거대한 시계가 달린 사샤의 웅장한 건물이 보였다. 시간은 아침 9시 반, 시계가 칼을 위해 째깍째깍 움직이는 것 같았다. 칼은 교실의 유일한 차이나타운 출신 아시아인으로 다른 소년들에게 괴롭힘을 당했다.

공책 다음 페이지를 넘겨 보니 칼이 완성한 작문 과제가 나왔다. 칼은 본인이 온라인 포커 세계 챔피언이라고 가정하고 인터뷰를 했다. 페이지 맨 아래쪽에는 비츠의 신상 헤드폰, 컴퓨터 게임 몇 가지, 내가 모르는 장비들이 포함된 목록이 쓰여 있었다. 이 아이가 여전히 살고 싶은 이유가 있다는 생각이 들었다. 나는 위협적인 내용의 페이지를 찢어 낸 다음 이 사실을 아무에게도, 당연히 교장에게는 더더욱 알리지 않았다.

나는 학생들과 하는 작업이 전통적인 수업에서 벗어나며, 엉망에다 비효율적인 교육 시스템과 마찰을 빚을 수 있다는 사실을 알고 있었다. 그렇지만 내 교육은 효과를 보기 시작했다. 학생들의 자신감을 키워 주기 위해 수업 시간에 자리에서 일어나 자신이 한 작문을 소리 내어 읽으라고 했다. 레너드는 처음에는 바닥 카펫을 응시했으나 얼마 뒤 고개를 들고 목소리를 키우기 시작했다. 타인과 함께 살아가면 주어지는 불가피한 압력을 직면하는 모습이었는데, 특히 뉴욕 같은 곳에 살 때는 내향적 태도로 버티기 어려운 법이다. 나는 또 살이 글에 운율을 넣기 시작했다는 사실도 알게 되었고, 더 밀고 나가라고 격려하며 욕을 써도 된다고 '특별 면제권'도 부여했다. 나는 그런 작은 변화를 위대한 승리로 받아들였다.

다음 주말, 잠에서 깨어나 아침을 먹고 장을 비운 다음 정해진 절차에 따라 피부 관리를 했다. 그리고 그 계절 들어 처음으로 쿠치넬리 캐시미어 스웨터를 꺼내 입었다. 아홉 시간 동안 푹 자고 일어나면서 결심했다. 행동에 나서기로, 깨끗해지기로.

쌀쌀한 아침이었다. 디캘브 쇼핑센터 안에 자리한 드러그스토어 CVS까지 걸어가 그동안 사지 못한 물품을 모두 골랐다. 이제 청소는 분류 체계를 갖춘 과학이었다. 비누, 스펀지, 솔, 갖가지 물티슈를 샀다. 통로를 지나다니며 물품에 집중하다 보니, 내가 세상에 혼자 남은 여자 같았고, 잠시 매장과 하나가 된 기분이 들었다. 계산대에서는 가진 동전을 페니까지 다 털어 낸 다음 잔돈을 정확히 거슬러 받았다.

밖에 나와 어느 노숙인에게 잔돈을 다 주었다. 그 사람이 무슨 말을 했는지는 기억이 안 나지만, 동전은 손이 꽁꽁 얼 것처럼 차가운 데다 여러 개라서 받는 쪽이 두 손바닥을 모아야 했다.

쇼핑백들이 너무 무거워 그냥 들고 갈 수 없었다. 그래서 파란색 장바구니를 가게 밖으로 질질 끌고 나와 내가 사는 건물로 향했다. 계단 세 층을 오르는데 1갤런짜리 살균 소독제 클로록스가 아슬아슬 떨어질 것만 같았다. 아파트에 들어온 후 나는 차분함을 버리고 미친 듯이 빠르게 움직였다. 욕조에 물을 받은 다음 더운 물에 몸을 푹 담그고, 옆에는 CVS 바구니를 두었다.

그렇게 나는 나머지 오전 시간을 욕조에 몸을 담근 채 보냈다. 모든 일을 체계적으로 해치웠다. 때도 문제였지만, 털도 문제였다. 둘 다 해치우기 힘든 상대였다. 털은 다리와 팔, 겨드랑이에 났고 배꼽부터 성기까지도 자랐다. 그전까지는 반드시 손 봐야 할 때만, 즉 직장에서 다리를 꼬거나 풀 때 가렵거나 냄새가 나기 시작할 때만 다듬곤 했다.

때 밀기와 제모를 번갈아 가며 진행했다. 다리를 문지르고 털을 깎았다. 팔을 문지르고 털을 깎았다. 음부를 문지르고 털을 깎아낸 다음, 다시 문질렀다. 죽은 피부와 털들이 떠다녔고, 음모가 어깨와 가슴에 달라붙었다. 그다음은 세부적으로 다듬을 차례였다. 발가락에서 페디큐어를 벗겨 내고 붉게 물든 면봉을 물에 버렸다. 손톱을 자른 다음 가는 나무 막대로 그 밑의 때를 빼냈다. 막대 양 끝에 작은 솜뭉치 같은 때 조각들이 딸려 나왔다. 손톱 주변 큐티클은 밀어낸 다음 잘랐다. 발바닥 때도 한참 민 다음 돌 구멍에 아무것도 남지 않게 욕실 바닥에 속눈을 두드렸다. 이만하면 부드럽고 깨끗해졌다는 생각이 들어, 발을 튀르키예식 수세미로 문질렀다. 발부터 시작해서 종아리와 허벅지와 음순과 항문과 배꼽까지 문지르며 비누 묻은 손가락과 임시변통으로 사용하는 도구를 가능한 모든 곳에 찔러 넣었다.

다 씻은 다음에는 잠시 동작을 멈추었다. 새로운 몸, 싹 달라진 몸을 느끼기 위해서였다. 너와 나도 종종 멈추는데, 우리의 멈춤은 낯선 두 사람의 불편한 멈춤이다. 시간이 지나면서 우리는 서로를 알아가고 있다.

그날 나는 뭔가를 만들어 낸 것이었다. 나는 그걸 'CVS 휴식'이라고 부르기로 했다. 언제나 드러그스토어에서 시작했기 때문인데, 돈 쓰기가 전제 조건이었다.

아니다, 아무것도 변하지 않았고 아무것도 도움이 되지 않았다. 그렇지만 나는 무언가 하고 있었고, 열심히 애쓰고 있었다. 마개를 뽑아 욕조에서 물을 빼냈다. 머리카락을 물에 적시고 머리와 몸의 굴곡진 면을 비누칠하면서 욕조의 물을, 제 모습을 드러내는 바닥의 동토대를 주시했다.

정말이지 어마어마한 광경이었다. 내 피부색이기도 하고 흙 색깔이기도 한 밝은 갈색 점들. 그리고 유연한 풀 같은 가늘고 기다란 털, 가느다란 덤불 같은 음모 뭉치. 사체들 주변에 고인 원시 물질 같은 미끄러운 비누 층, 면봉 솜 위의 붉은 매니큐어. 석회층 테라스 지형처럼 띠를 이루고 있는 뱀과 큐티클. 불균질하고 그을린 팔레스타인의 여름처럼 아름다웠다. 허리를 구부려 손바닥에 전부 모으는 동안, 건조한 바람이 욕실 문을 열어젖혔다.

욕실에서 나가 거실 가운데에 섰다. 채광창으로 들어온 햇빛은 정오가 되자 전신 거울 앞에 완벽한 정사각형을 그렸다. 나는 그 환한 조명 속에 섰다. 햇빛은 밝았고 내 뒤쪽으로는 그림자가 거의 지지 않았다. 거울 속 내 얼굴이 창백한 것은 열심히 피부를 문질러서였다.

해가 그리는 정사각형 중심에 드러누웠다. 단단한 나무 바닥은 따뜻해서 등 근육을 풀어 주었다. 어깨가 딱딱한 표면에 녹아드는 기분이었다.

나는 해변에 있는 것처럼 심호흡했다. 꼭 백인 같잖아. 그렇게 백인처럼 보이는 건 싫은데. 내가 백인이 아니라 기만적인 피부색의 아랍인이기 때문이었다. 내가 아랍인이라는 사실에 잠시 풀이 죽었지만, 앞서 말했듯 내 경우 운이 좋게도 확실히 티가 나지는 않았다. 난 어떤 존재로든 보일 수 있고, 어딜 가든 섞여 들었다.

이웃이 클라리넷 연주를 다시 시작했고, 나는 몸을 뒤집어 등을 태우기 시작했다. 처음에는 아무 음이나 연주하더니 점차 어떤 선율이 만들어졌다. 따뜻한 햇볕 속에 누운 채 이웃의 음악을 경청했다. 몇 초 후 곡 제목이 생각났다. 물론 클래식은 아니었는데, 정말 클래식이면 내가 제목을 몰랐을 거였다. 그건 「벨라 차오」였다.

이제 네게 들려줄 이야기가 있어. 열린 마음으로 받아들였으면 해. 솔직하겠다고 약속할게.

클라리넷 소리에 내 안의 뭔가가 움직였다. 무서울 건 없었다. 특정 선율에 맞춰 부드럽게 떨릴 뿐이었다. '카티에 요법'으로도, 튀르키예식 수세미를 써도 닿지 않는 등의 그 부위, 내 척추 위였다. 「벨라 차오」의 후렴 부분이 반복 연주되는 동안, 그 움직임은 점점 리듬을 띠었다. 처음에는 그냥 흔들리는 정도였는데, 열이 올라 신체의 다른 부위보다 훨씬 뜨거워지더니 마침내 활활 타오르며 몸속에서 빙글빙글 돌았다. 나는 그 순간 알아차렸다. 그 동전이었다. 의심의 여지가 없었다. 그냥 알 수 있었다. 유년 시절 남쪽으로 가는 차 안에서 삼킨 동전이었다. 이십 년이 넘도록 동전은 사라져 행방을 알 수 없었다. 그러다 어떤 이유로, 뉴욕에서 다시 나타난 것이었다.

낯설지만 불쾌한 느낌은 아니었다. 심지어 만족스러웠다고 할 수도 있다. 그래서 다음 주말에 또 같은 의식을 치렀다. 선탠을 마칠 무렵 정사각형 햇빛은 평행사변형으로 변했고, 변 하나가 벽과 거울로 기어올라 가면 동전은 움직임이 느려지다 멈추었다. 나는 몸을 뒤집어 오 분 동안 얼굴을 뜨겁게 데우면서, 뺨과 이마가 연한 구릿빛이 되길 희망했다. 자리에서 일어나 거울을 보았다. 이웃의 연주는 끝났고 선탠이 효과를 발휘해 내 얼굴은 더 거무스

름해졌다.

그때부터 이웃과 동전과 나는 이 의식을 일요일마다 낮 12시 반부터 치렀다. 피부가 적당히 그을리자, 그때부터는 어느 정도 자유롭게 움직였다. 시간마다 몸을 뒤집는 대신 햇빛 사각형 안에서 태아처럼 몸을 구부리면서 동전을 툭 뒤집는가 하면, 쪽잠을 자고, 노래를 따라 부르기도 했다.

그날 저녁에는 사샤를 바람맞히고 타임스 스퀘어로 향했다. 나는 무척 깨끗하고 단정한 모습이었다. 돌체 앤 가바나 코트에 검은 실크 팬츠를 입었다. 얼굴은 꼼꼼히 화장하고 붉은 립스틱을 발랐다. 분홍 리본이 달린 디오르 모자도 썼다. 그동안 액체 섭취량을 늘렸는데, 레몬수를 더 자주 마셨고 차에 강황도 갈아 넣었다. 얼굴이 꿀빛으로 윤기가 돌아서 거울에 비친 모습이 마음에 들었다. 웃을 때만큼은 그렇다. 평상시 표정은 끔찍했다. 어린 시절이 험난했으니까. 그래도 미소 지으면 흰 이에 통통한 입술과 검고 진한 곡선형 눈썹을 지닌 얼굴이 정말로 건강해 보였다.

처음 뉴욕에 갔을 땐 어딜 가나 사람들을 유심히 보곤 했다. 살아 있는 유물을 보듯 그렇게 응시했다. 세세한 부분까지 보고 그들의 삶이 어떤지 상상하며, 눈을 마주치려고 애썼다. 그렇지만 이내 그만두었다. 흥미를 잃은 것이었다. 사람이 너무 많았고 다들 똑같아 보이기 시작했다. 모두 유니클로 나일론 재킷을 입었고, 울적하고 일에 짓눌려 기쁨 따위 없는 모습이었다. 나는 그들에게 관심이 없었고, 그들도 내게 관심이 없었다.

무서운 것이다, 습관이란. 그것은 내가 늘 떠나야 할 또 다른 이유다. 현실에 안주하고 싶지 않기 때문이다.

나는 42번 스트리트에 내렸는데, 여행자들이 많은 그곳은 분위기가 달랐다. 거리에 익숙하지 않은 그들은 내 제자들처럼 신선했다. 나는 그들의 눈에서 바로 나 자신을 보았다. 그들 모두 내게 시선을 보냈다. 스페인 소녀들이 나를 보았고, 아래쪽 속눈썹에 마스카라를 칠한 중서부 사람들이 나를 보았고, 심지어 이스라엘 사람들도 나를 보았다. 다리가 지친 여성들이 고개를 들어 나를 보았고, 쇼핑백을 잔뜩 든 노르웨이 커플들도 나를 보았고, 삼삼오오 떼를 지은 일행들 전부 나를 보았다. 그들 모두 나를 바라보았고, 뭔가를 발견했다.

나는 그곳에 한동안 서 있었다. 브로드웨이와 7번 애비뉴, 42번 스트리트가 교차하는 구역이었다. 사람들을, 대형 화면을 응시하니 마음이 누그러졌다. 한순간, 우리 반 학생인 살이 모병 사무소에 들어가는 모습을 본 것만 같았다. 물론 살의 나이를 생각하면 불가능한 일이었다.

타임스 스퀘어의 그곳에서는 이십 분 이상 서 있을 수 없었다. 고개를 들어 대형 화면을 바라보고 있자니 목이 아팠다. 그래도 충분했다. 사람들의 허기진 눈에서 내 모습을 볼 수 있었다. 나의 신비롭고 이국적인 아름다움을 볼 수 있었다. 그것은 거짓이 아니라 진실이었다.

내가 외롭고 비참하고 지쳤다는 것 또한 진실이었다. 다만 그것은 내가 가다듬기 시작한 진실이었다. 마치 계절이 바뀔 때 옷장을 정리하듯이.

내 옷은 두 가지로 나뉘었다. 옷의 95퍼센트는 어두운색이고, 나머지는 흰색으로 몇 가지가 안 됐다. 흰색은 속옷과 양말이었다. 나머지 옷은 전부 검은색, 회색이거나 남색인데 남색은 검은색과 겨룰 수 있는 유일한 색이었다. 헐렁한 면 팬츠는 마르니, 파유[03] 팬츠는 클로에, 통이 넓은 생지 데님 팬츠 두 벌은 구찌, 울 팬츠는 미우미우, 실크 팬츠는 보테가 베네타였다. 상의를 보자. 민소매 튜닉 두 벌은 띠어리, 끝단에 주름 장식이 달린 면 상의는 시몬 로샤, 소매에 단단한 레이스 장식이 달린 티셔츠는 발렌티노, 메시 블라우스는 펜디, 옆쪽에 지퍼가 달린 브이넥 리넨은 프라다 제품으로 딱 달라붙어 몸매를 돋보이게 했다. 긴 소매의 기본 셔츠 두 벌과 목이 긴 셔츠 두 벌은 왕, 새빨간 캐시미어 스웨터는 브루넬로 쿠치넬리, 재활용 캐시미어 스웨터는 스텔라 매카트니, 플

---

03   가로 방향으로 골이 지게 짠 평직물.

리츠 앙상블은 이세이 미야케였다. 또 셀린의 미니스커트와 알렉산더 맥퀸의 드레스도 있었다. 코트와 재킷을 보자. 블레이저 한 벌은 막스 마라, 밑단이 바닥에 끌릴 정도로 긴 겨울용 울코트는 돌체 앤 가바나였다. 버버리 트렌치코트도 한 벌 있었지만 이미 건물 밖 오렌지색 쓰레기통에 처분했다.

많지 않은 옷이었으나 전체적으로 세련되고 부유한 느낌을 내기에는 충분했다. 내가 여행 가방 하나만 들고 뉴욕에 온 사람이라는 걸 잊지 말기를. 옷을 더 살 수도 있었다. 뉴욕에서 그것 말고 달리 뭐가 있겠는가. 하지만 베트멍이라는 패션 브랜드를 보고 옷을 사지 않게 되었다.[04]

그해 가을, 베트멍은 삭스 백화점 한가운데에 옷더미를 쌓아 무지막지한 탑을 세웠다. 대부분 저지와 데님으로 구성된 거대한 옷더미는 전부 내가 경멸하는 색이었다. 흐린 검정, 암녹색, 형광 주황색, 소화기처럼 새빨간 색. 아이들의 운동복을 잔뜩 쌓아둔 세탁실이 생각나는 거대한 옷더미로, 대량 소비를 형상화한 기념비였다.

나는 이 브랜드가 내 취향과는 정반대라서 제품을 하나도 가지고 있지 않았지만, 그래도 브랜드 자체는 높이 평가했다. 이 똑똑한 조지아 출신 디자이너들은 패션계의 뱅크시로, 착취 노동을

---

[04] 베트멍(Vetement)은 조지아 출신의 두 형제가 설립한 프랑스 패션 브랜드로, 프랑스어로 '옷'이라는 뜻이다. 이름처럼 패션에 대한 가장 기본적인 개념을 전면에 내세워 패션 산업 그 자체를 풍자하고 비틀며 전통적인 고급 패션의 경계를 흔들었다. 예컨대 DHL 로고가 전면에 드러난 직원 유니폼 티셔츠를 고가에 팔아 스캔들을 일으키는 식이다.

통해 생산된 후디 티셔츠를 수천 달러에 판매했다. 젊은 거부들이 노동 계급처럼 보이기를 원해서였다. 이들의 슬로건은 '못생긴 것이 아름답다'였다.

    물론 매우 잔인한 말이지만 진실의 반영이기도 하지 않은가, 진실은 못생겼으니까. 한때 나는 악이 내세우는 가면 말고 진짜 얼굴을 보게 되면 사람들이 저항할 줄 알았다. 그 시절 나는 투명성을 지지했다. 네타냐후와 트럼프의 당선되었을 때 나는 오히려 좋은 시절이 왔다고 생각했다. 마침내 진실이 드러나게 되었으니까. 그런데 진실은 못생겼을뿐더러, 못생긴 게 아름다움이 되어버렸다. 사람들은 괴물을 숭배하고, 부자는 빈자처럼 보이기를 원한다.

월요일에 나는 샬이 등교하지 않기를 빌었다. 그 아이가 아프거나, 농구 경기가 있거나, 여동생을 돌보아야 해서 집에 있기를 빌었다. 당연하게도 1번 애비뉴 모퉁이를 돌자마자 학교 입구에 서 있는 샬이 보였다. 아침 8시도 전이었는데 샬은 커다란 녹색 껌을 씹고 있었다.

샬은 세련되고 잘생긴 소년이었으나 형편이 좋지 않았고 문제를 자주 일으켰다. 교장의 친척이라 그녀가 몰래 입학시킨 게 아닐까 싶었다. 샬은 학업 성적이 일반 학생보다 확실히 뒤떨어졌고 공정한 조건으로는 입학 시험에 통과할 수 없을 학생이었다. 게다가 기분파에 감정 조절이 어려워, 처음에 칭얼거리다 내가 관심을 주지 않으면 공격성을 드러내며 으르렁댔다.

그날 점심시간 후에 샬은 제이 옆자리에 앉았다. 나는 학생들에게 알렸다. 추수감사절 이전 수요일에 현장 학습을 갈 건데, 다 같이 뉴저지의 시 낭독 행사에 참석할 예정이고 내가 햄버거를 사

줄 거라고 했다. 교실은 난리가 났다. 더블버거, 치즈버거, 베이컨이랑 감자튀김, 탄산음료 추가는 될까요?

얼마 뒤 교실은 잠잠해졌으나 살은 그렇지 않았고, 나 때문에 배가 고파졌다며 계속 불평했다. 그는 연필을 깎기 시작하더니 심을 다듬고 또 다듬은 다음 종이 위에다 대고 부수었고, 부순 조각을 바닥 쪽으로 훅 불었다. 또 레너드에게도 집적거리며, 수학 쪽지 시험은 몇 점을 받았는지, 점심에는 무얼 먹었는지 묻고 또 물었다. 레너드나 제이를 귀찮게 하는 사람이면 누구든 봐줄 수 없으니 평소라면 살을 제지했겠지만, 그날은 그러지 못했다. 나는 그에게 교사용 책상의 내 옆자리에 앉으라고 했다. 살을 주시하지 않아도 되니 한결 편했다.

전날 밤 내 꿈에 살이 나왔었다. 우리는 우리 할머니 집에 있는 어린이용 침실에서 함께 자고 있었다. 작은 침대 두 개가 있는 진홍색 방이었다. 우리 둘 다 밤에 뒤척였는데 어느 순간 살이 어둠 속에서 한숨 쉬는 소리가 났다. 나는 살의 침대로 건너가 이불 속으로 파고들었다.

꿈속에서 살은 열여덟 살이었다. 꿈에서 나는 그렇게 알고 있었고, 그건 소아성애를 변명하기 위한 말은 아니다. 살은 내가 아는, 그러나 더 나이가 든 모습이었다. 이미 훤칠한 청년의 모습으로, 그의 네모난 머리와 이마 선은 무하마드 알리를 연상케 했다. 꿈속의 살은 어깨가 넓었고, 내가 그의 몸 위에 눕자 나를 껴안았다. 따뜻했다. 살이 발기했는지 내 배로 딱딱한 감각이 전해졌다. 우리는 키스를 하기 시작했고, 나는 살의 입에 숨을 불어넣었다. 이어 살의 농구 팬츠를 벗겼고, 내 속은 이미 젖어서 살은 어려움

없이 성기를 삽입할 수 있었다. 그렇게 찰나의 섹스를 나누다 나는 상대가 누구인지 깨달았으니 바로 나의 학생 살 안도였다. 침대에서 뛰어나와 진홍색 침실의 불을 켰다. 옷장이 있던 자리에는 분홍색과 노란색 분필로 낙서한 커다란 칠판이 있었다. 대체 무슨 짓을 저지른 것인지 몸서리를 치며 낙서를 지웠다. 어떤 낙서였는지는 생각이 나지 않았지만 C와 A는 기억난다. 살이 꿈에서 나를 불렀으나 나는 그를 볼 자신이 없어 몸을 돌리지 않았다.

    수업 종이 울리자 살이 내 어깨를 두드렸다. 선생님, 선생님. 내가 옆자리를 내주어 고맙기라도 했는지 뜻밖에도 무척 예의 바르게 굴었다. 응? 살이 내 목으로 손을 뻗는 바람에 뒤로 물러났지만 그의 손이 닿았다. 별거 아닌데, 뭐가 있어서요. 살이 내 목에서 뭔가 집었다. 그가 책상 위에 올려놓은 것은 털이었다. 의심의 여지 없이 내 음모 한 가닥이었다.

다섯 살 때 할머니 집에서 찍은 사진이 있다. 사진 속의 나는 벌거벗은 채 빗자루를 들고 있다.

할머니의 집은 티 하나 없이 깔끔했다. 벽은 프로이센 블루로 칠했고 무라노 유리 조명이 있었으며 진갈색 전축에서는 아랍 전통 음악과 미국 스윙이 번갈아 흘러나왔다. 점심을 먹고 난 뒤 우리가 응접실에 앉아 있으면 할머니는 유년 시절 이야기를 들려주었는데, 화려하거나 비극적이었다. 그러다 독한 말보로 레드를 불쑥 눌러 끄고 일상적인 일들로 돌아갔다. 빗자루와 T자 모양 대걸레, 양동이, 먼지떨이, 카펫 털이, 정원용 호스, 무거운 흰색 이불의 무게에 축 처진 금속 빨랫줄을 중심으로 돌아가는 일이었다.

내가 맡은 일은 원시적인 짚 빗자루로 정원을 청소하는 일이었다. 나는 자카란다 나무에서 떨어진 자주색 꽃을 쓸었다. 감귤류 나무와 가지치기한 재스민 덤불과 장미, 히비스커스를 심은 계단식 정원을 관통하는 구불구불한 돌계단도 쓸었다. 계단 맨 위에는 금붕어와 비단잉어가 사는 연못이 있었는데, 아침이면 수련이 힘차게 피어났다. 나는 연못 주변을 쓸고 먼지를 물속으로 밀어 넣었다. 저녁이 되면 밥을 먹기 전에 할머니는 내 빗자루를 씻었고, 그동안 나는 포도덩굴 아래 그네에 앉아 있었다.

그렇지만 유년 시절의 어느 순간, 동전이 사라지고 차 사고가 일어났을 무렵 연못은 비워지고 자갈과 다육 식물이 그 자리를 차지했다. 그리고 포도 덩굴은 정체 모를 해충에 깡그리 없어져 버렸고 레몬은 열매를 따는 사람이 없어서 매해 크기가 줄어들었다. 얼마 뒤 치매가 오면서 인생의 황혼에 접어든 할머니는 예닌 출신 정원사를 고용해 자카란다 나무를 베어 내게 했다. 이젠 나무를 더 감당할 수 없다고 했다. 매일 꽃 잔해를 쓸어 내려니 등골이 부러질 지경이라면서.

어떤 날들에 나는 더 이상 나 자신이 아니었다. 요리와 설거지, 청소 같은 일이 너무 힘들었고 재활용 쓰레기를 분류하거나 냉장고 아래쪽 서랍에 뭐가 들었는지 확인하는 일이 시련처럼 다가왔다. 쉽게 짜증이 났고, 실수를 저질렀다. 심지어 일할 때도 애를 먹었다. 수업 시간에 말을 더듬었고, 무슨 말을 하는지보다 자세에 더 많이 신경이 쓰였다. 너무 피곤해 서 있을 수가 없어 책상에 앉아 있었다. 교실 안을 돌아다니며 학생 한 명 한 명 자신감을 심어 주는 일도 그만두었다. 학생들이 땀투성이에다 정액 냄새가 날 때도 있어서였다. 또 한 가지는, 학생들과 눈을 맞출 수 없어서였다. 내 얼굴엔 죄책감이 어려 있었고, 나는 늘 그곳에 온전히 있지 않았다.

또 어떤 날들에는 마구 들뜨고 힘이 넘쳐, 조깅을 할 수 있고 걸음마 아기도 돌볼 수 있을 것 같았다. 내 집뿐 아니라 건물 내 다른 집이며 우리 건물이 위치한 블록의 집들까지 청소할 수 있을 것 같았다.

그런 어느 날 밤, 잠을 자려고 부엌 불을 껐는데 어둠 속에서 종이가 걸려 깜빡이는 프린터가 보였다. 이 아파트에 오면서 산 물건인데, 잘 알진 못해도 아마 교사라면 프린터가 필요하겠거니 생각해서였다. 휴렛 패커드 사의 하얀색 제품으로 고장이 나기 전 몇 번 띄엄띄엄 사용한 게 다였다. 나는 부엌 불을 켠 다음 프린터를 끝장내기로 결심했다. 난 희생자가 아니야, 프린터 따위가 내 영혼을 부술 수 없고, 동전은 무생물일 뿐이야.

그랬다. 당시에는 그 동전의 존재를 확신했다. 동전에 집착했고, 계속 마음에 담아 두었다. 동전이 모든 문제의 원인이라고, 이 세상을, 특히 더러움을 단단히 틀어쥐려는 욕구도 동전 때문이라고 확신했다. 두렵기도 했다. 오랫동안 몸속에 있던 동전이 녹슬어 분해되는 중이거나, 서너 개로 불어나 작은 더미를 이루는 것은 아닐까 하고. 유년 시절에 그 돈이면 코카콜라 한 캔을 살 수 있었을 텐데.

자정이었고, 소리 하나 들리지 않을 정도였다. 뉴욕은 절대 잠들지 않는다는 말은 거짓이다. 나는 불을 켜고 누가 나를 재촉이라도 한 것처럼 서둘렀다. 프린터를 밀어 바닥에 떨어뜨리고, 뚜껑을 열어젖힌 다음 잉크 카트리지를 꺼냈다. 안에 낀 종이가 나타나자 확 잡아챘는데, 그 바람에 종이가 찢어지고 팔꿈치가 책장에 부딪혔다. 리스 향수가 선반에서 거실 바닥으로 떨어져 산산조각이 났다.

나는 일어나 여전히 깜빡이는 프린터를 보았다. 뚜껑이 활짝 열린 프린터는 잉크 카트리지, 깨진 유리 조각과 함께 마룻바닥에 놓여 있었다. 이 망할 물건을 끔찍한 상태에서 벗어나게 해 줄까 생각했다. 죽어 가는 동물과도 같은 이 물건을 쾅쾅 짓밟은 다음 버스 정류장에서 자는 노숙인을 향해 창문 밖으로 던져 버리고 싶었다. 나는 분명 화가 났고, 동시에 신이 났고 심지어 행복하기까지 했다. 백합 향이 났다. 나의 두려움은 뜻밖에도 즐거움으로 탈바꿈했다. 밖으로 총을 들고 나가 포트 그린에서 부자와 빈자를 가리지 않고 난사하는 모습을 상상했다. 담뱃가게를 운영하는 남자 한 명에게 총을 넘기며, 총알을 다 쓰라고 할 수도 있을 것이다. 내가 그의 가족을 모두 죽여 버리고 나면 그 남자는 기꺼이 그럴 것이다. 예멘에 자유를.

밖에 나가 보니 가벼운 보슬비가 내렸고 나무들은 마지막 노란 잎새를 떨어뜨리고 있었다. 유리 조각을 담은 봉지를 재활용함 속에 던지니, 심벌즈를 치듯 요란한 소리가 났다. 통 안이 궁금해서 들여다보았다가 내용물을 분류하기로 했다. 아주 빠르게, 추워지기 전에 해치웠다. 벌써 11월이었고 난 재킷 없이 미우미우 팬츠에 알렉산더 왕 셔츠만 입고 나온 상태였다.

오렌지색 통을 인도에서 뒤집고 있는데 예멘 출신 형제 가운데 한 명이 담뱃가게 문을 닫다가 나를 보았다. 나는 미국식 억양으로 앗살라무 알라이쿰[05] 하고 인사를 건네고 별일 없는 척했다. 나는 통 하나만, 종이 재활용함만 간신히 정리했다. 아마 내 트렌치코트가 나오기를 바라는 마음도 좀 있었던 것 같다. 그러나 코트는 버린 지 이미 두 달이 지났고 안에는 쓰레기만 있었다.

05 "당신에게 평화를"이라는 뜻의 아랍어.

플라스틱 컵 두 개가 나왔다. 하나는 냄새나는 우유가, 다른 하나는 아이스티가 조금 들어 있었다. 액체를 배수로에 버린 다음 플라스틱 재활용함에 컵을 버렸다. 피자 테두리 조각도 나왔고, 아직도 냅킨이 붙어 있는 에그 앤드 아보카도 베이글 반쪽도 나왔으며, 캐모마일 티백, 사과 심, 체인이 그대로 달린 고무젖꼭지도 하나 나왔다. 놀랍게도 종이 재활용함에는 종이도 좀 있었다. 나는 아마존 상자를 납작하게 만들어서 안쪽에 깔끔하게 집어넣었다. 전체 작업에는 십오 분밖에 걸리지 않았고, 대체로 즐거웠다.

다 끝낸 뒤, 늦게까지 문을 연 리커스토어에 가서 시바스 미니 사이즈 네 병을 산 다음 사샤의 집으로 가면서 조금씩 마셨다. 따, 따, 따, 따. 자고 있던 사샤는 문을 열어주지 않았다. 그래서 수위에게 비상 상황이라며 여분의 열쇠를 달라고 했다. 내 꼴이 아주 중요한 소식을 전하러 집에서 막 뛰쳐나온 사람처럼 보이긴 했다.

사샤를 깨운 다음 옷을 벗고 무릎을 꿇었고, 당연히 사샤는 나를 덮쳤다. 나는 바깥 쓰레기통을 만지고 와서 더러웠다. 쓰레기가 비와 함께 내 피부로 스며든 뒤였다. 나한테선 향수 냄새가 났고, 위스키 트림도 나왔다. 사샤의 수염을 핥았다. 수염에서 내 악취가 났고, 나는 수염을 몇 가닥 뽑아 버리고 싶어서 이로 물었다. 그러나 사샤는 내 몸을 홱 뒤집고 가만있으라고 하더니 섹스를 했고, 결국 난 필름이 끊겼다. 술에 취해서 기억이 없어졌다는 뜻이 아니라 현실을 초월했다는 뜻이다.

눈을 떠 보니 우리 집 내 침대였고 미우미우 팬츠는 아파트 밖에 있었으며 셔츠는 세탁실에 있었다. 할 일을 하고 집에 돌아와서 씻은 모양이었다.

정리에는 나름의 이치가 있다. 모든 것은 제 자리가 있다, 폐쇄적 생태계의 아주 작은 조각이라도. 과잉이란 없다. 모기는 굴뚝만큼 중요하며, 티백은 독수리로 다시 태어날 것이다. 심지어 그 세겔 동전도 지구에서 유래한 물건으로 칠레나 유타주 깊은 땅에서 캐낸 것이다. 분류는 내게 편안함을 선사했다. 질서는 위안이다.

다음 날 나는 내 트렌치코트를 찾았다. 코트를 둔 오렌지색 통에서가 아니라, 한 남자에게서. 길 건너편, 라파예트의 시티 은행 밖에서 그 사람을 보았는데 내 생각엔 그가 나를 기다리고 있었던 것 같다.

신호등이 초록색으로 바뀌고 나는 길을 건너기 시작했다. 버버리의 어깨 장식과 벨트 고리, 그 코트였다. 나는 남자를 향해 똑바로, 빠르게 걸었다. 가까이 다가가는 동안, 사실은 이렇게 급히 움직일 필요가 없다는 생각이 들기 시작했다. 서로 동의한 옷 거래였으니까. 내가 가만히 다가가자, 남자는 뒤를 돌아보더니 마치 우리가 아는 사이인 양 나를 응시했다.

남자는 눈 사이가 넓었고, 머리칼은 매끈하게 뒤로 빗어 넘겨져 있었다. 피부는 햇볕에 탔고 건조했으며 구두 밑창처럼 닳은 느낌이었다. 유년 시절 내내 땡볕에서 지낸 게 아닐까. 그쪽 코트가 마음에 드네요. 내 말에 남자는 고마워요, 하고 아주 예의 바르게 대답했다. 버버리랍니다. 나도 알아요, 하고 내가 대답했다.

　나는 한 걸음 뒤로 물러나 부끄러움 없이 상대를 살폈다. 남자는 코트 아래에 몸에 꼭 맞는 남색 핀스트라이프 정장을 받쳐 입었고 갈색 가죽 부츠를 신은 차림이었다. 나보다 그리 큰 체격이 아니어서 코트는 잘 맞았다. 버버리는 키가 큰 여자에게 제격이다. 남자가 내 쪽으로 손을 내밀자 작은 흉터 여러 개와 은색 롤렉스 시계가 드러났다. 나는 오빠의 수표를 현금으로 바꾸려고 은행에 가던 길이라, 내 손은 여전히 버킨백 안에서 봉투를 움켜쥐고 있었다. 가방에서 손을 꺼내 남자와 악수하자 남자는 활짝 미소를 지었다. 나는 남자를, 그 코트를, D 모양 고리가 달린 바느질된 허리끈을 응시했다. 이거 가지고 싶어요? 남자는 옷을 벗으려 했다. 뭐라고요? 아뇨, 아뇨. 뭐 어때요? 당신 옷이잖아요, 내가 말했다.

　내가 은행에서 일을 보는 동안 남자는 나를 기다렸고, 은행 밖으로 내가 나오자 함께 길을 건넜다. 우리는 내가 사는 건물까지 왔다. 코트의 토터스셸 무늬 단추를 바느질한 녹색 실이 눈에 들어왔다. 확실히 내 코트였다. 예전에 어느 은행원의 우산에 단추가 걸려서 내가 단추를 직접 다시 꿰맨 적이 있었다. 녹색 실은 내 영역 표시를 위해 일부러 고른 거였다. 이 동네에 자주 오나요? 내가 묻자 남자는 거의 안 와요, 하고 대답했다. 남자는 미술상으로, 어느 화가를 만나려고 이 동네에 왔다고 했다. 내가 어디 사는지 알려 주었는데, 남자는 트렌치코트를 찾은 장소가 바로 거기라는 말은 하지 않았다. 그저 나를 쳐다보며 시선을 교환할 뿐이었다. 심장이 뛰는 속도를 늦추는 그런 부드러운 눈빛이었다. 내일 만나면 어떻겠느냐고 남자가 물었다. 나는 시간이 빠듯하다고, 교사로 일하고 있다고, 그렇지만 다음 주말에는 만날 수 있다고 대답했다. 남자는 알겠다는 뜻으로 고개를 끄덕이더니 다음 주 금요일, 블랙 프라이데이 아침 9시에 데리러 오겠다고 했다.

내가 건물로 들어가는 동안, 남자는 유리문 밖에 계속 서서 내가 계단을 올라갈 때까지 기다렸다. 아파트에 돌아온 나는 버킨백에서 현금을 꺼내 세기 시작했다. 전례 없이 열심히 확인했다. 나는 라파예트 지점에서 오빠의 수표를 현금으로 바꾸기 시작했고, 쓴 돈을 센트 단위까지 꼼꼼하게 확인해 왔다. 처음 내 지갑에는 1만 532달러가 들어 있었다. 그러다 지갑의 가죽이 천천히 숨을 들이마셨다가 내쉬었다. 큰 지폐가 쪼개지면 전체 액수가 줄어도 돈이 많아 보였다. 그러다 동전이 모이면 총액은 줄고 지갑 부피가 커졌다. 그러다 CVS 휴식 혹은 기부 이후, 지갑이라는 동물은 가벼워졌으나 절대 배고프지는 않았다. 머릿속으로 나는 지진계로 지진을 관측하듯 내 소비와 아량을, 출렁이는 내 가치를 측정했다.

동전이 다시 나타난 이래로 나는 돈을 아주 다르게 보기 시작했다. 세겔 동전을 갚아야 했다. 혹은 이미 지불하고 있을지도 몰랐다. 느리게 흘러가는 시간의 크기만큼, 소액의 고통스러운 할부로.

수요일, 뉴저지로 가는 열차에서 학생들은 많은 질문을 쏟아 내기 시작했다. 거기까지 얼마나 걸리나요, 햄버거는 어디서 먹게 되나요, 엄밀히 따지면 자유 수업인가요. 내 대답은 행사장에는 시인 말고도 많은 사람들이 있고 음악도 있겠지만, 우리는 단체로 움직일 거고 원하는 시간에 언제든 떠난다는 거였다. 학생들은 시선을 교환하며, 시인에게는 하나도 관심이 없고 햄버거를 원할 뿐이라는 데에 의견을 모았다.

날이 따뜻해서 소년들은 재킷을 벗었다. 나는 열차 통로를 따라 가며 재킷들을 위쪽 짐칸에 넣었다. 열차가 움직이기 시작하자 나는 전체 인원을 자체적으로 세는 법을 알려 주었다. 학생들은 숫자를 하나씩 할당받은 다음, 그 수를 차례대로 큰 소리로 말해야 했다. 일종의 서열 매기기식 호명이었다. 우리 반 우등생 레너드가 1번이고 나의 도우미 제이가 2번이었다. 그렇게 수를 쭉 세면 20까지 가는데, 20번은 살이었다. 아마 군대식 기법일 터였다.

이후 검표원이 왔다 가자 학생들은 검표원이 표를 꺼내라고 소리칠 때의 그 맹한 목소리가 갈라지는 꼴이 우습다며 놀려 댔다. 심술궂은 일이었으나 학생들을 질책하지는 않았다. 알게 뭐람, 우린 학교에 있는 게 아니었다.

동전은 내 성격을 완전히 바꾸어 놓았다. 나는 참을성이 줄고 충동적이며 까다로워졌다. 모든 문제에 역치가 낮아졌다. 그렇지만 그날은 학교에서 멀어지니 마음도 덜 쓰였다. 집은 티끌 하나 없는 상태, 옷은 이세이 미야케 정장 차림이었다. 행복하고 편안했다.

나는 8번 엘리야와 12번 아메드 옆에 앉았다. 엘리야는 빨간 단추가 달린 셔츠에 검은 재킷 차림이었다. 정장용 구두를 신은 엘리야의 발목이 보였다. 아메드는 나는 물론 다른 소년들보다도 덩치가 더 컸다. 그는 신체와 정신이 서로 어우러지지 않는 시기를 지나고 있었다. 아메드가 낀 가늘고 둥근 테의 안경은 언제나 손자국이 가득했다. 입 주변에는 분홍색 여드름이 나기 시작했다. 키가 큰 소년이 대개 그렇듯 아메드 또한 구부정했고, 책가방이 너무 무거웠다.

아메드는 엘리야에게 자기가 그린 그림을 보여 주고 있었다. A4 종이에 연필로 그린 작품으로, 잘 그리지는 못했으나 나는 아메드의 예술적 재능을 칭찬했다. 아메드가 그림을 보여 주자 나는 작품이 훌륭하다고, 더 없느냐고 물었다. 심지어 아메드가 나갈 수 있는 대회가 있다고, 그렇지만 미리 말을 해야 5달러 참가비를 안 내도 되게끔 도와줄 수 있다고 말했다. 나는 아메드의 작업을 격려하고 싶었으나 분명 미끄러질 게 뻔한 대회에 5달러를 낭비하게 하는 건 싫었다.

 터널 밖을 빠져나가니 뉴저지의 선명한 하늘이 나왔다. 아메드는 그림 그리기를 좋아하느냐고 내게 물었다. 내 경우는 아니라고, 그렇지만 내 오빠는 고국에서 유명한 그라피티 화가라고 했다. 물론 사실이 아니었다. 그래도 오빠가 그림에 재능이 있는 건 사실이었다. 오빠는 물려받을 수 있는 모든 재능을 받았고, 아주 예술적이었다. 뭐든 그릴 수 있었고, 음악 재능도 빼어나 아빠의 악기 중 아무거나 골라 쉽게 연주할 수 있었다.

 두 사람에게 나는 거대한 콘크리트 벽이 있는 곳에서 왔다고, 그리 멀지 않은 시절 미국 남부가 그랬고 또 남아프리카공화국에서 그랬듯 우리는 분리의 시대를 살고 있다고 알려 주었다. 얼마 전 소웨토 항쟁[06]에 관한 수업에서 두 사람이 배웠듯이 말이다. 나는 그 거대한 벽에 내 오빠가 남긴 작품이 아주 유명하다고 했다. 그리고 휴대 전화로 뱅크시의 작품 몇 점을 찾아서 보여 주었다. 아메드는 의자에서 펄쩍 뛰어오르더니 다른 소년들에게도 알려 주고 싶어 했다. 나는 휴대 전화를 아메드에게 건네주며 덧붙였다. 다른 건 건드리지 마.

 뉴어크에 도착해 나는 학생들을 데리고 역내 매점으로 향했다. 직원에게 학생들의 가방을 매점 안쪽에 보관할 수 있는지 물었고, 몇 시간 뒤에 돌아온다고 설명했다. 감사의 뜻으로 창고에

---

06 1976년 남아프리카공화국에서 흑인 학생들에게 백인 지배층의 언어인 아프리칸스어로 교육받도록 강요한 것에 대해 학생들이 벌인 대규모 반아파르트헤이트 시위.

서 빠져나오는 동안 직원이 내 엉덩이를 건드릴 때 그냥 놔두었다. 학생 중 아무도 목격했을 것 같지는 않았다.

뉴저지는 공기가 깨끗했고, 11월인데도 봄날 같았다. 나는 규칙적으로 선탠을 해 와서 누구든 나를 백인으로 착각할 일이 없었다. 내 팔 안쪽은 지나치게 우유를 많이 탄 커피처럼 밝은색이었으나 팔뚝과 어깨와 손은 갈색이었다. 하지만 내 손가락 관절이며 팔꿈치, 무릎, 흉터, 배꼽 안쪽, 누가 확인할 일은 없겠지만 음순은 아주 짙은, 파란색 섞인 갈색이었다.

몇 블록을 걷자 제이의 손가락에서 긴장이 풀리는 것이 손안에서 느껴졌다. 마침내 제이가 땅바닥에서 고개를 들었다. 우리는 무리 지어 길을 함께 건너 시내 공원으로 향했다. 기계로 증폭된 목소리, 연설, 아직 거리가 멀어 알아들을 수 없는 말들, 그리고 노래, 이어지는 불같은 박수가 기다리고 있었다.

시인이 소개되는 동안 나는 학생들을 모두 모아 인파에 합류했다. 얼마나 많은 사람이 시내에 나왔는지 FBI가 물어본다면, 예상보다 스무 명이 많다는 사실을 알게 되겠지. 지금은 어리고 순

진하지만, 전쟁을 둘러싼 밀담에 푹 빠진 아이들 말이다. 소년들은 군중 속으로 슬며시 들어가며 사람들을 응시했다. 제이는 손이 축축했는데, 이제 와서 떠올려 보니 안절부절못할 만했다. 그 아이는 아침에 어디로 가는지 몰랐던 데다 겨우 열네 살이었으니까.

시인이 낭독을 시작하자 나는 군중을 헤치고 무대 가장자리로 나아갔다. 내 뒤에는 아이들이 있었다. 시인은 낭독하며 사람들을 응시했는데, 특히 아이들을 유심히 보았다. 나는 학생들이 나를 모방할 거라는 것을, 이것이 행동하는 수업이라는 것을 알고 있었다. 내가 주먹을 들어 올리자, 제이마저도 허벅지 옆 주먹을 불끈 쥐는 모습을 보였다.

폐부를 찌르는 시 낭독이 끝나고 나는 인원을 점검했다. 학생들이 본인에게 할당된 번호를 외쳤는데, 1부터 18까지 나온 다음 침묵이 흘렀다. 19번, 칼이 사라졌다.

나는 칼을 찾기 위해 주변을 둘러보았다. 쉽게 눈에 들어올 아이인데, 보이지 않았다. 공포에 휩싸인 내 모습에 학생들도 칼을 찾기 위해 이리저리 흩어지려 했다. 얘들아, 내 곁에 붙어 있어. 우린 하나야. 그렇지만 우리를 하나로 묶어 둘 유일한 방법은 반복적인 군대식 숫자 세기였고, 나 역시 반복해서 19를 외쳐야 했다.

칼은 기차역 매점 통로에 있었다. 우리가 다가가는 소리를 듣고 그는 잔뜩 쭈그리고 앉아 폴저스 커피 캔을 살펴보는 척하며 들키지 않으려고 애썼다. 내가 칼에게 말을 걸기 위해 허리를 숙였으므로 다른 소년들은 우리를 보지 못했고 우리 대화를 듣지도 못했다. 무슨 일이니? 내 질문에 칼은 자기는 흑인이 아니라고, 가 봐야 무슨 의미가 있느냐고 입을 뿌루퉁하게 내밀었다. 음, 칼, 그럼 넌 백인이니? 칼은 고개를 저었다. 너희 집은 잘사니? 칼은 또 고개를 저었다. 행복하니? 칼은 고개를 숙였고, 눈물 한 방울이 매점 비닐 바닥 위로 떨어졌다. 나도 행복하지 않아. 나는 칼의 손을 잡고 밖에서 기다리는 아이들에게 합류했다. 얘들아, 이제 넥타이를 풀어. 햄버거 먹으러 가자. 몇몇은 기뻐 어쩔 줄 몰라 하며 머리 위로 넥타이를 흔들었다. 몇몇은, 특히 살은 끝내 넥타이를 풀지 않았다.

우리는 햄버거 가게에 줄을 섰고, 나는 제이에게 주문 모으기를 맡겼다. 원하는 건 뭐든 먹을 수 있지만 남겨서는 안 되니 다 먹을 수 있는 만큼만 시키도록 했다. 제이에게 카드를 건네며 계산하라고, 나는 잠시 앉아야겠다고 했다. 제이는 주문 목록을 보여주었다. 감자튀김과 콜라를 곁들인 더블 치즈버거 세트 10개, 감자튀김과 스프라이트를 곁들인 베이컨 치즈버거 세트 6개, 감자튀김과 스프라이트를 곁들인 더블 베이컨 치즈버거 세트 2개, 그리고 감자튀김과 어니언링과 콜라를 곁들인 더블 베이컨 치즈버거 세트 1개, 이건 아마도 아메드 거겠지, 그날 아침을 걸렀다고 했으니까. 그리고 희한하게도 감자튀김과 콜라를 곁들인 블랙 다다 니힐리스무스[07] 버거 세트도 1개 있었다. 나는 제이에게 부탁했다. 좋아, 그런데 내가 허리가 너무 아파서 그러는데 나 대신 주문 좀 해 줄래? 난 베지 버거와 감자튀김과 물 한 병. 비밀번호는 1000이야, 널 믿는다.

우리는 조용히, 어색한 분위기 속에서 버거를 먹었다. 학생들이 질질 흐르는 케첩과 마요네즈를 의식하고 있기는 한지, 아니면 나의 마스터카드로 산 버거를 낭비하지 않으려고 그러는 건지 그때는 알 수 없었다. 그렇지만 많은 학생이 밖에서 내게 감사를 표했고, 몇몇은 나를 안아 주려고도 했다. 나는 너무나 많은 감정을 느끼고 있었고, 주변에 관심을 기울일 여력이 더는 없었다. 매점에 아이들의 책가방을 챙기러 돌아간 것 같다, 그 뒤로는 기억이 안 나지만. 기차 안에서 나는 잠이 들었다.

---

07   아프리카계 시인 애미리 버라카(Amiri Baraka)의 급진적인 시 제목이기도 하다.

네 살 때 나는 내 피부색을 알게 되었다. 여름마다 할머니는 나를 위해 쌍여닫이문을 열어 주었고 함박웃음을 지으며 칭찬을 퍼부었다. 나는 무척 예쁘고 똑똑한 아이였다. 그런데 왜 그렇게 햇빛 속에서 오랜 시간을 보냈을까, 왜 이렇게 거무스름했을까? 할머니는 내가 그런 모습이 되도록 놔둔 엄마를 질책했고, 아마도 말다툼이었을 짧은 대화를 나누었다. 엄마는 그곳을 떠나 몇 주 후에나 돌아왔다. 8월 내내 나는 할머니를 도와 청소와 정원 일을 했다.

우리는 오후에만 정원에 나갔고 그늘에 머물렀다. 다 익은 열매를 새들이 가져가기 전에 챙겼다. 매일 레몬과 오렌지, 자몽을 낙과 전에 땄다. 잡초를 사정없이 뽑고, 물을 주었다.

어느 날, 우리는 정원 아래쪽 피칸 나무 근처에 있었다. 할머니는 시든 장미꽃을 잘라 내고 있었는데, 할머니가 가지 하나를 건드릴 때마다 장미 향이 따끈한 공기 중에 번져 나갔다. 할머니는 내게 가까이 오라고, 어떻게 하는지 보여 주겠다고 했다. 그리고 왼손으로 마른 꽃송이를 잡은 채 그 아래에 있는 가장 가까운 잎사귀 묶음까지 세더니 오래된 가위로 그 위쪽을 잘라냈다. 내 차례가 되자, 나는 왼손으로 마른 꽃을 잡고 오른손으로 가위를 쥐었다. 어디를 자르면 되는지 알려 주려고 할머니가 내 손목을 잡았다. 나는 할머니의 손 곁의 내 손등, 손가락, 가는 손목을 보았다. 그리고 내 피부가 희다는 사실을 깨달았다. 그때까지 나는 내 피부가 검거나, 최소한 아주 짙은 색이라고 확신했다. 그러다 그 순간, 내 진짜 피부색을 보게 된 것이다. 결국, 내 피부는 밝은색이었다, 할머니처럼.

추수감사절에 나는 CVS 휴식 및 카티에 요법을 행하고 햇빛 사각형에서 피부를 태운 다음 플라스틱과 유리 재활용함에 든 쓰레기를 분류했다. 다음 날 아침, 내 트렌치코트를 입은 그 남자가 검은색 링컨 자동차를 몰고 나를 데리러 왔다.

트렌치코트는 도시에서 나와는 다른 위치를 점유하고 있었다. 이 사실은 평일에 만나자는 제안을 받고 알 수 있었다. 직장이 있다는 말은, 특정 집단에 소속되어 정해진 시간을 보낸다는 뜻이다. 매일 같은 시간에 집을 나가서 같은 열차를 타고, 같은 편의점에 들렀다가 같은 시간에 집으로 돌아온다. 도시에는 트렌치코트처럼 나와는 생활시간이 달라서 접점이 없는 사람이 수백만 명 있겠다는 생각을 자주 했다. 이 말은 내가 한정된 집단과 시공간을 공유한다는 뜻이고, 우리가 얼마나 자주 마주쳤든 상관없이 늘 서로 낯선 사이가 되리라는 뜻이기도 했다.

트렌치코트가 나를 데리고 간 곳은 센트럴 파크의 식당 태번

온 더 그린이었다. 나는 분홍색 벨루어 팔걸이의자에 앉았다. 우리는 샴페인을 가지고 온 웨이터에게 아뇨, 괜찮아요, 하고 거절의 뜻을 밝혀 창피를 주었다. 전 아메리카노요. 전 그냥 생수요. 트렌치코트는 프렌치 토스트를 주문하고 단 음식을 좋아한다고 말하며, 웃음 지은 입꼬리의 어금니 부분을 가리켰다. 어금니 자리가 비어 있었다. 그리고 내 이가 진주 같다고 칭찬하며, 자신은 치과 의사를 찾은 적이 한 번도 없다고 했다. 식사 후 찾은 태번의 화장실은 아주 근사해서 마음에 들었다. 혹시 이 동네에 발이 묶일 때 마음을 가라앉히기 좋은 곳일 거라는 생각이 들었다. 거울에 비친 내 모습을 보며 웃어 보았다. 내 이는 정말 진주 같았으며 푸르스름하게까지 보였는데, 푸른색은 노란색의 보색이다. 자리로 돌아간 나는 벨루어 의자 말고 트렌치코트가 차지한 청록색 줄무늬의 긴 소파에 붙어 앉았다. 우리 자리는 공간 전체가 보이는 곳으로, 부드러운 음악이 흐르는 가운데 오른편 커다란 창문으로 금요일 오전의 센트럴 파크 풍경이 보였다. 우리는 동네 주민들을 관찰했다. 저 여자가 맨 스카프가 마음에 들어요. 트렌치코트도 동의했다. 멋지네요. 겨울에는 에메랄드색만 한 게 없죠. 나도 말했다. 맞아요, 그리고 녹색은 질투를 상징하죠.

나는 트렌치코트가 입은 겉옷이 내 것이라는 사실을 알고 있었으나 입 밖으로 꺼내지 않았다. 그를 자극할 마음은 없었다. 트렌치코트는 본인에 관한 이야기는 원치 않는다는 느낌이 있다. 트렌치코트는 내가 왜 센트럴 파크 주변 동네인 업타운에 살지 않는지 물으며, 포트 그린에서 지낼 형편이면 분명 업타운에서도 살 수 있다고 했다. 나는 근처 남근 모양 빌딩에 친구가 살고 있어서 가까이 있고 싶다고, 뉴욕에 왔을 때 알고 지낸 유일한 사람이라고 설명했다. 이젠 나도 아는 사람인데. 트렌치코트는 이렇게 말한 다음 화장실에 가겠다고 했다. 그전에 나는 그에게 화장실에 가 보라고, 세면대 위 대리석의 분홍색 줄무늬를 꼭 보라고 권했었다.

트렌치코트는 그 코트를 입고 돌아왔고, 내가 돌체 앤 가바나 코트에 팔을 넣는 동안 옷을 들고 있어 줬다. 트렌치코트는 오 드 콜로뉴를 막 뿌린 듯 좋은 향이 났는데 무척 은은했다. 나는 기꺼이 아침 식사를 계산했다. 트렌치코트가 내 남편이고, 우린 재산을 공동으로 소유한 사이처럼 보였고 느껴지기로도 그랬다.

트렌치코트는 나를 매력적인 사람으로 돌아가게 했다. 돌아간 다는 표현을 썼다고 해서 과거로 돌아간다는 건 아니다. 그러니까 내면의 감정, 나란 사람이 충분하게, 아주, 남들보다 더 좋은, 최고 라는 감정으로 돌아가게 한다는 말이다. 이런 식으로 생각한다고 해서 내가 거만한 사람인 것 같지는 않다. 늑대들의 시대에 생존을 보장할 수 있는 방식이니 자연스러운 게 아닐까.

검은색 링컨 자동차는 다시 볼 수 없었지만 다음 주 내내 트렌치코트는 우리 집 앞에 나타났고, 우리는 택시나 지하철을 함께 타고 프랭클린 중학교로 갔다. 근무가 끝나면 업타운이든 웨스트 빌리지든 아름다움이 있는 곳이면 어디든 상관없이 함께 향했다. 예를 들면 도시 경관이 좋은 곳이라거나 공들여 개켜 놓은 리넨 냅킨이 있는 곳, 금속처럼 번쩍거려 우리 둘 다 들뜨게 하는 신발이 있는 곳으로.

트렌치코트가 내 아파트에 잠을 자러 온 건 첫 데이트 후 일주일쯤 지났을 때였던 것 같다. 그날 나는 구찌 청바지 두 벌 가운데 한 벌과 펜디 블라우스를 입고 갈색 셀린 가죽 부츠를 신었다. 가을의 어느 토요일이었는데, 가을은 패션이 절정을 맞이하는 계절이다. 선택의 폭이 최고로 넓어지기 때문이다. 스카프를 맬 수 있고, 털이 북슬북슬한 스웨터를 입을 수도 있으며, 거의 모든 재킷을 걸칠 수 있고, 치마를 입고 플랫슈즈도 신을 수 있다. 봄과는 달리 가을에는 옷의 질감 또한 니트와 트위드와 벨벳까지 최고로 다양하다. 물론 모자도 있다. 모자는 자신감을 내세울 가장 좋은 선택지다.

우리는 거리를 돌아다니며 하루를 보냈다. 둘 다 대식가는 아니었으나 어쨌든 밥은 먹어야 했으므로 시스페데스에서 저녁 식사를 했다. 둘 다 화장실을 이용했으며, 계산서는 또 내가 집어 들었다.

저녁에는 내가 사는 거리로 갔다. 종잇장처럼 얇은 잎들이 우리 위로 쏟아져 내리기 시작한 모습이 눈보라 같았다. 트렌치코트에게 위층으로 올라가겠느냐고 물었다. 아니라는 대답 두 번 후 주저하다가 그래, 라는 대답이 돌아왔다. 내 몸속이 고무줄처럼 꽉 죄어드는 느낌이었다. 저 사람은 남자이고 나는 여자이고 가능성은 무한해. 나는 잔뜩 흥분했고, 열쇠를 떨어뜨렸다. 트렌치코트는 열쇠를 주웠고, 나를 따라 계단 세 층을 올라 아파트 문을 열었다. 딱 상상했던 모습이네. 트렌치코트는 이렇게 말하고는 열쇠를 자기 주머니에 넣었다.

트렌치코트는 옷을 벗었고, 나는 수건을 가져다준 다음 풀턴 스트리트 쪽의 열린 창문 근처에 그의 옷을 걸었다. 그가 샤워하는 동안 나는 그의 주머니 안을 들여다보았다. 여자들이 하는 일이다. 휴대 전화는 잠겨 있고, 지갑에는 4달러가 들어 있었으며, 신용 카드나 신분증은 없었다. 원래 내 옷이었던 그 트렌치코트를 응시하다 걸쳐 보았는데, 예전과 느낌이 달랐고 헐렁했다. 녹색 실로 꿰맨 단추를 응시하다, 어떤 이유에선지 그 단추를 뜯어다 창문 밖으로 던져 버렸다. 내 코트니까 내가 하고 싶은 거라면 다 할 수 있다는 생각이 들었다.

그날 밤 카티에 요법은 건너뛰었으나 다른 일은 모두 성실하게 수행했다. 오른팔에서 작은 뱀 떼도 나왔는데, 그 무렵에는 아주 드문 성과였다. 나는 벌거벗은 채 이불을 덮고 있었고, 그런 나를 트렌치코트가 안았다. 부드럽지만 차가운 그 몸에서는 아무것도 딱딱해지지 않았다. 허벅지 안쪽도 사타구니에도 손을 뻗어 봤지만 아무것도 느껴지지 않았다. 트렌치코트의 손을 잡아 내 가슴에 올렸다. 그건 좀 아니야, 라는 답이 돌아왔다. 내 안의 고무줄이 끊어졌다. 나는 상대를 밀어낸 다음 엎드려 잠을 청했다. 트렌치코트는 얼마 지나지 않아 잠들었으나, 나는 아니었다. 왜 나와의 섹스를 원하지 않는지, 저 사람은 남자이고 나는 여자인데, 이유를 알 수 없었다. 나는 이불 아래 번져 나가는 트렌치코트의 남성적 에너지를 느꼈다. 이 부분엔 의심의 여지가 없었다. 그래서 나는 상대의 숨소리에 귀를 기울이며 깨어 있었다.

친구 되기가 얼마나 드문 일인지 아니? 그건 마음대로 되는 게 아니라, 그냥 일어나는 사건 같은 거야. 그리고 그 사건이 일어나면, 황홀해.

우린 지금 친구 사이 같은데, 아니야? 나는 네게 이 이야기를 들려주고 싶었어, 그러면 내가 잊지 않을 테니까. 그런데 지금은 우리 사이가 가까워지면 좋겠다는 마음도 있어. 그리고 난 이제 재미를 느끼기 시작했어.

아침에 트렌치코트는 이미 옷을 갖춰 입고 침대 옆에 서 있었다. 아침을 만들어 주고 싶은데. 그의 말에 좋은 생각이야, 하고 대답했다. 내 지갑은 가방 안에 있고, 핸슨 플레이스에 홀푸즈가 있어. 트렌치코트는 무척 민첩했다. 내가 아침마다 하는 일들을 끝낼 무렵, 탁자 위에서 아침 식사가 기다리고 있었다. 신선한 오렌지 주스, 버터에 얇게 구운 오믈렛, 토스트와 크루아상. 우리는 밥을 먹고 함께 집을 나섰다. 라파예트에서 나는 지하철역을 향해 오른쪽으로 틀었고, 트렌치코트는 왼쪽으로 가면서 은행에 간다고 했다.

추수감사절 방학이 끝나고 프랭클린 중학교로 복귀한 나는 처음으로 학부모를 만났다. 레너드의 어머니였는데, 그녀는 커다란 은 십자가를 목에 걸고 있었다. 안녕하세요, 하고 내 소개를 했는데 상대는 미소조차 짓지 않았다. 나는 건물 입구에다 CVS 바구니를 놔두고 학생들의 공책을 팔에 낀 채, 교실로 가는 계단을 올라갔다. 교실에 와서는 문을 닫고 8학년 학생들의 공책을 훑어보았다. 내 두려움이 굳어졌다. 레너드의 공책이 보이지 않았다. 분명 레너드의 어머니는 그 조작된 인터뷰를 읽고 항의하러 학교에 온 거였다. 나는 계단을 내려가 교장실을 지나쳐 직원용 화장실로 향했다. 레너드의 어머니가 교장의 책상 맞은편에 앉아 있는 모습이 보였다. 내가 지나가는 동안 두 사람은 입을 다물었고, 교장 선생은 고개를 갸우뚱 기울인 채 화장실에 또 가고 있는 나를 보았다.

그날 아침에는 6학년 학생들을 대상으로, 예전 강의 계획표에 따라 과학 소설을 가르치기로 되어 있었다. 난 아는 게 없는 장르였으나, 과학 소설은 모든 소년이 진정 원하는 내용이었다. 교실에 온 학생들은 모두 눈이 초롱초롱했는데 나는 레너드의 공책과 매 맞는 어머니 생각을 그만둘 수 없었다. 그래서 자유 수업을 했다. 교실 문을 닫고 불을 끄고 낮잠 시간이라고 알렸다. 문에다 '방해하지 마시오'라고 쓴 노란색 포스트잇을 붙이고, 빗자루로 막아 놓았다.

점심시간 동안 레너드를 찾았으나 허사였다. 교장에게 별일 없느냐고 물었다. 우리는 교무실의 작고 둥근 탁자에 앉아 있었고, 나는 트렌치코트가 만들어 준 샐러드를 먹고 있었다. 그 자리에는 수학 교사 매슈가 있었는데, 말투가 게이 같다는 이유로 살이 늘 흉내를 냈다. 화학 교사 그레고리도 있었다. 교장은 큭큭 웃더니, 레너드 어머니는 그저 아들이 요즘 교회에 가지 않아 걱정이 되어 온 거라고 했다. 맥이 풀린 나는 직원 화장실에 또 가서 세면대에 다리를 올려놓고 싶었다. 그런데 그때 교장이 현장 학습 이야기를 꺼냈다. 나는 질문을 잘 받아넘기려고 노력했다. 뉴저지에 학생들을 데리고 다녀오는 건 중요한 일이었다고, 그래서 학생들이 중심부만이 아니라 주변부에도 공감하게 되었다고 대답했다. 매슈는 팔라펠이 목에 걸렸다. 다들 선생님이 쉐이크쉑에서 사준 햄버거 이야기를 하던데요. 네, 그랬죠. 제가 한턱낸 거예요. 말없이 나는 생각했다. 팔라펠을 먹으면서 어떻게 햄버거 생각을 할 수가 있어, 이 뚱보야! 매슈가 물었다. 그 시인 말인데, 누구였죠? 교장도, 매슈도 그 시인을 몰랐다. 그렇지만 그레고리는 당연히 알았다. 시인이 혹시 9/11 테러 음모론자냐고 물었다. 아뇨, 전혀요. 그렇지만 부시의 이라크 침공에는 강경하게 목소리를 냈어요. 대화를 끝내기에는 충분한 대답이었다. 어떤 사건이든 미국 밖에서 벌어졌으면 다들 대화를 원치 않았다. 사람들이 원하는 대화 주제는 음식과 텔레비전, 그리고 구성원 모두에게 알레르기를 유발하고 있는 학교 건물 3층의 곰팡이가 전부였다.

점심시간 다음은 8학년 수업이었는데, 마침내 레너드가 나타났다. 공책을 찾는 내 질문에 레너드는 움츠러들지 않았다. 공책을 집에 가져갔다고, 뉴저지 시를 마무리하고 싶었다는 대답이 돌아왔다. 나는 공책을 집에 가져가면 안 된다고, 공책에 글을 쓰고 싶다면 방과 후에 쓰라고, 다 쓸 때까지 내가 기다려 주겠다고 설명했다. 왜요? 집에선 어떤 숙제든 안 하면 좋겠거든. 그렇지만 다른 선생님들은 숙제를 내 주시는데요. 나는 이렇게 말했다. 음, 다른 선생님들도 나처럼 한다면 좋을 텐데, 그치?

레너드에게 요즘 집안 분위기는 어떤지 물어보았다. 스토클리가 본인의 어머니에게 한 대로 같이 사는 사람이 몇 명인지 물었다. 레너드에게 가족의 이름을 말하며 손가락으로 수를 세어 보라고 했다. 결국 레너드는 아버지도 셈에 넣었다. 아버지가 더는 같이 살지 않는 줄 알았는데. 내 말에 레너드가 돌아왔어요, 하고 대답했다. 오시니까 어때? 괜찮아요. 아버지는 더 이상 고함을 지르지 않아요. 다시 태어났거든요.

퇴근 후, 트렌치코트에게 다시 태어난다는 말을 아는지 물었다. 몇 번 반복해서 말했으나, 트렌치코트는 어떤 의미인지 몰랐으며 들어 본 적도 없다고 했다. 가톨릭 국가 출신이어서 그런 것 같았다. 우리는 휴스턴 스트리트를 건넜다. 나는 우리 반 학생 칼이 차이나타운 출신이라고, 부모님이 워스 스트리트에서 식물 상점을 한다고 말을 꺼냈다. 칼의 부모님을 만나고 싶어, 아마도 얘기를 좀 나눌 수 있을 거야.

트렌치코트는 나를 그곳에 데려다주겠다고 나섰지만 그는 일 때문에 통화를 해야 하는 상황이었다. 차이나타운을 향해 트렌치코트가 앞장섰는데, 전화를 그렇게나 오랜 시간 계속하느라 나를 놔두고 갈까 봐 초조했다. 무슨 얘길 하는지, 어떤 언어로 말하는지도 거리가 소란해서 알 수 없었다. 나는 좌우를 살피며 가게를 찾기도 했으나, 대체로 내 시선은 트렌치코트를 따라갔다. 가게는 거의 놓칠 뻔했는데, 길 건너편에 있었다. '럭키 유'라는 가게였다.

트렌치코트에게 외쳤다. 먼저 가, 아시아 노인들이 게임을 하는 공원에서 만나자. 내가 말하는 동안 트렌치코트는 내 존재를 숨기기라도 하듯 휴대 전화 스피커 부분을 손으로 덮었다. 그런 다음 재빨리 손짓하고는 걸어가 버렸다.

가게 쇼윈도로 안을 들여다보니 두 여자가 있었는데, 칼의 엄마와 이모 같았다. 문을 열고 들어가자 가짜 벨 소리가 났고 여자들은 나를 못 본 척했다. 가게를 둘러보며 안녕하세요, 하고 인사를 건네고 웃어 보였다. 나는 그들과 대화를 나누고 싶었으나 나이 든 여자 쪽은 입을 꾹 다물었고 다른 여자가 네, 안녕하세요, 라고만 말했다. 가게 바닥을 보니 쓸어 냈어야 할 마른 잎사귀와 흙만이 아니라 지우려면 세게 문질러야 할 얼룩이며 자국이 있어 아주 더러웠다. 식물들 역시 볼품없는 모습이었다. 종려나무는 반쯤 갈색으로 변했고, 덩굴들은 노란색에다 아래로 늘어졌으며, 금전수는 다듬은 흔적이 없었고 줄기 닦기도 안 되어 있었다. 다시 말을 붙여 보려고 화분 하나를 가리키며 어떻게 길러야 하는지 물었으나 소통할 경로는 없었다.

나이 많은 여자가 유, 하고 소리치며 가게 뒤쪽 누군가를 불렀다. 안달을 부리는 모습을 보니 내가 나가기를 바라는 모양이었지만 나는 그곳을 떠나지 않았다. 그러자 여자가 뒤에 있는 문을 열었다. 불이 환한 계단이 나타났다. 유, 하고 여자가 다시 외쳤지만 답이 없었다. 여자는 나를 노려보더니 중국말로 뭐라고 외치고 칼이라는 이름을 덧붙였다. 위쪽에서 발소리가 났고, 이어 끙끙대며 뭔가 중얼거리는 칼의 목소리가 점점 가까이 들렸다. 나는 말없이 팔을 흔들어 뜻을 전했다. 아뇨, 괜찮아요. 칼은 이제 계단을 내려오고 있었고 나는 몸을 돌려 최대한 빨리 가게를 빠져나갔다. 가짜 벨 소리가 등 뒤에서 울렸다.

나는 고개를 숙인 채 자동차 사이를 이리저리 돌아 길을 건너 건너편 거리로 갔다. 방향을 잘못 잡았다가 다시 몸을 틀어 콜럼버스 공원으로 갔다. 그곳에서 트렌치코트를 찾았는데, 그는 11월인데도 아이스크림콘을 먹으며 분수를 보고 있었다. 옷깃에 턱받이처럼 갈색 종이 냅킨이 꽂혀 있었다. 코트 소매 끝에 도드라진 흰 셔츠 소맷동은 머랭처럼 바삭거리는 질감에 눈부시게 밝았다. 도시라는 환경을 고려하면 아주 더러웠어야 할 텐데도.

우리는 손을 잡고 브루클린으로 다시 걸어갔다. 트렌치코트는 힘주어 내 손을 잡았다. 다리에 도착하자 나는 아주 건조한 투로 말을 꺼냈다. 내 등에 문제가 있는 것 같아, 뭔가 걸려 있어. 트렌치코트가 다리 가운데서 불쑥 멈추었고, 전기 자전거 한 대가 우리를 거의 칠 뻔하다가 막판에 방향을 틀었다. 어디? 트렌치코트는 이내 동전을 정확히 찾아 짚었다. 그래, 거기. 어떻게 알았어? 그가 대답했다. 난 사람 몸을 좀 알거든. 똑바로 서봐. 나는 그렇고 싶지 않았으나 이미 서 있었다. 넌 몸이 왼쪽으로 기울어져 있어, 트렌치코트가 말했다. 무슨 말이야? 내 질문에 그는 나의 양어깨를 잡더니 몸을 돌렸다. 힘센 손에 붙들린 나는 뮤직 박스 속의 인형처럼 빙그르르 돌았다. 넌 체온도 고르지 않아. 그래서 왼쪽 눈썹이 더 진하지. 트렌치코트는 내 머릿결을 손가락으로 쓸어 넘기더니 이렇게 말했다. 머리카락은 피고, 머리카락은 열이야. 그리 큰일은 아냐. 그러고는 오른쪽 무릎을 들더니 그곳을 가리켰다. 다들 약점이 있어. 난 여기가 약점이야. 어렸을 때 형이 여길 연필로 찔렀어. 연필심은 끈질기고 까다로워.

우리는 말없이 계속 걸었다. 다리 중간까지 와서는 자유의 여신상과 쿠바 쪽을 향해 섰다. 동반 자살에 완벽한 순간이었으나, 그러는 대신 트렌치코트는 내 허리를 팔로 감았다. 크리스마스 휴가가 언제부터야? 트렌치코트는 내 직장을 좋아하지 않았다. 일보다 내가 우선이라고, 나 같은 여자가 일정에 매여 살아서는 안 된다고 생각했다. 12월 16일인데, 내가 말했다. 자, 아가씨. 방금 정했어. 우린 12월 17일에 비행기를 타고 파리로 갈 거야. 난 일이 있고, 네가 같이 가는 거야.

트렌치코트는 업무에 내 도움이 필요하다고, 수익은 50대 50으로 나누겠다고 했다. 이 제안은 이제껏 집세며 식비며 교통비를 내고 청소 비품까지 산 내 입장에서는 웃겼다. 그래, 하고 말했다. 관점의 변화가 필요했다. 거기 가면 내가 상황을 통제할 수는 없을 것이다. 내가 알기로 트렌치코트는 별 5개가 아니면 그 어떤 것도 만족하지 않을 사람으로 기준이 나보다 훨씬 높았다.

집에 돌아가서 확인했다. 트렌치코트가 지적한 부분은 찾을 수 없었다. 나는 아름다웠고, 내 몸은 불균형과는 거리가 멀었다. 두 눈썹은 똑같이 생겼고, 가슴 두 쪽도 크기가 같았으며, 팔 길이도 같고 귀 크기도 같았다. 심지어 두 눈도 똑같이 근시로 마이너스 시력이었다. 거울에 등을 비추어 보고, 팔이며 어깨를 흔들었다. 그리고 단숨에 몸을 틀어 거울 속 내 모습을 확인했다. 아니야, 내 몸은 왼쪽으로 기울지 않았어.

트렌치코트가 잠든 뒤, 나는 휴대 전화에 있는 옛 사진을 살펴보며 뭔가 나오길 기대했다. 삼촌의 두 번째 결혼식 때 찍은 앨범을 살폈다. 사진 속의 나는 분홍색 끈 없는 원피스를 입고 있긴 했는데, 모든 사진에서 와인 잔을 들고 있거나 팔을 위로 올린 채 춤을 추고 있었다. 어떤 사진에는 오빠 옆에 서서 긴 은색 칼로 케이크 크림을 가리키고 있었다. 무척 호화로운 결혼식이었다. 그들이 결혼식 비용을 대기 위해 내 돈을 쓴 게 아닌지 늘 의심했다.

내가 열두 살이었을 때 삼촌은 내 유산과 관련된 행정적인 문제를 처리하기 위해 나를 스위스에 있는 은행으로 데려갔다. 우리는 취리히에서 기차를 탔다. 기차 여행은 처음이었지만 영화에서 많이 보았고 어떻게 해야 하는지 잘 알고 있었다. 나는 창가 옆 좌석을 차지했다.

기차 안은 사람이 많지 않았고 널찍했다. 나는 장갑과 모자와 스카프를 세트로 착용하고 있었다. 형광 녹색과 노란색, 분홍색의 선명한 무늬가 그려진 제품이었다. 취리히처럼 우중충한 곳은 처음 본다고 생각한 기억이 난다. 흑백 영화 속 총천연색 캐릭터가 된 기분이었다.

삼촌이 해바라기 그림이 그려진 파프리카 향 감자 칩 한 봉지를 건네주었다. 기차가 움직이기 시작했고, 고요한 가운데 아무도 말하지 않았다. 나는 무성 영화처럼 흘러가는 바깥 풍경을 응시했다. 기차가 몇몇 역에 멈췄고, 홀로코스트 영화에 나오는 것 같은

코트에 모자를 착용한 금발 머리 사람들이 내리고 탔다.

나는 장갑을 벗었고, 삼촌은 내 장갑을 잃어버리지 않도록 챙겼다. 감자 칩 봉지를 뜯는데 바스락거려서 한 여자가 몸을 돌려 나를 쳐다보았다. 이유를 몰랐던 나는 계속 감자 칩을 먹었고, 점점 더 많은 사람이 나를 노려보았다. 나는 삼촌을, 삼촌의 콧수염을 올려다봤다. 부끄러워 죽을 것 같았다. 나는 과자 봉지를 닫고 삼촌에게 장갑을 돌려 달라고 했다.

우리는 어떤 역에서 내렸다. 길에서 감자 칩을 다 먹었는데 쓰레기통을 찾을 수가 없었다. 그래서 삼촌은 빈 봉지를 코트 주머니에 넣었고, 우리가 은행에 걸어가는 동안 봉지는 주머니 속에서 계속 바스락거렸다.

삼촌은 아버지의 유산을 차지하려 했지만, 불가능했다. 과학자였던 아버지는 모든 상황을 염두에 두었다. 삼촌은 내게 금고를 보여 주었고 암호를 말하라고 했는데 그건 미국이었다. 앞서 말했듯, 우리 가족에게 미국은 해결책이자 저주였다.

트렌치코트가 파리행을 선언하고 며칠 후 나는 사샤를 보러 갔다. 다시 한번 사샤가 좋아하는 맥퀸 드레스를 입었다. 사샤가 문을 열어 주었고, 부엌 조리대에는 이미 화이트와인 한 병이 준비되어 있었다. 사샤는 잔에 와인을 따라 주었다. 나는 거실의 소파로 갔다. 내 앞에는 발코니로 통하는 문이 있었는데, 나는 그곳을 자살 테라스라고 불렀다. 여기 발코니도 자유의 여신상과 멀리 쿠바가 있는 쪽을 바라보고 있었다. 해가 일찍 지고 있었고, 하늘이 검은색과 오렌지색으로 물들었다.

사샤는 내 문제라면 아주 강력한 본능을 발휘했다. 내 기분이 어떤지 읽을 줄 알았고, 심지어 내 생각을 읽을 줄 안다고 여겼다. 사샤가 트렌치코트의 존재를 눈치채는 건 시간문제일 뿐이었다. 나는 잔을 내려놓고 정신 분석을 받는 사람처럼 소파에 누웠다. 사샤는 옆쪽 팔걸이의자에 앉았고 그 상태로 우리는 한동안 대화를 나눴다. 나는 어떤 남자를 만났는데 상대가 매우 마음에 든다고 털어놓았다. 트렌치코트가 어떤 사람인지 설명하는 동안, 사샤는 개인적으로 중요하지 않은 문제인 양 어떤 감정도 드러내지 않았다. 사샤의 목소리에서는 변화를 감지할 수 없었지만, 그는 잔을 채우고 또 채우고 있었고 내게 날아온 질문을 보건대 다가온 위협을 가늠하고 있었다. 사샤는 트렌치코트가 무슨 일을 하는지, 키가 얼마나 큰지 묻더니 킬킬거렸다. 나는 소파에서 몸을 일으켜 와인을 처음으로 한 모금 마셨다. 사샤가 트렌치코트를 부족한 남성성을 핑계 삼아 무시한다는 느낌을 받았다. 나는 약간 화가 나서 말했다. 재미있는 건 아주 중요해. 즐거움의 가치를 과소평가하지 마.

나는 자리에서 일어나 발코니의 무거운 유리문을 밀고 밖으로 갔다. 해는 브루클린의 레드훅 너머로 졌고, 어둠 속 풍경은 험악함을 덜었다. 우리가 있는 24층 허공에서 브루클린은 아이들의 블록 쌓기 게임처럼 보였다. 고개를 들어 시계탑 빌딩에서 시간이 흘러가는 모습을 보았다. 거의 8시였다. 저 시계로 확인한 시간은 언제나 6시와 10시 사이였다. 시침이 위쪽, 혹은 오른쪽으로 가 있는 모습은 본 적 없었다.

난간 가까이 가서 도시를 내려다봤다. 네모반듯한 벽돌 건물들, 움직이는 차들, 아스팔트 위의 노란 선들. 사샤가 따라 나왔다. 미국의 한 조각을 가지고 싶지 않아? 내가 물었다. 지구의 한 조각을 가지고 싶지 않이? 그리고 말했다. 아파트를 소유하는 건 망상적인 데가 있어. 마치 신성한 공기 마시기나 잠잠 우물[08]의 물을 마

---

08 사우디아라비아의 메카에 있는 우물을 가리킨다. 이 우물은 이슬람 전통에

시는 것과 같지. 수직으로 세워진 묘지에 묻히는 것 같아. 내가 이렇게 말하자 사샤는 똑바로 아래를 내려다보았다. 홀푸즈와 애플 스토어 맞은편인 핸슨 스트리트에 경찰차 한 대가 서 있었다. 그 차는 언제나 거기 서 있었다. 사샤가 대꾸했다. 둘러봐, 내가 아메리칸드림이야. 인생에서 뭘 더 바라겠어?

서 아주 중요한 종교적·신화적 의미를 가진다.

사샤는 내 부탁을 받아, 신축성 좋은 키네시오 테이프를 내 목 뒤쪽부터 아래쪽 등까지 척추를 따라 두 줄로 붙였다. 테이프는 느낌이 좋았고, 해결된 건 아무것도 없었지만 적어도 테이프가 잡아 주어 동전이 고정된 것 같았다. 아침에 잠에서 깨어나면 내 척추가 해체된 상태일까 봐, 내 몸통이 헐거운 내장을 피부 가방에 담은 꼴이 되었을까 봐 겁낼 일은 더 이상 없었다.

등에 테이프를 붙인 채 사흘 밤을 보내고 나니 테이프가 너무 더러워진 것 같았다. 뜯어내야 했다. 내가 직접 뜯을 수도 있고, 트렌치코트에게 떼 달라고 부탁할 수도 있었다. 그런데 나는 뭔가 다른 것을, 그 이상을 원했다. 집을 이리저리 서성이는데 침실 창문으로 이웃 사람이 보였다. 클라리넷을 연주하는 백인 여자. 그래, 여자.

넌 여자에게 관심이 있어? 여기 내 곁에 같이 있다는 건 분명 그렇다는 뜻이겠지. 나는 여성이 종종 그러하듯, 어딘가 뒤얽힌 방식으로 매력적이다. 그렇지만 클라리넷 연주자가 남자이길 바라긴 했다.

이웃집 여자는 짧은 곱슬머리와 나이 든 여자 특유의 둥그스름한 몸매를 지녔다. 그리고 클라리넷을 아주 손쉽게 잡았다. 여자가 선보이는 자세, 악기를 붙잡고 소리를 내면서 폐를 움직일 수 있을 만큼 제 몸을 통제하는 모습이 부러웠다. 나는 그쪽 아파트 내부도 잘 알았다. 침대에 누워 있을 때 종종 안을 들여다봤으니까. 소파의 쿠션과 전자레인지, 때로는 텔레비전이 켜져 있으면 텔레비전도 살펴보았다. 그렇지만 여자를 본 것도, 클라리넷을 본 것도 이번이 처음이었다.

나는 힘주어 문을 두드렸다. 반응이 없었다. 노크에 박자를 넣어 보았다. 딱, 딱딱딱, 딱. 겁에 질린 목소리가 들렸다. 누구세요. 옆집에서 왔어요. 내 대답에 여자는 문을 열어 주었다. 창문으로 본 모습보다 키가 컸고, 미심쩍다는 듯 나를 아래위로 훑어보았다. 그렇지만 나는 여기로 오기 전 옅은 화장을 했고, 내가 무해한 존재임을 최대한 보여 주었다.

여자는 나를 안으로 들였다. 여자가 입은 바지는 리바이스 청바지 501이었다. 이야기하고 싶은 특별한 문제라도 있느냐는 질문에 나는 즉흥적으로 대답했다. 네, 있어요. 우리 건물 밖에 언제나 몰려다니는 사람들이 있는데, 쓰레기를 멋대로 버려요. 유기성 폐기물 통에서 종이가 나오고 플라스틱 수거함에서 닭 뼈가 나와요. 그래서 건물 관리 부서에다 쓰레기통에 창살을 세우고 자물쇠를 채워 달라고 요청하고 싶어요. 지루한 얘기지만, 우리의 행성이 썩어가고 있으니까요.

여자의 이름은 소피아였다. 소피아는 내게 이메일 주소를 알려 주었고, 남편이 집에 돌아오기 전에 악기 연습을 계속해야 한다고 했다. 나는 본능적으로 사진을 찾으려고 아파트 내부를 살폈다. 남편의 얼굴을 보고 싶었다. 그 남자와 섹스할 수 있을까? 나는 교사이고, 맨해튼의 중학교에서 일하고 있다고 말했다. 소피아의 집 부엌이 우리 집 부엌과 매우 흡사하며 기기들도 같다는 사실을 확인하고 그녀에게 시선을 다시 돌리니, 그녀는 자기 부엌을 본 다음 나를 보았다. 나는 소피아가 내게 마실 것을 줄 생각이 없음을 깨달았다. 물론 사샤의 테이프를 뜯어 줄 마음도 없었을 것이다.

나는 집으로 돌아와 테이프를 직접 뜯었다. 잠시 그대로 서 있었는데, 아무것도 떨어져 나오지 않았다. 발치에는 동전이 없었고, 테이프의 끈적한 면에는 뱀피도 붙어 있지 않았다. 셔츠를 다시 걸친 다음 손에 테이프를 들고 소피아의 아파트로 다시 갔다. 그 집 문 손잡이를 테이프로 둘둘 감았다. 만져 봐, 망할 년아. 이제 네 거야.

내가 걸린 이 저주는 전염성이 있었다. 그래서 내가 저주 이야기를 안 하려고 한 것이다. 적어도 학생 한 명이 감염되었는데, 제이였다. 제이는 방과 후에 더 오래 남아 있으려고 했고 청소에 집착하게 되었다. 어느 날 제이가 말했다. 선생님, 드릴 말씀이 있는데 제가 탁자와 의자 위에 올라가게 도와주실 수 있나요? 그럼 시계를 닦을 수 있어요. 나도 고려 중인 일이긴 했지만 제이에게 그럴 필요 없다고, 깨끗하다고, 이 교실은 프랭클린 중학교에서 가장 깨끗하다고 말했다.

트렌치코트도 비슷한 모습을 보였고, 내 버릇 몇 가지를 가져갔다. 예컨대 술을 마시기 시작했고, 샤워하는 시간이 점점 길어졌으며, 내 달팽이 크림이 사라지는 속도가 점점 빨라졌다. 어느 날에는 그가 등을 긁기 위해 목 뒤로 팔을 뻗는 모습도 보았다. 그건 카티에 동작이었다. 트렌치코트가 애먹는 모습을 보며 나는 내가 촉발한 일이라고, 내가 저 근지러움을 유발했다고 생각했다.

내가 너에게 저주를 내린 걸까? 아니면 네가 나에게 저주를 내린 걸까? 이제 보니 우리 둘 다 저주에 걸린 건 확실한데, 누가 먼저였는지 궁금하다. 또다시, 언어 때문에 나는 이 문제에서 그릇된 길로 가고 있다. 어쩌면 그건 사랑이었을지도 모른다. 어쩌면 우리 사이엔 막 불꽃이 일었을지도 모르지.

트렌치코트와 있으면 백만장자가 된 기분이 들었다. 그는 나를 왕으로 옹립할 실력자이자 내 수발을 드는 몸종이 되었다. 나를 학교로 데려다주었고, 나의 CVS 바구니를 들어 주었고, 비가 오는 날이면 우산을 씌워 주며 할 일을 했다. 인도를 걸을 때는 언제나 차 가까운 쪽으로 걸었다. 어쨌든 트렌치코트는 남자였고 나를 보호하는 일을 맡았다. 나는 노숙자들과 가까운 쪽으로 걸었는데, 그들을 다루는 일에 내가 더 능숙하기 때문이었다. 그들이 트렌치코트와 거리가 너무 가까워지면 그가 어떤 태도를 보일지 예측이 어려웠다. 왜 내 길을 막는 거죠? 하고 물어볼지도 몰랐다. 말투는 예의 발라도 얼굴은 혐오로 우그러뜨리면서. 땅에 누워서 무얼 하는 거죠? 뭘 보고 있는 거예요? 지하철을 타면 사람들은 호기심과 경멸이 뒤섞인 시선으로 우리를 본다. 트렌치코트는 누가 마음에 들면 미소를 지었고, 그러면 그들은 바로 우리 쪽으로 다가왔다. 그리고 며칠 뒤에 다시 나타나 우리가 학교 가는 길에 합류했다. 누가 마음에 들지 않으면 트렌치코트는 잔인해졌고 상대의 기를 꺾었다.

어느 날 저녁 우리는 카페 셀렉트에 앉아 있었다. 맨해튼에서 보기 드물게 인도 쪽에 자리가 있어 손님과 행인이 시선을 주고받는 곳이었다. 추위가 아직 적당해서 야외에 앉을 수 있는 마지막 기회였다. 나는 몸을 따뜻하게 데우려고 술을 잔뜩 마셨고 트렌치코트는 긴 시가를 손가락 사이에 끼우고 있었는데, 시가에는 종이 엠블럼이 그대로 붙어 있었다. 그는 시가에 불은 붙이지 않은 채, 그냥 입 쪽에 가져갔다가 왼손으로 잡다가, 또 재킷 주머니에 넣었다가 꺼냈다. 이로 끝부분을 잘라 낼 적절한 순간을 기다리는 것처럼.

나는 코냑 세 번째 잔을 쭉 들이켠 다음 트렌치코트로부터 시가를 낚아챘는데, 시가를 손으로 잡을 때의 감각에 놀랐다. 삼촌이 애연가여서 시가가 어떤 느낌을 주는지 알고 있었다. 유연하고, 향이 좋고, 침으로 축축해진 생물이 손안에 있다는 느낌. 그렇지만 트렌치코트의 시가는 건조하고 너무 가벼웠다. 유년 시절 가지고 놀던 플라스틱 공주 마술봉이 생각났다. 집 주변에서 그 봉을 흔들며 소원을 빌곤 했다.

시가를 트렌치코트에게 돌려준 다음, 웨이터에게 성냥을 부탁했다. 여기서 피울 거 아니야? 시가가 죽어가고 있잖아. 트렌치코트는 성냥을 갖다준 웨이터에게 고맙다고 인사하고 그대로 탁자에 올려 두었다. 결국 그는 인정했다. 흠, 내가 부자는 아닌 거 알잖아. 그냥 그런 척하는 거야. 여유가 있다면 불을 붙이겠지. 트렌치코트는 몬테크리스토 종이 엠블럼을 매만져 거리 쪽에서 잘 보이게 했다. 나는 그에게 어디 출신이냐고, 이번이 처음은 아닌 질문을 던졌다. 이번에도 뉴욕시에서 태어났다는 답만 돌아왔다.

엄밀히 따지면 트렌치코트는 노숙인이었다. 정확히 본인의 선택은 아니지만 그는 이기기 어려운 카드 패를 받았다. 게임은 당연히 조작되어 있어서 더 좋은 패가 유리하며 약한 쪽은 착취당한다. 그래도 겉모습만 보면 트렌치코트는 유복했다. 어디를 가든 완벽하게 재단된 정장을 입었고, 비싼 동네를 돌아다녔으며, 노부인에게 예의 바른 미소를 보였고, 천천히 또박또박 말했다. 군살 없이 튼튼한 몸에, 좋은 건강의 예시와도 같은 자세를 지녔다.

트렌치코트는 사람이란 입는 옷과 말투, 걸음, 쇼핑 목록에 따라 특정 계급에 속하게 된다고, 혹은 특정 계급으로 받아들여진다고 믿었다. 그렇지만 그가 선보이는 모습은 완전하지 않았다. 트렌치코트는 자주 웃었고, 자기 자신에게 이질감을 느끼지 않았다. 그 점이 처음부터 그를 의심스럽게 만들었다. 왜 부자들은 불안하고 빈자는 자기 자신으로 살아가는 걸까?

트렌치코트는 내 집에서 살게 되었고, 몇 가지 일을 맡기로 동의했다.

빨래는 섬세한 예술로 상당한 지식과 정확함이 필요해, 나는 트렌치코트에게 말했다. 난 옷이 많지 않아서 늘 세탁을 해. 트렌치코트는 내 말에 동의하며 자신도 같은 처지라고 했다. 우리가 세탁기 옆에 서서 합의를 보는 동안, 창문으로 반짝이는 오후의 햇빛이 들어와 그의 얼굴에 떨어졌다.

세탁기는 그리 좋은 물건은 아니지만 일단 내 것이었다. 나는 낯선 사람과 세탁기를 공유할 수 없었다. 고양이 털이든 어떤 털이든, 혹은 낯선 색의 보풀이 옷에 묻는 것을 견딜 수 없었다. 이 집의 세탁기는 예전의 보슈 세탁기에 비할 바가 아니었고, 그로서 미국인은 지저분한 데다 어수선하다는 내 이론은 굳어졌다. 세탁기는 소위 통돌이 방식으로, 화장실 변기처럼 생겼다. 세탁기가 작동하면 내용물이 실제로 부딪히고 비벼지는 게 아니라 그냥 바닥에 가라앉아 가장자리에 들러붙는다. 이 세탁기로 속옷을 빨 때는 비눗물에 먼저 담가야 했다. 그렇다고 해서 내가 다른 여자들보다 속옷을 더럽힌다는 뜻은 아니다.

아니, 아닌 것 같다. 다른 여자들의 속옷 세탁은 내가 한 번도 해 본 적이 없으니까.

트렌치코트에게 이렇게 설명했다. 목요일마다 속옷과 양말과 겉옷 안에 받쳐입는 셔츠부터 시작한다. 이 세탁물들은 다른 것들과 분리하는데, 가장 꼼꼼히 세탁해야 하기 때문이다. 세면대 배수구를 막고 따뜻한 물을 받은 다음, 섬세 세탁용 지니 세제를 두 번 짜고 여기 있는 나무 숟가락으로 젓는다. 나는 세면대 위 욕실 수납장을 열어 나무 숟가락 보관 장소를 알려주었다. 수납장 또한 내가 혐오하는 미국 물건 목록에 들어가는데, 그 오렌지색 약통과 정신과 약물 산업이 연상되었기 때문이다.

속옷 등을 세면대에 담가 둔 동안 셔츠와 바지를 세탁하는데, 물론 세탁기로 빨 수 있는 것들만이다. 순한 세탁 세제 한 컵에, 섬유 유연제는 절대 안 넣고, 섬세 코스로 빨면 사십 분밖에 안 걸린다. 나는 장을 열어 세제 보관 장소를 트렌치코트에게 알려 주었다. 세탁기가 다 돌아가면, 침실에 있는 건조대에 옷을 말린다. 건조대는 옷장에 넣어 두는데, 이따가 옷장을 잠깐 보여 줄 것이다. 건조기는 절대 안 쓴다. 그것은 옷의 적이고, 따라서 지구의 적이다. 또, 건조기 사용법도 잘 모른다. 난 따뜻한 기후에서 자랐으니까. 여름에는 아침 먹는 동안 셔츠가 마르는 곳이다. 내 말이 무슨 뜻인지 알지? 트렌치코트는 고개를 끄덕인다. 물론.

다음으로, 세면대에 담가 둔 속옷을 세탁기에 돌리는데 세제

반 컵만 넣고 역시 섬세 코스를 선택한다. 그다음은 수건 차례로, 전부 흰색이다. 큰 것 두 장, 작은 것 두 장, 세안용 수건 두 장. 세제는 한 컵 반 쓰고, 격주로 표백제도 추가한다.

침실로 가서 트렌치코트에게 건조대를 보여 주었다. 건조대에는 빨랫감을 잘 나눠서 널어야 한다. 균형을 잘 잡아야 한쪽으로 쓰러져 무너지는 일이 없다. 마지막으로 침구 차례인데, 역시 흰색이다. 매트리스 시트, 플랫 시트, 이불 커버, 베개 커버 네 장, 천은 600카운트.[09] 각각 세제 한 컵 반에 온수로 빨고, 한 달에 한 번 표백제를 쓴다.

건조대에는 먼저 베개 커버를 넌다. 그다음 작은 라디에이터를 끌어와 세탁물 아래쪽에 저온으로 틀어 둔다. 가끔 물이 떨어져서 위험해 보일 수 있지만 안전하니 날 믿어도 괜찮다. 건조대 맨 위에는 플랫 시트를 길게 펴서 널고, 다음으로 이불 커버를 널 때는 주름 없이 마르도록 두들겨서 편다. 마지막으로 매트리스 커버로 전체 세탁물을 감싸고 유칼립투스와 라벤더 방향제를 사방에 뿌린다. 방문과 모든 창문을 다 닫은 다음 그날 할 일을 한다. 세탁은 케이크 굽기와 비슷하다.

문제없어. 트렌치코트가 말했다. 난 다림질도 할 수 있어. 우리는 세탁기로 돌아갔다. 나는 그가 세탁하는 모습을 보면서 약간씩 정정해 주었다. 세탁기에 시트를 넣기 전, 트렌치코트는 안에

---

09 Thread Count. 특정 면적 내 엮인 씨실과 날실의 수로, 숫자가 클수록 부드럽다. 한국에서 일반적으로 쓰는 30수, 40수 등의 표현에 등장하는 단위 '수'와는 다르다.

손을 넣더니 25센트 동전 하나를 꺼냈다.

트렌치코트는 동전을 대수롭지 않게 여겼으나, 나는 나쁜 표지(標識)로 받아들였다. 동전이 내 몸에서 다시 나타난 이래로 나는 돈의 존재를 매우 의식하게 되었다. 특히 얼마나 많은 동전이 세상에 존재하는지, 그리고 적어도 가설에 따르자면, 동전이 얼마나 많은 손해를 끼칠지에 대해서도 걱정하게 되었다.

빈자는 선하고 부자는 악하다는 말이 정말 사실일까?

프랭클린 중학교 학생들은 전쟁을 겪은 일이 한 번도 없었다. 이 나라가 벌인 모든 전쟁은 외국 땅에서 벌어졌다. 때때로 나는 미국으로 오기로 한 내 결정에 의문을 품었다. 이라크나 예멘이나 아프리카의 어딘가로, 교사의 존재가 훨씬 절실한 장소로 갈 수도 있었는데.

그렇다, 굳이 아프리카만큼 멀리 갈 필요가 없었다. 어디든 갈 필요가 없었다. 팔레스타인의 고향에서 그냥 살 수 있었다.

그렇지만 답은 같다. 나는 절실한 곳으로는 갈 용기가 없었다. 내가 그리는 삶은 따로 있었다. 나는 타인에게 도움을 주는 선한 사람이 되고 싶었으나, 동시에 내 삶이 어떤 모습이어야 하는지에 대한 확실한 생각을 품고 있었다. 내겐 하이힐을 신는 것이 중요했다. 흙바닥인 학교에서 교사로 일하며 하이힐을 닳게 할 수는 없었다. 프랭클린의 카펫도 이미 상태가 좋지 않아서, 내 루부탱 구두 밑창은 가끔 푸르딩딩하게 변했다. 내 신발에 대해서는 너한테 다 알려 준 적 없는데, 나중에 이야기할 기회가 있을 거다.

내게 컬스를 소개해 준 사람은 교장으로, 두 사람은 모두 어떤 정치활동 위원회 소속이었다. 그녀는 같이 교육계에 종사 중인 팔레스타인 친구들 이야기를 흥분해서 전했다. 나는 컬스에게 이메일을 보냈고, 그녀는 다음 주 화요일 내 수업에 오기로 했다. 라우다라는 사람도 초대 손님 자격으로 함께 올 예정이었다. 라우다는 시리아 난민이라 학생들에게 해 줄 이야기가 있을 터였다.

학교에 그들이 왔을 때 나는 라우다를 보고 깜짝 놀랐고 내게도 나름의 편견이 있다는 생각이 들었다. 두건과 질밥을 휘감은 나이 든 노파를 보게 될 줄 알았는데 그녀는 나와 나이가 비슷했고, 전기 머리인두로 다듬은 단발머리에 검은색 트랙슈트 차림이었다. 나중에 알게 되었는데, 라우다는 사실 팔레스타인 사람으로 이중 난민이었다. 라우다의 할아버지와 내 할아버지 둘 다 베트셰안 출신이었다. 우리끼리 공통점이 있는지 따로 찾아 보려고 하진 않았다. 우린 3세대라 시간이 너무 흐른 뒤였다.

한편 컬스는 전형적인 팔레스타인계 미국인으로 큰 가슴과 큰 코를 제외한 나머지 부분은 아담했고 곱슬머리였으며 목소리가 컸다. 우리 셋은 교무실에서 커피를 마셨는데, 사람이 많아서 세 사람이 소파 하나에 딱 붙어 앉아야 했다. 난 그들에게 말했다. 우리 학생들이 무척 똑똑해요. 어른이라고 간주하고 이야기를 해주세요. 벌써 아는 게 많고, 제가 종종 뉴스도 읽어 주니까요.

우리 주변에서는 어떤 따스함이 느껴졌다. 그게 혈통, 그러니까 같은 조상에서 비롯된 어떤 본능적인 친밀감인지는 알 수는 없었다. 난 우리의 생식 기관을 의식했다. 팔꿈치로 컬스의 왼쪽 허

벽지를 건드렸는데, 그녀의 엉덩이가 크고 부드러워 내 입 안에 침이 고였다. 팔레스타인 사람들은 모든 방면에서 열세를 면하지 못하고 있었고, 아마도 인구를 무기로 삼는 것만이 유일한 희망이라는 생각이 들었다. 나는 그 둘에게 말했다. 만약 우리가, 너무나 헌신적이어서 자살을 불사할 정도인 아이들을 키울 수만 있다면 좋을 텐데 말이에요. 나는 이렇게 말하고 웃었지만 그들은 나와 유머 감각이 달랐다. 어쩌면 디아스포라의 문제일지도 몰랐다.

아랍 억양의 라우다는 그래서, 그렇듯, 그렇게 같은 표현을 계속 써 가며 자기 이야기를 했다. 그녀는 3박 4일 동안 플라스틱 보트를 타고 튀르키예에서 유럽으로 건너갔다. 학생들이 가장 흥미를 보인 소재는 배, 바다, 두 번째 날 밤에 닥친 폭풍, 업자와의 계약을 마치기 위해 받은 대포폰이었다. 학생들은 화장실에 관해 물었는데, 배에는 화장실이 없었다. 배에서 먹고 마신 것은 물과 과일과 주스였다. 어떤 이유에선지 살은 이런 작은 부분에 진심으로 푹 빠졌다. 주스가 무슨 맛이었냐고 질문하고, 망고 맛이라는 답이 돌아오자 이렇게 외쳤다. 와, 그럴 줄 알았어. 레너드는 전쟁에 관해 물었는데, 누가 누구와 싸우는지 알고 싶어 했다. 라우다가 상황을 설명해 주었는데 학생들에겐 너무 어려웠다. 그들이 어리둥절해서 관심을 잃는 모습을 보였어도 나는 라우다의 말을 막지 않았다. 그녀가 아사드 정권이 야르무크 지역을 공격한 이야기를 하는 동안 나는 정보 조각들을 머릿속에 애써 그러모았다. 한순간 조각들이 제자리를 딱 찾은 것 같았지만, 살이 라우다의 말을 자르자 조각들은 대륙들처럼 따로 떠다녔다. 살은 라우다에게 주스를 다 먹고 나서 용기는 어떻게 처리했는지, 쓰레기는 바다에 던졌는지, 쓰레기가 무거운 경우 배는 가벼워야 하니 배에서는 일반적으로 쓰레기를 그렇게 처리하는지 물었다.

나는 라우다에게 감사를 표하고 학생들에게 박수를 부탁했다. 그리고 과제를 냈다. 자기가 살던 나라를 떠나, 다시 돌아갈 수 있을지 혹은 육지에 도착할 수 있을지조차 모른 채 보트를 타면 어떨지 상상해 보고 이야기를 써 보라고 했다. 학생들은 어떤 나라를 떠나는 상황인지 질문했다. 나는 그런 세부 사항은 중요하지 않다고, 느낌이 어떨지 집중해 보라고 했다.

컬스는 교실 뒤쪽 벽에 기댄 채 서 있었다. 내가 말하는 동안, 팔짱을 끼고 다리 한 짝은 구부려 벽에 발을 댄 채 미소를 지어 보였는데 그쪽 벽엔 이미 푸른 신발 자국이 가득했다. 컬스가 내게 그만큼 관심이 있다는 뜻이었다. 눈치를 챈 나는 컬스의 허벅지로 다시 시선을 던졌다. 초대받았다는 느낌이 들었으므로 부끄럽지는 않았다.

수업 후 컬스와 라우다에게 작별 인사를 하면서 마음이 힘들었다. 여자 친구가 하나도 없는 나는 그들과 더 오래 같이 있고 싶었다. 그들이 함께 점심을 먹으러 갈 건지, 저녁에는 무얼 하는지, 잠을 자는 매트리스는 부드러운지 딱딱한지 궁금했다. 우리 셋이 공유하는 특징이 있는지도 궁금했다. 예를 들면 저녁은 건너뛰는지, 다리 사이에 베개를 끼우고 자는지, 아니면 양치할 때 시간을 재는지, 꼭 샤워하고 잠을 자는지. 지금 하는 얘긴데, 내가 알고 싶었던 건 내가 그냥 있는 그대로의 나인지, 아니면 나라는 존재로 프로그램된 사람인지였다는 생각이 든다.

우리가 우리 자신을 알게 될 때쯤이면, 우린 이미 우리로 존재한다. 이것이 유년 시절의 문제다. 성장하고, 의식이 생기고, 결정을 내리는 존재가 되기까지 몇 년의 시간이 걸린다. 그리고 그때가 되면 이미 늦었고, 운명의 세월에 맞선 싸움을 할 뿐이다.

    이제 너에겐 다른 이야기를 할 생각이야. 우리 사이가 편안하다는 느낌이 드니까. 맞다, 너한테 하는 말이다. 네가 내 상상의 산물인지, 아니면 물려받은 존재인지 알고 싶었다.

다음 날 과제를 맨 처음 낭독한 학생은 살이었다. 평소처럼 과장된 태도로 목청을 가다듬었는데, 연기에 소질이 있었고 나름 절제된 모습으로 과제를 낭독했다. 그날 나는 의자 위에 올라가도 좋다고 허락하기까지 했다. 오, 신이시여. 발표를 시작한 살은 청중을 바라보았다. 오, 주여. 목소리를 키운 살은 천장을 올려다보면서 웃음을 억누르며 외쳤다. 왜 나를 버리셨나이까. 나는 피식 웃었고, 라우다와 컬스가 여기 없어서 다행이라고 생각했다. 살이 던진 질문이 정당하며, 아이들조차 신이 매일 사람들을 버린다는 사실을 알고 있긴 하지만 말이다.

레너드의 과제는 음울했다. 남극 대륙으로 가는 마지막 배에 탑승하기 전, 어느 도시에서 목격한 참수형 장면을 회상하는 내용이었다. 레너드는 반체제 인사라는 표현을 썼다. 반체제 인사는 왕과 맞서는 발언을 하고 피를 흘리며 거리에서 끌려갔다. 내가 물었다. 책에서 읽은 거니? 아니면 영화에서 봤니? 아뇨. 레너드는 자리에 앉으며 대답했다. 제가 생각해 낸 이야기예요. 전 이야기 만들기를 좋아하거든요. 아주 잘했어, 상상력이 뛰어나구나, 레니. 레니라고 불러도 되니? 레너드는 신경질적인 미소를 보이며 코로 숨을 들이마셨다. 레니, 반체제 인사의 이야기를 두 페이지 분량의 단편으로 써 보면 좋겠는데. 그가 왕에게 무슨 짓을 했는지, 왜 그랬는지 궁금해. 레너드는 살짝 웃은 다음 의기양양하게 공책을 덮었다. 이후 다른 학생이 발표하는 동안, 레너드는 공책을 다시 펼치고 새로 떠오른 생각을 적어 내려갔다.

제이는 과제 낭독을 거부했다. 그날 제이는 스스로를 벌하듯 교실 뒤 구석 자리에 앉았다. 나중에 집에 가서 제이의 공책을 확인해 보니 이런 메모가 있었다. 너무 슬퍼서 숙제를 할 수가 없다고 했다. 전쟁은 나빠요, 사람을 죽이니까. 미안해요, 선생님. F는 안 주시길 바라요.

나는 제이가 걱정스러웠다. 제이는 성격이 너무나 예민하고, 스스로 지킬 방패가 없었다. 그리고 감정들을, 특히 마음의 상처를 지나치게 정당화하고, 분별없이 취약함을 장려하는 문화에서 자라고 있었다. 칼은 울적하고 공허했으며 자기 자신과 주변 사람 모두를 죽이고 싶어 했다. 제이는 자신의 고통을 부인하거나 밀어내는 일 없이, 그냥 놔두고 있었다. 교장은 소년들에게 감정에 관해 털어놓으라고 격려했다. 교장실에는 울적해 보이는 소년 한둘이 늘 앉아 있었고, 나중에 교장은 나를 찾아 그들에게 부담을 주지 말라고 말했다. 아직 애들이잖아요. 내 대답은, 그러다 우울증을 불러오고 정신 질환을 키울 수 있다는 거였다. 그 나이엔 뇌가 주변 영향을 아주 잘 받아요. 뒷길로 걸어가게 방치하면 아이들은 그 길을 영원히 기억하고 어른이 되어도 그곳을 배회하겠죠.

그래서 나는 제이의 과제에 F를 주었다. 나는 그가 강해지기를, 자기 자신을 이겨내기를 바랐다. 예를 들면, 나는 여전히 매일 브루클린교를 건너서 통근 중이었다. 그래도 불평하지 않았다. 그래 봐야 뭐가 좋은가.

그때는 말을 하면 모든 것이 더 나빠질 뿐이라고 생각했어. 그렇지만 네가 있으니, 뭔가를 명명하면 그 대상이 더 작아진다는 걸 알겠다. 고통은 거대한 괴로움의 장(場)이 될 수 있고, 혹은 그냥 어떤 대상 하나일 수도 있다.

나는 컬스를 다시 만났다. 우리끼리 저녁 식사를 하자고 이메일을 보냈다. 나는 컬스를 태번 식당으로 데려갔는데 밖이 어두워 공원에는 아무도 안 보였다. 그래서 우리는 의미 없는 시간을 함께한 오랜 친구들처럼 식당에 있는 손님들에 대해 잡담했다. 나는 음식 값을 치르고, 내가 컬스의 집에 가도 되는지 아니면 방을 빌리는 게 좋은지 물었다. 우리는 어퍼 웨스트 사이드에 있는 그녀의 아파트로 갔다. 컬스는 옷을 벗었고 나는 남자가 나한테 해 주면 좋은 모든 행위를 그녀를 위해 했다. 쉽고, 친숙했다. 나는 컬스가 내는 신음을 알아들었고 메아리처럼 답했다. 내가 나와 관계를 맺는 느낌, 거울의 집에서 관계하는 느낌이었다. 컬스는 키스가 부드러웠고, 피부도 부드러웠다. 밑판에는 내가 좀 거칠게 굴었는데, 남자가 내게 그런 식으로 구는 게 익숙해서 그랬다.

우리는 불을 계속 켜 두었는데, 컬스의 방은 그리 나쁘지 않았다. 깨끗한 공간이었다. 침대 시트는 분홍색으로 잘 다림질되어 있어 마음에 들었다. 그래도 물건들이, 20달러도 안 나가는 작은 것들이 너무 많았다. 예루살렘 구시가지에서 살 수 있는 아르메니아 세라믹 잔,《뉴요커》지, 양초, 청소용 롤러, 로션 통, 비타민들. 어쨌든 컬스는 텍사스 출신이었다. 하지만 그녀와의 관계는 공허함이 없는 자위 같았다. 낮잠을 자다 깨어나 날이 어두워진 것을 확인할 때 밀려드는 공허함 말이다.

일이 다 끝나고 나서 상황은 더 나빠졌다. 컬스는 아버지의 첫 번째 결혼과 이복 자매 이야기를 꺼냈다. 그렇게 그녀는 형체와 특성을 갖추면서, 나와 분리된 존재가 되었다. 그녀가 이야기를 많이 할수록 그녀를 향한 마음이 줄어들었다. 컬스가 별로라는 건 아니었다. 유쾌한 사람이었다. 그렇지만 이야기를 하면 할수록, 나와 분리가 되었다. 마치 거울 밖으로 나온 듯, 얼굴이 일그러져 다른 사람의 얼굴로 변하고, 머리칼이 더 구불거리고, 가슴은 더 위협적으로 느껴졌다.

컬스가 농담을 던질 때마다 마음의 거리가 생겼고, 내가 나 말고 다른 누군가와 있다는 사실을 깨닫게 되었다. 그녀의 아랍어 또한 충격을 주었다. 혀와 목구멍에 미국식으로 손상이 온 듯한, 텍사스식 아랍어였다. 우리의 모국어로 대화하는 일은 불가능했다. 우리는 다시 한번 섹스를 했는데, 이전과는 달랐다. 그것은 자극과 반응을 주고받는 보다 복잡한 춤이었다. 너무나 복잡해서, 결국 끝을 내고 트렌치코트가 있는 내 집으로 돌아가야 했다.

아니, 컬스가 상처를 받은 건 아니었다. 여성에게 거절하는 일은 더 쉽다. 교장에게 사샤의 생일이라 브루클린 박물관에 갈 수 없다고 했을 때와 비슷하다. 심지어 교장은 내 뜻을 담담하게 수

용하고, 식당을 추천해 주기까지 했다. 내게 여성과의 섹스는 순수하게 오락적인 행위처럼 느껴졌다.

파리로 떠나기 일주일 전에 갑자기 날씨가 확 바뀌었다.

그 무렵 트렌치코트는 내 아파트에서 매일 밤을 보냈는데, 심지어 내가 집을 비울 때도 그랬다. 세탁 협정을 맺은 지 얼마 안 된 어느 날 저녁 집에 와 보니 트렌치코트의 이탈리아 정장이 한 벌 더 옷장에 걸려 있었다. 옆에는 검은 양말 몇 켤레와 속옷이 든 벨루티 더스트백이 있었다. 그랬다. 트렌치코트는 소지품이 별로 없었는데, 아마 그래서 장소의 이동이 더 수월한지도 몰랐다. 그는 존재감이 옅은 사람이었고, 먼저 나서는 일이 없을 뿐만 아니라 몸을 쓰는 방식 또한 눈길을 끌지 않는 편이었고, 많은 공간을 차지하지 않았으니까. 내가 아침에 일어나면 이미 침대에서 자취를 감추었고, 주변에 어떤 물건도 남기지 않았다. 편지도, 신발도, 가방이나 열쇠나 잔돈도.

토요일 아침은 맑은 날씨에 얼음이 얼 것처럼 온도가 떨어졌다. 트렌치코트와 나는 아카데미에서 커피를 마신 다음 지하철을 타고 59번 스트리트로 갔다. 우리는 매디슨에 있는 몇몇 가게에 들렀는데, 트렌치코트는 도어맨이 있을 때도 나를 위해 문을 열어 주었다. 내가 진열대를 둘러보며 옷감을 만지작거리는 동안, 트렌치코트는 대체로 거리를 두고 지켜보며 그냥 서 있었다.

삼각형 로고로 확실하게 옮겨 간 듯한 프라다 매장에서 나는 트렌치코트에게 태피터 블라우스를 보여 주었다. 프라다는 그 해 아주 훌륭했고 나는 그 옷이 사고 싶었다. 그렇지만 트렌치코트는 실용적이지 못한 옷이라고, 소매가 지나치게 불룩해서 다른 옷을 걸쳐 입기 힘들 것이라고 말했다. 에르메스 매장에서 트렌치코트는 내게 새 지갑이 필요하다고 우겼다. 그래서 빨간 악어가죽 지갑을 골랐다. 로로피아나에서는 캐시미어 제품이 비단처럼 부드러웠다. 스웨이드 제품도 마찬가지로, 새끼 동물이나 러시아 여성의 피부처럼 눈으로 봐도 손으로 만져도 매끈했다. 트렌치코트는 찻잎 색깔의 누비 조끼를 골랐다. 최근 들어 날씨가 너무 추워서 몸을 따뜻하게 해 줄 옷이 필요하다고 했다. 또 술 장식이 달린 흰 스카프를 골라서 내 코트 안쪽에 대보았다. 네 옷은 색이 너무 어두워. 넌 흰 옷깃은 대지 않겠지, 여자니까. 이 스카프를 둘러봐. 거울을 보니 트렌치코트의 말이 맞았다. 훨씬 좋아 보였다. 어두운 평면이 아니라 돋을새김한 작품 같았다. 계산은 당연히 내 몫이었다. 조끼와 스카프를 가져가며 트렌치코트에게 물었다. 어떻게 그런 생각을 해 낸 거야? 트렌치코트가 말했다. 옷을 입는다는 건, '코사 멘탈레'[10]거든.

---

10 cosa mentale. 정신적인 일.

우리는 아침 식사를 걸렀다. 많은 도시인처럼 트렌치코트와 나도 하루에 한 끼만 먹었다. 마크에 점심을 먹으러 갔는데, 트렌치코트는 그곳 웨이터와 친해졌다. 웨이터의 이름은 도미니크였다. 나는 눈에 힘을 주고 도미니크를 보았지만 분석이 쉽지 않았다. 도미니크가 사는 집은 어떤 아파트일까? 브롱크스에 있나? 애스토리아? 멀리 웨스트체스터 카운티? 도미니크가 버는 돈에 의지하는 여자 친구, 남자 친구, 엄마가 있을까? 아니면 그냥 응석받이에 배우 혹은 모델 지망생으로, 부자와 유명인에게 손을 비비며 도시에서 큰 성공을 거두고 싶은 사람일까? 음, 알 수 없었다. 저런 종업원 의상을 입은 데다 아는 건 이름이 전부이니, 도미니크는 내가 파악할 수 없는 상대였다.

트렌치코트와 나는 루콜라 샐러드, 차게 식힌 아티초크, 피자, 파스타를 나누어 먹고 피노 누아 와인을 잔으로 마셨다. 가격은 비쌌으나 신경 쓰지 않았다. 돈의 가치란 고정된 게 아니라, 내 기분과 날씨, 위치에 따라서 왔다 갔다 변한다. 계산서가 오고, 나는 지갑에 가득한 현금과 동전을 모두 꺼내서 테이블보 위로 쏟았다. 트렌치코트가 조심스럽게 돈을 다 모으더니 말했다. 여기. 아, 너무 무겁나? 내가 처리할 수 있어. 그러더니 내 돈을 자기 주머니에다 집어넣고 몸을 돌려 계산할 준비가 됐다는 신호를 보냈다. 도미니크가 우리 자리에 왔을 때 트렌치코트는 현금을 꺼내 문제없이 계산했다.

호텔 레스토랑을 떠날 때가 되자 트렌치코트는 프런트에 들렀고, 내게 소파에 앉아 기다려 달라고 했다. 체크인과 체크아웃을 하느라 손님들이 다들 바빠 보였다. 그들의 조급함이 느껴졌다. 때가 주말이 아니었다면, 트렌치코트가, 남자가 곁에 없었다면 나도 저 조급한 집단에 속했으리라. 내 경우, 일 처리에 신경 쓸 필요가 없었다. 식당 자리도 마련될 것이고, 택시 호출도 해결될 것이었다. 적절한 남자와 함께라면 짐을 덜어 낼 수 있었다. 나는 소파에 앉아, 어쩌면 트렌치코트가 방을 빌리고 싶을지도 모른다고 생각했다. 우리는 멋진 하루를 보냈고, 이제 섹스할 때가 되었으니까.

트렌치코트는 프런트 담당자에게 다가갔다. 나는 좀 멀리서 그들을 지켜보았다. 트렌치코트가 손을 따로따로 움직이는 모습을 보니 대화를 주도하는 것 같았다. 손 하나를 머리 위에 잠시 올렸다가 또 올리고, 귀를 덮었다. 담당자가 하는 대답이나 트렌치코트의 말을 경청하는 모습을 보건대 그가 방을 예약하는 상황이 아니라는 걸 알 수 있었다.

맞다, 나는 실망했다. 트렌치코트와 나는 아주 재미있는 시간을 보낼 수 있었을 테니까. 그렇지만 많은 여자가 주장한다. 섹스하지 않는 남편이 훨씬 더 좋은 존재라고.

그때 도미니크가 접수처에 나타나 트렌치코트 쪽에 합류했다. 트렌치코트가 잠시 이쪽을 돌아보았는데, 나를 본 건 아니었다. 그러고 보니 트렌치코트는 전통적인 남성미의 표식을 하나도 가지고 있지 않았다. 키가 크지 않았고 어깨도 넓지도 않았다. 강한 턱선도 없었다. 트렌치코트가 지닌 건 늘어짐 없는 신체, 훨쩍 편 가슴, 다른 시대에 온 듯한 자세였다. 컴퓨터 앞에 한 번도 앉아 본 적 없고, 휴대 전화를 내려다보거나 소파에 누워 본 적도 없어 보였다. 내게 트렌치코트는 일종의 환영으로, 점잖은 왕자였다.

나는 일어나 그들에게 합류했다. 그들이 무슨 이야기를 나누는지 궁금했다. 도미니크가 안녕하세요, 하고 인사를 건넸고 트렌치코트는 본인 모자가 내 가방에 있는지 물었는데 당연히 없었다. 트렌치코트는 모자를 쓰지 않으니까. 도미니크는 혹시 누구든 모자를 본 사람이 있는지 접수처 담당자에게 물었고, 트렌치코트가 식당이나 바에 모자를 두고 온 것 같다고 말했다. 여자 담당자는 잠시 뒷방에 갔다가 분실물을 보관하는 나무 상자를 들고 돌아왔다. 여자가 상자를 접수처 탁상에 올리기도 전에 트렌치코트는 상자 안으로 손을 뻗으며 말했다. 여기 있네요. 그가 집은 것은 회색 캐시미어 비니였다. 담당자는 만족스러운 미소를 지었고, 도미니크는 트렌치코트의 등을 두드렸다. 우리는 호텔을 빠져나가 모퉁이를 돌았다. 트렌치코트는 모자 꼬리표를 확인하더니 바레나 제품이네, 하고는 모자를 썼다. 그게 트렌치코트의 방식이었다.

그날 저녁, 소피아의 아파트는 텔레비전이 켜져 있었으나 소피아는 보이지 않았다. 나는 텔레비전에 원초적 갈망을 품고 있었다. 동물적 본능에 따르듯 텔레비전이 거는 최면술에 즉시 반응했다. 트렌치코트는 외출 중이었고, 나는 침대에 누워 이불을 덮은 채 창문 너머 화면 속 이미지를 시청했다. 라디오가 있어도 좋았을 것이다. 배경 음악처럼 틀어 두거나 기도 시간 알림으로 쓰겠지. 그렇지만 음악은 더 이상 들을 수 없었다. 들으면 바로 내 안으로 들어와 감정을 조종하는 것 같았다. 그래서 소피아가 내게 그토록 큰 영향을 미쳤으리라. 소피아는 클라리넷으로 나를 홀리고 있었고 나를, 내 동전을 가지고 놀고 있었다고 할 수 있다.

어느 순간 컬스의 전화가 왔다. 나는 컬스가 화가 났을까, 너 나쁘게는 나를 그리워할까 두려웠다. 하지만 그저 본인이 직접 준비하는 행사에 나를 초대하고 싶어 전화한 것이었다. 2월에 있을, 우리 나라를 기념하는 기금 모금 행사였다. 이 설명은 컬스가 고른 표현이지 내가 고른 말은 아닌데, 어떤 의미든 간에 우리는 나라가 없기 때문이었다. 컬스는 뉴욕시에 있는 동지들을 만날 기회라고 했다. 이 또한 그녀의 표현이다. 그렇다고 내가 관심이 없다는 건 아니었다. 관심이 아주 많았다. 그렇지만 나는 삶을 내 방식대로 사는, 독자적인 사람이었다. 두 발로 서서 그 굴곡진 땅을 걸어 나가는 쪽을 선택한. 내가 말했다. 장담하는데 행사에 오는 여자들 모두 자수 놓은 전통 의상을 입고 올걸, 그런데 그 의상은 내게 어울리지 않아, 너무 커서 내 몸은 형체를 잃을 거야. 그리고 웃으면서 이런 말도 했다. 컬스, 아랍 남자들이 성녀 창녀 콤플렉스를 품고 신붓감을 찾는 것 어떻게 생각해? 컬스도 웃음을 터트리더니, 본인은 유대인 시스[11] 남성과 데이트하고 있다면서, 자기라면 그런 어처구니없는 말은 절대 안 할 거라고 했다. 나는 사샤를 떠올리며, 내가 키우는 남자를 데려가도 되느냐고 물었다. 컬스는 웃었다. 물론이지, 돈이 많은 남자라면. 통화를 하면서, 나는 소피아의 텔레비전으로 갈색 머리칼을 지닌 기자를 보았다. 기자 뒤편으로 백악관이 보였다. 나는 한 번에 여러 가지 일을 하는 편을 선호했는데, 그러면 마음이 가라앉았다.

---

11 성 정체성이 지정 성별과 일치하는 사람.

겨울 방학 전날, 나는 트렌치코트를 교실로 데려왔다. 전부터 사샤가 내 학생들을 만나 보고 싶다고 부탁했는데, 스스로 낮추면서 겸손하게 구는 그의 태도에 아이들이 영향을 받는 상황이 싫었다. 그래서 트렌치코트를 선택했다. 이 어린 소년들은 여자들과 얘기하고 알파 수컷이 되길 원했으니, 나는 자신감을 심어 주고 싶었다.

나는 학생들에게 트렌치코트가 패션 전문가로 모나코에서 아이들을 가르쳤다고 미리 일러두었다. 남자는 적절한 태도를 갖추고 옷만 잘 입으면 매력 점수가 6점에서 손쉽게 8점으로 바뀔 수 있어. 여자는 그렇지 않은데 너희는 남자라서 얼마나 행운이니. 학생들은 내 말을 이해하지 못한 채 멍한 표정을 지었다. 오늘은 작문 숙제가 없어. 자유 수업이니 하고 싶은 걸 하렴.

프랭클린 중학교에서 내가 서커스를 운영하는 것처럼 보일지도 모르겠다. 그래도 내 수업은 대체로 아주 차분하고 진지했다.

아이들은 학교에서 긴 시간을 보냈고, 나는 매주 아이들을 몇 시간이고 가르쳤다. 기분 전환을 꾀한다고 해도 한계가 있었다. 너에겐 즐거웠던 시간을 이야기하고 있는 것이고, 독서와 작문 수업이 사이사이 아주 많았다는 사실을 믿어 주기를.

트렌치코트가 프랭클린 중학교에 들어오는 일은 쉽지 않았다. 미국인들은 자녀를 열성적으로 보호하는데, 전세계에서 총기 사고 문화가 있는 유일한 나라라서 그런 것 같다. 그래서 방문 접수 직원인 로런에게, 트렌치코트를 뉴욕 난민 정치활동 위원회 소속의 시리아 출신 초청 강연자로 기재해 달라고 말해야 했다. 내가 생각해 낸 단체이긴 한데, 실제로도 존재한다고 장담한다.

그날 아침 트렌치코트는 아주 이른 시간에 일어나 몸을 한참 씻고 정장을 두 번 다림질했다. 그리고 프랭클린까지 택시를 타고 가자고, 빙하 녹은 물 같은 비가 쏟아지는 오늘 날씨에는 뉴욕 지하철역이 침수된다며 우리가 늦을지도 모른다고 걱정했다.

학교에는 시간보다 이르게 도착했다. 교실 문 앞에 선 트렌치코트는 8학년 학생들이 들어올 때 한 명 한 명 악수하며 정중히 자신을 소개하고 허리를 숙였다. 세계 경제 포럼 사회자로 어울릴 태도였다. 학생들은 모두 바깥에 한 줄로 서서 악수 순서를 기다렸다. 처음에는 어색한 듯 제 이름을 불쑥 말하더니, 이내 몇몇은 시선을 교환하고 손에 힘주어 악수하고 성명을 밝혔다. 다들 차분하게 자리에 앉았다. 나부대는 학생은 아무도 없었다.

트렌치코트는 교실 앞쪽에 자리를 잡았다. 입고 있던 트렌치코트를 벗어 내 책상 의자 등받이에 걸었다. 두 손으로 머리칼을 매끈히 쓸어 넘기더니 정장 재킷 단추를 풀었다. 나직한 목소리는 교실 멀리까지 전달되지는 않았으므로 강연을 들으려면 다들 입을 다물어야 했다.

미스터 젠킨스, 트렌치코트는 앞줄에 앉은 제이를 가리켰다. 자리에서 일어서 달라고 하더니, 재킷을 가리키며 단추를 여며 보라고 했다. 제이가 군인처럼 꼿꼿하게 서서 단추를 여미자 트렌치코트가 냉정하게 말했다. 아뇨, 틀렸어요. 단추를 푼 다음 다시 앉아요. 침묵이 흘렀고, 학생들은 서로를 쳐다보다 뒷줄에 앉은 내게 시선을 던졌다. 제이도 몸을 돌려 나를 바라보았는데, 마치 내가 그의 엄마이고 친구들 앞에서 그에게 창피를 준 것처럼 분노와 상처가 깃든 눈빛이었다. 나는 목청을 다듬은 다음, 제이가 무슨 말이든 하기 전에 먼저 내 옆에 앉으라고 상냥하게 말했다. 그리고 너무 지나쳤다는 뜻을 담아 트렌치코트를 바라보았다. 좋아요, 트렌치코트가 말했다. 답을 알려 주죠. 아래쪽 단추는 절대 잠그지 말고 맨 윗단추만 잠가야 합니다. 알겠죠? 조용한 교실에서 아메드가 숨이 턱 막힌 소리를 냈다. 그리고 다들 재킷 단추를 잘못 채운 건 아닌지 확인하려고 자기 배를 내려다봤다.

트렌치코트는 남성 패션의 규칙을 설명했다. 살을 조수 삼아 재킷이 몸에 잘 맞는다는 기준은 무엇인지, 적절한 바지 길이는 얼마인지, 옷깃을 고르는 기준은 무엇인지, 구두는 어떻게 닦아야 하는지, 흰 셔츠는 어떻게 세탁해야 산화를 피할 수 있는지 직접 알려 주었다. 살은 키가 크고 체격이 좋으며 자기 자신을 사랑했는데, 이런 특징이 그의 옷차림에도 잘 드러났다.

다음으로 트렌치코트는 칼을 불렀다. 이런 실습에 칼이 너무 불안해하면 어쩌나, 옷이 너무 형편없어 보이면 어쩌나 나는 걱정했다. 칼은 늘 몸에 맞지 않는 옷을 입었는데, 옷이 너무 크거나 너무 작았다. 칼이 굼뜬 동작으로 자리에서 일어나 교실 앞쪽으로 갔다. 자, 미스터 유. 트렌치코트가 칼의 등을 때렸다. 똑바로 서세요. 칼은 몸을 편 다음 강아지처럼 트렌치코트를 쳐다보았다. 학생 바지는 허리 사이즈는 괜찮지만 기장이 너무 길어요. 트렌치코트는 몸을 수그리고 무릎을 꿇고 손을 바닥에 짚더니, 신발 위 바지 밑단이 접히거나 주름지는 문제를 설명했다. 그리고 아침에 내린 비로 축축하고 더러워진 밑단을 접고는 다시 일어나 칼에게 재킷이 너무 작다고 말했다. 혹시 밥을 너무 많이 먹나요? 칼의 얼굴이 달아올랐다. 나는 그만 수업을 마치고 싶었는데, 트렌치코트는 레너드를 지목하더니 재킷을 빌려달라고, 그저 예시용이라고 했다. 레너드는 그 말을 따랐고, 트렌치코트는 칼에게 레너드의 재킷을 입히고, 살에게 옥스퍼드화와 나비넥타이도 빌렸다. 그리고 본인의 손수건과 시계와 커프 링크스도 챙겨 주며, 이 물품들은 잃어버리기 쉬우니 크나큰 책임감이 따라온다며, 서랍장에 던져 두지 말고 언제나 보관함에 넣어서 보관하는 습관을 들이는 게 중요하다고도 했다. 트렌치코트는 칼의 차림새를 최종으로 손보고, 턱을 들고 입을 다물라고 했다. 그리고 칼을 교실 학생들에게 선보였다. 자, 어때요? 다들 공감의 뜻으로 칼에게 전례 없는 박수를 보냈다. 학생들은 언제나 칼에게 지나치게 잔인했지만, 지금의 칼은 아주 근사해 보였다. 내 책상 뒤쪽의 벽장 안에는 긴 거울이 있었다. 나는 벽장을 열어 칼이 거울을 보게 했다. 칼은 미소 지은 다음 제 모습을 똑바로 보았다. 마음에 든 모양이었다.

    학생들에게 알렸다. 수업은 거의 다 끝났어, 마지막으로 하고 싶은 질문 있니? 살이 정장을 입고 스니커즈를 신어도 되냐고 물었고, 트렌치코트는 어떤 상황에서든 안 된다고 했다. 제이는 트렌치코트에게 혹시 동성애자냐고 물었다. 그건 내 실수 같았다. 지난주 수업에서 제임스 볼드윈은 동성애자인데 그건 전혀 수치스럽지 않은, 그저 삶을 구성하는 하나의 사실이라고, 동성애자는 보통 끈끈한 우정과 세련된 취향 같은 호감 가는 특징도 누리게 된다고 설명한 것이다. 어쩌면 넌 놀랄지도 모르겠지만 질문하는 제이의 얼굴은 진지했고, 키득거리거나 자리에서 펄쩍 뛴 학생은 아무도 없었다.

    이번에 얼굴을 붉힌 사람은 트렌치코트였다. 그는 고개를 숙이고 할 말을 찾다 내게 시선을 던졌다. 나는 벽장 문을 쾅 닫고 그를 위해 입을 열었다. 애들아, 신사는 비밀을 누설하지 않는 법이란다.

그날의 끝을 알리는 종이 울렸고, 아이들 모두 펄쩍펄쩍 뛰며 겨울 방학을 맞이했다. 아직 오후 4시도 되지 않았는데 이미 날이 어두웠다. 교장은 학생들을 한 명씩 안아 주며 인사했고, 인도가 얼어 있으니 뛰지 말라고 했다. 나는 길 건너편에서 기다리는 트렌치코트를 보고 그쪽을 향해 서둘러 걸어갔다. CVS 바구니가 깨진 아스팔트 위를 덜커덩거리며 나를 따라왔다. 나와 트렌치코트를 발견한 교장은 트렌치코트를 위아래로 훑어보았다. 나는 역을 향해 걸어가려 했지만 트렌치코트가 노란 택시를 가리켰다.

파리에 가기 전에 준비할 게 있어. 트렌치코트는 트렁크에 내 바구니를 넣고 조수석에 앉았다. 나는 택시 이름표를 확인했는데, 기사의 이름은 지니 래드록이었다. 어디 가? 트렌치코트는 쇼핑하러 간다고 했다. 어디로 쇼핑하러 가냐고 묻자, 세상에서 가장 못생긴 디자이너 브랜드에 간다고 했다. 그게 뭔지 알아? 트렌치코트가 플라스틱 칸막이를 통해 나를 돌아보는 모습이 꼭 아이에게 질문하는 부모 같았다. 베트멍. 트렌치코트는 아니, 하고 단호하게 부인했다. 내 답이 그가 낸 수수께끼를 모욕하기라도 한 것처럼. 그럼 베르사체? 나는 틀렸다는 사실을 알면서도 말해 버렸다. 그가 베르사체를 좋아하기 때문이었다. 지니는 매디슨을 향해 미친 사람처럼 질주했고, 우리는 몇 분 지나지 않아 맨해튼의 미드타운에 왔다. 차창 밖으로 크리스마스 조명이며 가게들이 휙휙 지나갔다. 내 몸은 편안함을 되찾았는데, 아까 학교 앞에서 트렌치코트가 진통제를 준 덕분이었다. 교장이 우리를 주시한 건 그래서였을 것이다. 나는 사이드미러로 트렌치코트를 관찰했다. 트렌치코트의 사라진 어금니가 곡면 거울에서 두드러졌다. 트렌치코트가 말했다. 힌트를 줄게. 이 세상에서 가장 부유한 사람과 가장 가난한 사람이 모두 입는데, 차이를 만드는 게 오직 그 제품을 입는 사람인 브랜드는 어디일까? 나는 웃었다. 브랜드 전부 그렇잖아. 구찌, 루이뷔통, 샤넬, 프라다, 발렌시아가, 에르메스, 디오르. 트렌치코트가 말했다. 그거야. 지니의 택시가 급정거했다. 네가 답을 말했어. 자, 이제 거기서 제일 못생긴 걸 골라봐. 맑은 하늘은 칠흑처럼 검었고, 기온은 영하로 떨어져 있었다. 거리에는 몇 안 되는 여행객만 있었고 가게들은 환히 불을 켜 두었지만 텅 비어 있었다. 우리는 에르메스 매장 앞에서 멈추었다.

매해 버킨백의 가격은 가난과 전쟁, 기근과 상관없이 오른다. 가방의 가치는 금이나 S&P 500보다 더 견고하다. 에르메스 럭셔리하우스는 아주 특별한 소수 집단에만 물건을 파는 방법으로 이같은 결과를 달성했다.

물론 트렌치코트의 설명은 다르다. 이런 식이다. 에르메스는 미국인과 아시아인을 싫어하며, 그들에겐 어떤 가방이든 팔지 않으려 한다. 그러니 우아하고 세련된 우리 같은 사람이 에르메스 가방을 사서 자격 없는 쓰레기들에게 웃돈을 받고 파는 거다. 질문을 더 해 본 결과, 트렌치코트의 사업이 일종의 불법 거래임을 알 수 있었다. 우리는 가방을 사서 이반이라는 사람에게 팔고, 그는 매일 저녁 파리 만다린 오리엔탈 호텔에서 우리를 만나 다른 누군가에게 가방을 팔고, 그렇게 계속 이어지다 보면 가방은 돈이 아주 많으나 교양은 없는 사람의 잘 관리된 손에 최종적으로 들어간다.

파리에는 가방이 더 많아. 택시에서 내리며 트렌치코트가 말했다. 그러니 우리가 가방을 살 기회도 더 많지. 오늘은 그냥 정찰하러 온 거야. 매장에는 놀랍게도 도어맨이 없어서 내가 무거운 문을 직접 밀어야 했다. 내부에는 우리만 있었다. 음악도 흐르지 않았고, 좋긴 한데 뭔가 작위적인 향이 났다. 에르메스의 테르 향수에 곰팡내가 깔린 것 같았다. 우리는 보석류 진열대 주위를 걸었다. 내가 신은 부츠 굽이 대리석 바닥에 부딪히며 소리가 나서, 걸음 속도를 늦추었다. 여기서는 그냥 둘러보기만 할 줄 알았다. 예전에도 자주 그러면서, 가게에서 제공하는 샴페인을 거절했다. 그런데 트렌치코트는 매장 여성 직원에게 내가 착용할 귀걸이를 보여 달라고 했고 직원은 매장 가운데 진열대로 나를 안내했다. 금발의 중년 직원은 NPC[12] 같은 태도가 마크의 웨이터 도미니크를 똑 닮아 있었다. 이 제품은 어떠세요? 직원은 어떤 억양도 찾아낼 수 없는 말투로 질문을 던지며, 내 버킨백의 진품 여부를 확인하려고 가까이에서 관찰했다. 이 귀걸이는 피네스 컬렉션이랍니다. 직원은 진열대 보관함에서 귀걸이를 꺼냈는데, 무척 단순한 디자인이라 액세서라이즈에서 15달러를 주면 살 수 있을 것 같았다. 단순하고 깔끔해, 너한테 사주고 싶어. 트렌치코트가 말했다. 난 아직 귀에 구멍을 안 뚫었다고 속삭였으나, 트렌치코트는 내 말을 무시했다. 그는 다이아몬드를 촘촘히 박은 로즈골드 귀걸이 한 쌍을 골랐다. 난 현금이 없었으므로 내 마스터카드로 계산하게 될 줄 알았다. 그런데 트렌치코트가 처음 보는 아메리칸 익스프

---

12 플레이어가 조정할 수 없는 캐릭터.

레스 카드를 꺼냈다. 그 카드에는 서명이 없었다. 며칠 후 나는 파리에서 알게 되었다. 트렌치코트는 구매 이력을 만드는 중이었다. 나중에 에르메스 매장 측에서 트렌치코트의 이름을 고객 데이터베이스에서 확인하고 그를 돈 잘 쓰는 고객, 극소수의 특별한 집단에 속한 사람으로 여기게 된다는 계산이었다.

지니의 택시는 우리를 셀렉트 식당에 데려다주었고, 우리는 뒤쪽 방에 자리 잡았다. 내가 코냑을 네 잔 마시는 동안 트렌치코트는 드디어 마른 시가에 불을 붙였다. 우리는 더는 가식을 부리지 않았다. 시끄럽게 웃어 댔고, 옆자리 손님에게 말을 건넸다. 나는 빨간 립스틱을 덧발랐는데 이가 얼룩져도 신경 쓰지 않았다. 취기에 혀 꼬부라진 소리를 냈고 붉은 침도 흘린 것 같다. 트렌치코트는 시가 피우는 법을 몰랐고, 시가에 화상을 입어 꽥꽥 소리치기도 했는데 즐거움이 묻어났다.

기억은 안 나지만 어찌어찌 우리는 귀가에 성공했다. 나는 팔걸이의자에 몸을 던졌다, 혹은 던져졌다고 할까. 트렌치코트가 내 신발과 양말을 벗겨 주고 물을 한 잔 주었다. 준비됐어? 트렌치코트가 물었다. 무슨 준비? 트렌치코트는 잠시 사라졌다. 나는 깜빡 졸았는데, 그 와중에도 드디어 우리가 섹스하게 되는 줄 알고 눈을 뜨려고 애썼다. 트렌치코트는 셔츠를 벗은 차림으로 내 반짇고리를 들고 돌아왔다. 그런 다음 맘마 미아, 하고 외치며 귀걸이 상자를 열었다. 이어 셀렉트에서 가져온 성냥에 불을 붙여 바늘 두 개를 달구기 시작했다. 나는 트렌치코트의 위쪽 팔을 붙들었고 트렌치코트는 내 귀를 잡았다. 그가 두 귓구멍 위치를 대칭적으로 잘 뚫어 줄 거라고, 깨끗하게 끝내 줄 거라고 나는 온 마음으로 믿었다. 트렌치코트가 첫 번째 구멍을 뚫자 나는 짐짓 더 아픈 척 울부짖었다. 그러자 그는 두 번째 구멍을 얼른 뚫더니 키득거리기 시작했다. 그래도 그는 이두박근에 힘을 계속 주면서 자세를 유지했고, 나는 굵은 눈물이 목을 타고 주르르 흐르는 내내 흐느꼈다. 트렌치코트는 다이아몬드 귀걸이를 끼워 준 다음 나를 침대로 옮겼다. 다음 날 아침, 거울 속의 나는 더 여자다워 보였다.

어린 시절 나는 부모님 침대 위에 매달린 크리스털 샹들리에의 아래쪽 줄을 전부 뜯어 낸 적 있다. 그때 부모님은 결혼 십 년 차였는데도 같이 샤워했다. 둘은 아주 친밀한 사이였고 무척 비슷했다. 그들이 싸우거나 논쟁하는 소리는 한 번도 들어본 적이 없었고, 섹스하는 소리도 들어 본 적이 없었다. 그저 머리맡에서 많은 대화를 나눌 뿐이었다. 부모님이 샤워하는 동안 나는 두 사람의 침실로 들어가 침대에 기어올랐다. 침대에는 붉은 벨벳 커버를 씌운 두껍고 탄력 있는 매트리스가 놓여 있었다. 나는 매트리스 위에서 뛰었다. 높이, 더 높이, 손가락 끝이 샹들리에에 닿을 때까지. 그렇게 뛰다 보면 손바닥에 보석 하나가 놓였다. 어느 날 저녁에는 크리스털을 두 개 손에 넣어서, 침대에서 내려와 귀에 크리스털 조각을 하나씩 대고 거울을 들여다보았다. 아빠의 오 드 콜로뉴도 좀 뿌린 다음 마리 앙투아네트인 척했다. 나는 마리 앙투아네트가 어떤 사람인지 몰랐고 그저 왕비라는 사실만 알았을 뿐인데, 내 생각에 왕비는 좋은 거였다.

우리는 월요일 아침 파리에 도착했는데, 막 일주일의 업무가 시작되는 때였다. 내가 호텔에서 나가기 싫어해서 트렌치코트는 방으로 커피를 주문했다. 쓴맛 나는 검은 것이 담긴 하얀 잔은 이에 닿을 때 좋은 소리가 났다. 트렌치코트는 진통제 돌리프란 1000밀리그램 한 알을 주었다. 그리고 벨보이가 다림질한 우리 옷을 플라스틱 옷걸이에 걸어서 가지고 왔을 때 문을 열어 주었다. 오늘은 자네에게 아주 좋은 날일걸, 하면서 트렌치코트는 직원의 손바닥에 동전을 얹어 주었다. 크고 무거웠으며 은색 테를 두른 금빛 행성처럼 생긴 2유로 동전이었다. 일주일 내내 나는 그 우아한 생김새에 감탄했고, 때로는 손에 힘을 꼭 준 채 동전을 쥐고 기다렸다. 밤에 적합한 사람을 마주치기를, 그래서 동전을 그 모든 힘과 함께 건네 줄 수 있기를.

트렌치코트는 내 짐을 꾸려 주었고 내 옷 중 특히 실크 제품에 애착을 보였는데, 실크 제품은 벨보이를 거쳐 부드럽고 반짝이는 모습으로 돌아왔다. 그는 나를 위해 골든구스 스니커즈 한 켤레도 챙겨 왔다. 나는 그 신발이 지저분하고 오래된 물건처럼 생겨서 건드리기도 싫었다. 실존했던 누군가가 적어도 오 년 혹은 이 년 동안 착용한 느낌이었다. 새 제품이야, 일부러 그렇게 만든 거라고. 트렌치코트의 설명이었다. 나는 더스트백에 쓰인 문장을 읽었다. 꿈을 위해서만 신으세요. 신발의 흠은 만져 보니 인쇄된 것이었다. 정말 그렇게 생각해? 이 신발은 남들 앞에 내놓을 만한 게 아닌 것 같은데. 내 말에 트렌치코트가 대꾸했다. 날 믿어. 아는 사람들은 알아볼 거야.

호텔 방을 나서기 전에, 트렌치코트는 에르메스 판매 직원과 대화하는 법을 알려 주었다. 손님 대다수는 버킨백 구매를 거절당하며 매장에 재고가 하나도 없다는 말을 듣는데, 이 말은 거짓이다. 그저 팔고 싶지 않은 것이다. 이반과 상의한 끝에 트렌치코트는 최고의 전략은 가능한 한 자연스럽게 행동하는 것이라는 결론을 내렸다. 나는 이미 버킨백을 소유했으니, 극소수의 특별한 집단에 속한 셈이니까. 어떤 버킨백을 가지고 싶어? 트렌치코트가 물었다. 똑같은데, 더 작은 것으로. 내 대답에 트렌치코트는 만족해했다. 아주 좋아. 매장에서 물어보면 크기만 작은 같은 제품으로 보여 달라고 해. 우리끼린 어떤 버킨이든 상관없고, 켈리도 마찬가지지만. 그래도 버킨을 달라고 해. 네 나이의 여자라면 이 세상에서 자기 자리가 어딘지 알아야 해. 켈리는 더 나이 든 여성을 위한 거야.

트렌치코트와 나는 엘리베이터를 탔다. 내 향수가 작은 공간에 퍼져 나가 트렌치코트가 뿌린 크리드의 스파이스 앤드 우드 향수와 섞였다. 내가 물었다. 매장에선 어떤 여자 손님을 선호해? 우아한 사람. 트렌치코트는 대답하며 거울에 비친 내 모습을 바라보았다. 네 어머니의 버킨백을 무심한 듯 힘주어 들어 봐. 너한테는 잔돈이나 다름없는 것처럼, 모든 잔돈은 중요하지만.

우리는 옷을 갖추어 입고 호텔을 떠나 생토노레 거리를 걷기 시작했다. 일주일 내내 날씨가 답답해서, 아름답지만 천장이 낮은 오래된 집에서 사는 기분이었다. 파리는 평범한 사람들도 근사했는데, 그건 어떤 대단한 문화적 성취가 있어서가 아니라 그저 번화가 매장에서 파는 옷이 멋지기 때문이었다. 타겟도, 월마트도, 메이시도 없었다. 그러니 알록달록한 제품도, 프린트 제품도 거의 없었다. 다들 세련되게 차려입었고, 아마 가장 중요한 특징일 텐데 체격이 날씬했다. 그건 옷이 좋아 보일, 혹은 사람이 근사해 보일 가장 확실한 방법이다.

그곳에서 나는 한층 차분해져 확실히 이해하게 되었다. 나는 미국에서 실패할 운명이었다. 집안의 저주가 내게도 적용될 터였다. 나는 너무 이기적이어서 영주권 자격 충족에 필요한 기간을 견디지 못할 터였다.

그래, 맞아. 우리 가족은 다들 이기적이었어. 심지어 죽을 때도 자신들의 이득이 계속 이어지게끔 이기적으로 죽었지. 너도 이기적이야. 떠날 수도 있었는데 여기 남기로 했잖아. 조용히 있을 수도 있는데 계속 질문하고 있고.

매장에 들어갔지만 내 눈을 사로잡는 물건은 없었다. H 모양 버클이 붙은 벨트, H 모양 잠금장치가 달린 팔찌, H 모양 갑피의 샌들, 그리고 유명한 가방과 스카프 들도 당연히 있었다. 전부 아주 진부하고 시시했다. 내 신발을 내려다봤다가 이다음은 뭘까 생각하며 고개를 들어 트렌치코트를 보았다. 고개를 숙이면 안 돼, 트렌치코트가 속삭였다. 지금부터 계속 고개를 들어, 더 들거나. 절대 숙이지는 마. 뭔가 봐야 한다면, 곁눈으로 봐. 절대 좋아하는 티 내지 말고.

트렌치코트는 어디로 가야 할지 정확히 알고 있었다. 우리는 2층 고객 서비스 담당자를 찾았다. 담당자는 말안장 장식 옆에 서 있었다. 트렌치코트는 본인 이름을 밝혔고, 담당자는 명단에서 그 이름을 찾아냈다. 우리는 오후 4시에 예약을 잡아 두긴 했으나, 트렌치코트가 미리 해 준 설명에 의하면 매장에서는 하루에 버킨백을 하나 혹은 두 개만 팔기 때문에 빨리 가면 구매할 가능성이 더 커졌다. 그렇다고 너무 이른 시간은 곤란한데, 맨 처음에는 손님 몇 명을 거절하는 것이 원칙이기 때문이었다. 매장의 판매 모델은 거절을 기반으로 했고, 사람들은 자신을 받아 주지 않는 클럽에 소속되길 원한다. 아직 정오밖에 되지 않았으나, 우리는 예약 시간에 맞게 온 척했고 담당자 또한 그렇다는 듯 굴었다.

우리는 몇 분간 기다렸고, 찰리라는 이름의 판매 직원이 나타나 우리를 뒤쪽 별실로 안내했다. 우리가 성공을 거둘지 궁금한 듯 다른 손님들이 시선을 보냈다. 매장은 온갖 국적의 젊은 사람과 나이 든 사람으로 가득했는데, 대부분 여자였다. 대다수가 우리처럼 버킨백이나 켈리백을 노리고 있다는 느낌이 들었다. 또한 그 가운데 무시할 수 없는 수가, 특히 혼자 다니는 젊은 여자들이 같은 불법 거래 조직에 속한 것 같았다.

찰리는 내가 어떤 제품을 원하는지 물었다. 버킨이요, 검은색이나 회색, 아니면 감색. 색이 많은 제품은 보통 착용하지 않아서. 나는 좀 따분하다는 듯, 이런 질문은 하인이 점심 메뉴를 묻는 것처럼 부담스럽다는 투로 대답했다. 눈도 손도 작은 직원 찰리는 놀랍게도 순순히 굴복하지 않았다. 대신 똑같은 태도로 나왔다. 내가, 내 외모가 따분하다는 듯, 내가 짐스러운 존재이고 나의 타고난 아름다움이 안 보인다는 듯이. 찰리는 내 버킨백을 가리키며 이미 하나 있지 않느냐고 말했다. 그렇죠. 하지만 이건 너무 커요. 그러자 찰리가 내 의견을 구했다. 버킨백이라는 것은 아무리 많이 가져도 모자라는 물건이겠죠? 나는 그냥 시선을 돌렸다. 시험당하고 있다는 생각이 들었다. 저속한 여자라면 저런 말에 동의하리라. 찰리는 트렌치코트에게 몸을 돌려 버킨백이 많지 않다고, 재고 확보 시간 예측이 어렵다고, 그래도 가서 확인해 보겠다고 했다. 나는 전략을 바꿔 말대꾸 대신 슬쩍 수줍은 척하는 미소를 선택했다. 누구든 가방을 획득한다면 그건 트렌치코트 쪽이지 나는 아니라는 생각이 들었다. 난 액세서리로 여기 존재하잖아, 트렌치코트의 피네스 컬렉션으로.

찰리는 커다란 오렌지색 상자를 들고 돌아왔다. 안에는 회색 피코탄 핸드백이 들어 있었다. 피코탄은 실린더 백으로, 위는 열려 있으며 자물쇠가 달린 가는 스트랩으로 입구를 조이는 형식이었다. 말 사료통에서 아이디어를 얻었을 것 같다. 트렌치코트는 들어 봐, 하며 내가 어떻게 행동해야 할지 눈 하나 깜빡하지 않고 은근히 알려 주었다. 찰리는 포장을 풀고 가방을 꺼내 내 손에 넘겼다. 이 가방은 버킨이 아니었고, 색이 더 밝고 부드러웠으나 발이 달려 있긴 했다. 나는 왼팔에 가방을 걸고 거울을 보았다. 눈 밑에는 다크서클이 생겼고, 골든구스 스니커즈는 소년 같은 느낌을 냈으며, 실크 팬츠는 가랑이 쪽에 벌써 주름이 져 있었다. 가방은 5번 애비뉴와 14번 스트리트 가판대에서 팔린 물건마냥 어떤 감흥도 주지 않았으나, 트렌치코트는 희열 가득한 미소를 지었다. 나는 가방을 보고 뭔가 느껴 보기로 마음먹었다. 팔을 바꿔 조심조심 오른쪽 팔에 걸어 보았다. 아이들의 손처럼 귀한 것을 만지듯 손잡이를 다루었다. 마음에 들어, 내가 말했다. 눈빛으로 억지 미소를 지을 수 없어서 그냥 눈을 감고 어린이처럼 돌고래 소리를 내면서. 어떻게 생각해? 나는 트렌치코트에게 물었다. 너한테는 뭐든 잘 어울려. 난 좀 더 격식에 맞는 걸 사 주고 싶긴 하지만, 이 가방은 매일 가지고 다니기 좋을 거야. 그리고 트렌치코트는 찰리를 향해 의견을 물었다. 찰리는 피코탄백이 우아하며 유행 타지 않는 제품에 속하고, 크기도 내게 잘 어울린다고 했다. 그러더니 트렌치코트에게 어떤 일을 하느냐고 물었다. 난 미술상으로 일해요, 그쪽과 약간 비슷하죠. 찰리는 예의상 내게도 같은 질문을 했다. 나는 거울을 보며 대답했다. 배우였는데, 어린이 극장에서 주로 일했어요. 그다음 우리는 소파에 앉아 찰리를 알아가는 시간을 가졌고, 샴페인을 받아 마셨다. 찰리가 털어놓은 세세한 사실들 — 그가 벨라루스 출신이며, 이주해 왔고, 구두 디자이너가 꿈이라는 것 — 을 계기로 우리는 그와 이어지는 느낌을 받았고, 동시에 그에 대한 존중심을 비렸다.

　　마침내 트렌치코트는 롤렉스 시계를 확인하더니 벌써 3시라고 내게 알려주었다. 그리고 찰리에게 연락처를 주며 저녁 식사를 함께 할 수 있는지 물었다. 내가 떠날 준비를 하는 동안, 트렌치코트는 마지막 기회를 놓치지 않고 말했다. 혹시 우리가 대화를 나누는 동안 재고가 풀렸을 수도 있잖아요, 혹시 버킨백이 있는지 알 수 있을까요? 이 숙녀분이 정말 행복해 할 거예요. 찰리가 말했다. 확인해 보죠. 잠시 기다려 주시겠습니까? 그렇게 시간이 흘렀고, 나는 배가 고파 속이 뒤틀렸다. 이내 찰리가 사이즈 20의 작은 검은색 버킨백을 들고 돌아왔다. 트렌치코트는 사이즈 35인 내 어머니의 버킨백에서 재빨리 1만 4270유로를 현금으로 꺼냈다. 피코탄도 같이 살게요, 뭐 어때요. 난 돈이 어디서 오는지 몰랐다. 돈은 없었다가, 있다가, 또 없었다. 찰리는 내 여권을 달라고 했고 내 이름으로 버킨백과 피코탄백을 등록했다.

택시를 탄 나는 트렌치코트의 넓적다리에 기댄 채 잠이 들었다. 호텔에서 가방들은 트렌치코트와 함께 아래층 로비에 머물렀다. 트렌치코트가 돌아왔을 때, 나는 이미 침대 안에 들어가 텔레비전 채널을 돌리고 있었다. 트렌치코트는 두툼한 녹색 지폐 뭉치를 보여 준 다음 방 금고에 넣었다. 내일은 조르주 생크로 갈 거야. 거긴 더 쉬울걸. 이반이 아는 사람이 있거든. 나는 화면에 넋이 나간 채 고개를 끄덕였다. 그리고 룸서비스로 스테이크 타르타르를 시키고 CNN 채널에서 어느 포르노 스타의 인터뷰를 보았다.

조르주 생크의 매장에서 나는 연푸른색 켈리백과 금도금 버클이 달린 작은 콘스탄스 벨트를 샀다. 금도금 장식이 팔라듐 도금보다 돈이 된다는 사실도 알게 되었다. 매장 매니저인 폴은 이 반이 매수한 사람으로, 우리가 들어가니 오랜 친구 사이인 양 반겨 주었다. 와, 다시 만나니 정말 반가워요. 언제까지 여기 머무르나요? 올해는 어떻게 지냈어요? 신상 제품군의 스케치 몇 점이 눈에 들어왔는데, 근사했다.

그들이 대화를 나누는 동안 나는 트렌치코트의 지시에 따라 거울을 곁눈질했다. 다시 태어난 내 귓불은 부어올랐고 약간 붉어져 있었다. 귀걸이를 끼지 않고 반평생을 어찌 살았는지 어리둥절했다. 얼마나 낭비였는지. 귀걸이 넉분에 더 여성적인 느낌이 났고, 이목구비가 부드럽게 보였다. 나를 더 아름답게 만들어 줄 다른 많은 방법이 있다는 건 알았다. 요즘 세상에는 아무리 흉측한 괴물이라도 제대로 화장하고 성형을 하면 매력적인 모습으로 탈

바꿈할 수 있다. 물론 나는 이런 현실에 분노했다. 타고난 아름다움을 소유한 여성에게 불공평하니까. 그렇지만 나 또한 씻지 않고 면도도 안 한, 정말 자연스러운 상태라면 쳐다보기 싫고 스치기도 싫은 존재가 되리라.

전날 밤 트렌치코트는 나를 데리고 콩코르드 지하철역 사진 부스에 가서 사진을 찍고, 즉시 이반에게 전달했다. 다음 날 아침 트렌치코트는 현금을 더 가지고 돌아왔다. 가짜 여권도 받아 왔는데, 아르메니아 공화국 여권으로 얇고 잘 찢어질 것처럼 생겼다. 에르메스 매장 방문 예약은 트렌치코트 본인 이름으로 했고, 가방은 내 이름으로 등록했다. 그렇기는 해도 의심을 사지 않으려면 나 또한 새 여권이 필요했다. 트렌치코트는 가방을 구할 때마다 내게 새 여권이 생길 것이라고, 그렇지만 너무 신날 건 없다고 했다. 이 가짜 여권들은 가방 구입용으로나 쓰지, 망명용으로는 쓸 만하지 않았다.

어떤 제품을 찾느냐는 폴의 질문에 나는 준비한 대사를 읊었다. 일은 쉽게 진행되었고 트렌치코트는 바로 현금 1만 8000유로를 꺼냈고 그걸로 끝이었다. 내 손에 켈리와 콘스탄스가 들어오고, 내 아르메니아 여권이 등록되었다. 매장을 나서자 트렌치코트는 대로에서 펄쩍펄쩍 뛰며 춤추기 시작했다. 그는 저녁 식사에 폴을 초대했는데, 나는 폴이 게이라고 확신했다. 그의 골반이 그 사실을 말해 주고 있었다. 뒤로 빠져 있었으니까. 내가 이런 생각에 잠겨 있던 순간 트렌치코트가 7인승 푀조에 치일 뻔했다. 난 뜨거운 물로 샤워해야겠어. 내가 말했고, 트렌치코트는 무슨 뜻인지 이해했다. 나는 늘 따르던 의식에 손을 놓고 있었다. 나 자신에게 소홀해진 것이었다. 나는 지저분한 부자, 목둘레를 꽃으로 장식한 구린내 나는 계집이 되어 가고 있었다.

나는 혼자 호텔을 향해 걸었고, 가구점들이 늘어선 거리를 지났다. 해 질 무렵이었는데, 가게들이 문을 닫고 광장이 노숙인 캠프로 변하는 동안 부드럽고 따스한 빛이 드리워졌다. 이곳 노숙인들은 이주 노동자들로, 뉴욕 노숙인과는 달랐다. 약 오십 명의 남자와 여자가 가게 앞에 텐트와 침낭을 펼치고 있었다. 그들은 머리카락이 깨끗했으며 잠자리도 정돈되어 있었다. 몇몇은 이미 편안한 모습으로 스마트폰 화면을 들여다보고 있었다. 통조림과 포장 음식으로 저녁 식사를 하는 사람도 있었다. 그들 뒤쪽으로 매장에 진열된 소파와 침대가 빛나고 있었다. 접의자에 앉은 남자 몇 명이 대화를 나누고 있었는데, 내 생각엔 동유럽 사람들 같았다. 지방 도시의 중년 남자들처럼 보이는 그들은 제집에서처럼 편안하게 잡담 중이었다. 나는 길을 건넜다. 이제 그곳은 그들의 장소였다.

나는 골목을 따라 쭉 걷다가 왼쪽으로 돌았고, 커다란 청동상이 있는 공원을 지났다. 공원 문에는 커다란 알림판이 붙어 있었는데, 딱 영어로 두 단어 쓰여 있었다. '문 닫음.' 뉴욕 내 아파트 근처의 문 닫은 공원이 떠올랐다.

나는 샤워를 하고 침대로 갔는데, 가구 거리 남자들이 나누던 대화 가운데 단어 하나가 떠올랐나. **몰라.** 단어가 입에서 붙어 떨어지지 않았다. 머릿속에 남자의 목소리가 계속 메아리쳤고, 이어 사샤가 생각났다.

휴대 전화를 집어 들고 전화를 걸었으나 사샤는 받지 않았다.

나와 트렌치코트와의 일을 그가 받아들이지 않을 거라고 짐작은 했지만, 그렇다고 인정할 사람도 아니었다. 나는 사샤에게 트렌치코트와 나는 아직 키스도 하지 않은 사이라고 설명하는 긴 메시지를 보냈다. 우리 사이에는 아무 일도 없었고, 순수하게 재미로 만나는 관계라고 썼다. 다음 날 사샤가 아무 일 없다는 듯 내게 전화했다. 나는 2월에 컬스가 여는 갈라에 같이 가자고 했다. 사샤는 돈이 아주, 나보다 더 많았다. 나는 사샤가 러시아의 문제 많은 가족에게 돈을 보내지 말고 좋은 일에 썼으면 했다. 그리고 난 사샤에게 돈 말고 다른 걸 원했다. 내 꿈은 사샤가 5번 애비뉴 빌딩의 건물 외벽을 일주일 정도만 빌려주는 거였다. 그 외벽에다 광고판을 올리고 내가 쓰고 싶은 글을 아무거나 써서 전시하고 싶었다. 그렇지만 개인적 차원에서나 연애 관계의 차원에서 내센 사샤를 존중하는 마음이 없었다. 난 사샤를 계속 배신할 것이고, 관계가 얼마나 지속될지 모를 뿐이었다.

뤼테티아 호텔 옆의 에르메스 매장은 대접이 좋았다. 내가 기다리는 동안 앉을 의자를 주었다. 트렌치코트는 고객 서비스 담당 직원과 매장 디자인에 관해 이야기를 나누었다. 그들이 바닥 가장자리를 따라 걸으며 자재들을 가리키는 모습은 동식물의 이름을 짓는 탐험가들 같았다. 매장 안의 여자들은 가만 보니 진짜 고객 같았다. 프랑스 여자들은 나이가 지긋했으며 혼자였고, 외국 여자들은 남자들을 동반하고 있었다. 그들의 피부색과 차림새로 판단하건대 이국적인 나라 출신의 외국인들이자 파탄 국가, 바나나 공화국, 우호적 독재 국가에서 온 부유한 아내와 딸 들이었다. 호사스럽게 차려입고 화장한 모습이 남달랐고 시선을 사로잡았다. 우리가 테러리스트이거나 사기꾼, 혹은 깡패일 순 있어도, 최소한 자존심이 있으며 기막히게 좋은 향을 풍긴다고 말하는 것 같았다.

매장 구석의 도자기 진열대 근처에서 어느 젊은 여자를 보았다. 금발 머리에 아주 날씬한 체격으로, 작은 루이뷔통 더플백을 매고 있었다. 그 여자 또한 불법 판매 조직에 속해 있으며, 오늘의 마지막 버킨백을 두고 나와 경쟁하리라는 느낌이 들었다. 나는 그쪽을 지나가며 경멸을 한껏 담아 여자를 쏘아보았다. 여자가 주눅이 들어 실패하길 바라는 마음에서였다.

드디어 판매 직원이 왔다. 아주 솔직한 태도와 유연한 몸을 지닌 그는 여느 직원과 달리 판매 직원이라는 직업적 특성에 크게 연연하지 않는 모습이었다. 말레이시아 사람으로, 매끈한 갈색 피부에 속눈썹이 길었다. 이름은 무바라크였다. 막 프랑스 시민이 되었다며, 친구들이 텔아비브에서 열리는 프라이드 퍼레이드에 가고 싶다는데 본인은 좀 망설이고 있다고 했다. 나는 팔레스타인 사람으로 막 아르메니아 시민이 되었다고 말했다. 때때로, 아마도 대부분이 그런데, 낯선 사람에게 팔레스타인 사람이라고 밝히면 불리하다. 손을 내밀던 사람들이 움츠러들고, 불안과 의심에 사로잡힌다. 그렇지만 어떤 순간에는 에이스 카드 네 장으로 통한다. 격려의 말, 팔레스타인 독립운동가 야세르 아라파트가 그린 승리의 브이 자, 공짜 서비스를 얻을 수 있다. 그날 무바라크는 35 사이즈의 악어가죽 버킨백을 내게 팔았다. 해피 프라이드, 팔레스타인 만세, 이드 무라바크.[13]

---

13 Eid Murabak. 이슬람의 중요한 명절인 이드(Eid)를 축하하는 말로 "축복 가득한 명절 보내세요."라는 뜻이다.

우리는 자축하려고 뤼테티아 호텔 바에 갔다. 트렌치코트가 주문을 맡았는데, 그는 여러 언어를 쓸 줄 알며 어딜 가든 직원들이 챙겨 주기 때문이었다. 바에는 어느 커플이 높은 의자에 앉아 있었다. 우리와 같은 일을 하는 것 같은데 아무것도 모르는 척했다. 남자는 부드러운 머릿결을 지녔고 턱에 점이 있었다. 여자는 내 옆자리 의자에 앉아서 나의 에르메스 쇼핑백을 보다가 트렌치코트를 주시했다.

와인이 나왔는데 트렌치코트의 입맛에 맞지 않았다. 그는 와인이 주문대로 나오지 않았고, 잔에서 표백제 냄새가 난다고 직원과 실랑이를 벌였다. 그런데 직원이 트렌치코트의 말을 이해하지 못했다. 불현듯 트렌치코트가 프랑스어에 능숙하지 않으며, 본인이 연출하는 모습이 실제 모습과 부합하지 않는다는 생각이 들었다. 심지어 바에 앉아 있던 여자도 민망한 듯 시선을 돌렸다.

그랬다, 트렌치코트가 거둔 성과는 축하할 일이었으나 우리 사이는 변하기 시작하고 있었다. 트렌치코트는 부담스럽고 답답해진 모습이었다. 그래서 나는 마음에 동요가 일었고, 피로했다.

아니, 너 때문에 피로한 건 아니야. 아직은 아니지. 우리 사이에는 여전히 실질적인 뭔가가 있고, 내겐 아직 할 말이 있으니까. 그렇지만 결국 난 피곤해지겠지. 혹은 지루해져서 끝장을 낼 것이다.

호텔 방으로 온 다음 트렌치코트는 이반을 만나러 로비에 다녀왔고, 미니바에서 아이크림을 꺼내더니 내게 권하지도 않고 크림을 중지에 덜어 눈두덩에 발랐다. 무척 무례하다는 생각이 들었다. 트렌치코트는 폴과 저녁 식사를 하러 간다고 말했다. 무바라크는 초대했어? 내 질문에 트렌치코트는 아니라고 했고, 나도 가지 않겠다고 했다.

폴 같은 유럽인은 인종주의자로, 그들이 우리 같은 사람을 어떻게 얕보는지 나는 알았다. 이들이 다르게 행동한다면 그저 1960년대의 어느 영광스러운 여름이 남긴 유산, 그리고 내가 입은 비싼 옷 때문이었다. 내가 이 사실을 아는 이유는 나 또한 멕시코 사람과 아메리카 원주민, 우크라이나 사람, 아프리카 사람, 그리고 모든 동아시아 및 남아시아 사람에게 같은 감정을 느끼기 때문이었다. 인종적 위계는 이분법으로 작동하지 않는다. 이 유럽인들은 깔보는 마음으로 내게 알랑거릴 수 있었다.

트렌치코트가 나간 사이, 나는 미니바를 다 털어 버리고 호텔 로비에 술을 마시러 갔다. 바는 문을 닫는 중이었고 에펠탑은 불이 꺼졌다. 나는 어느 대머리 남자에게 온갖 거짓말을 했다. 난 지질학자랍니다. 조개껍데기 전문이죠. 요즘은 주로 보석과 맞춤 가구를 만들고 있어요. 그리고 호텔 방에서 내 어머니가 자고 있으니, 남자의 방에 가는 게 가장 좋겠다고 했다. 그렇게 이동한 다음, 나는 목구멍에 술 한 잔을 단숨에 털어 넣고 뒤이어 남자의 통통한 음경을 받았다. 냄새는 좋았다. 난 남자 쪽에서 끝내는 걸 원치 않았다. 사실 그 남자 자체를 원치 않았다. 그저 남자의 기관만을 원했을 뿐이었다. 심지어 나는 남자의 이름도 잘 알아듣지 못했는데, 그의 발음이 형편없기 때문이었다. 이름이 커트인가 그랬다.

아침이 오고, 밥을 먹으려고 로비에서 트렌치코트를 만났다. 트렌치코트는 하얀 셔츠 단추를 하나만 채워 셔츠 사이가 완전히 벌어져 있었다. 부드러운 가슴 털이 보였고, 각도에 따라 젖꼭지도 확실히 볼 수 있었다. 내가 그 젖꼭지를 보고 나서 한 일은, 트렌치코트와 위층으로 올라가서 사람들이 내 젖꼭지도 볼 수 있도록 브래지어 없이 시몬 로샤 셔츠로 갈아입은 것이었다.

파리는 외향적인 도시로, 남성과 여성 모두 나이와 상관없이 무척 쉽다. 뉴욕에서 섹스하자고 신호를 흘리는 유일한 존재는 길거리 사람으로, 여기서 길거리 사람이란 거리에서 살긴 하나 거리에서 잠을 청하지는 않는 존재다. 그들은 거리를 어슬렁거리다 누군가를 마주치면 부르는데, 아주 시시한 말을 던진다. 이를테면 난 너의 미소를 원해 같은 싸구려 말 같은 것 말이다. 상대가 내 미소는 네 것이야, 영원히 가져, 하고 대답하면 그들은 키스하려 들 것이고 상대는 사리를 피한다. 그래도 나는 그들을 미워힐 수 없었다.

트렌치코트에게 전날 밤의 사건을 말했고, 그렇게 그는 내 인생에 다른 남자도 있다는 사실을 알게 되었다. 그 남자는 포경 수

술을 했더라고, 같은 말도 했다. 기억나지는 않지만.

    내겐 섹스와 관련된 기억 상실증이 있다. 그때 세세히 어땠는지, 어떤 말을 했고 어떤 행동을 했는지 절대 기억하지 못한다. 마치 숙면에 빠진 듯, 내겐 고마운 인생의 여백이다. 세상에 존재하기를 중단하는 시간이다.

크리스마스이브에 생토노레 거리에 자리한 에르메스 플래그십에 또 갔는데, 그때부터 모든 일이 어긋나기 시작했다. 이전에는 내 시간이 더 가치 있는 양 조급하게 굴어 좋은 대접을 받았다. 사람들은 그런 내 모습에 위협을 느끼는 듯했다. 이번에 대기 시간이 십 분을 넘어가자 내가 택한 대응법은 판매 직원 세실의 목소리를 흉내 내서 말을 건네는 것이었다. 나는 5만 유로짜리 고객이에요, 물 한잔과 돌리프란 1000밀리그램쯤은 제공해야 하지 않나요. 그런데 세실은 나보다 훨씬 고얀 계집이어서, 매장에 내 구매 기록이 없으며 나를 이전에 본 적도 없다고 말했다. 세실의 대꾸에 화가 난 트렌치코트는 고객 명단을 찾아 보라고, 매장 매니저도 만나고 싶다고 요구했다. 그런데 세실이 바로 매니서였다. 나는 별안간 트렌치코트를, 그의 얼굴과 몸을 보았는데 어떤 못생긴 사람이 눈에 들어왔다. 입 모양은 찌그러지고, 부풀린 가슴은 나머지 신체 부위보다 커 보였다. 트렌치코트는 세실의 이름을 여

코인 167

러 언어로 부르기 시작했는데, 그 단어들은 모두 세실이 여자라는 사실과 관련이 있었다. 처음으로 트렌치코트와 나는 빈손으로 매장을 떠났다.

이반은 우리가 국제 블랙리스트에 오를지도 모른다면서 런던행 열차를 바로 예약했다. 그는 크리스마스라서 매장들이 곧 문을 닫을 거고, 자신은 가방이 아주 많이 필요하다면서 우리에게 큰 부담을 주었다. 가방 구매에 성공하면 수수료를 두 배로 주겠다고도 했다. 나는 일을 그만둘 참이었다. 왜 우리가 거지처럼 굴어야 하는지 알 수 없었다. 그렇지만 트렌치코트는 계속하고 싶다고 했다.

트렌치코트가 돈을 벌지 못하게 한다면 부당한 일일 수도 있었다. 우리는 겉으로는 자산을 나눠 가진 것처럼 보였다. 그렇지만 그런 연극 아래에는 여전히 핵심적인 문제가 숨어 있다는 걸 두 사람 모두 알고 있었다.

트렌치코트는 내 전화를 가져가서 국제 전화번호를 눌렀다. 그가 스페인어를 말할 줄은 몰랐지만 놀라운 일도 아니었다. 어쩌면 트렌치코트는 라틴계일지도 몰랐다. 그렇다면 난 라틴계 사람의 집에 가 본 적은 없어도 라틴계 사람은 내 집에 온 셈이었다. 트렌치코트는 출신지가 어디인지 한 번도 알려 준 적이 없었다. 공항에서 본 트렌치코트의 여권이 붉은색이라서 질문을 던지자, 자신의 인생 목표는 어디에도 속하지 않으면서 모든 곳에 속하는 존재가 되는 것이라는 답이 돌아왔다. 트렌치코트의 손에서 붉은색 여권을 낚아채 확인했다. 도미니카 공화국 것이었다. 사실 이 정보는 어떤 의미도 없다. 도미니카 공화국은 시민권 장사로 유명한 곳이니까.

 통화를 마친 트렌치코트는 런던 에르메스 매장 담당자와 통화했다고, 원하는 가방은 무엇이든 주겠다는 답을 얻었다고 했다. 난 안 간다고, 에르메스라면 이제 지긋지긋하다고, 굴욕적이라고 말했다. 난 당신과 달라. 난 그런 척할 필요가 없어. 내 말을 듣고도 트렌치코트는 차분함을 잃지 않고 그럼 혼자 가겠다고, 저녁 식사 예약에 맞춰 돌아오겠다고 했다. 좋아, 내가 말했다. 하지만 제발 좀, 오늘은 크리스마스이브이고, 세트 메뉴가 나오잖아.

 나는 호텔로 돌아갔다. 내가 한 말, 난 그런 척할 필요가 없다고 한 말은 진짜일까. 아마도 세상은 그런 척으로 이루어진 것일지도 몰랐다. 패션도 그런 척, 교육도 그런 척, 성격도 마찬가지로 내면화된 그런 척의 한 형태다. 내가 자연 상태에서 홀로 존재한다면, 길들인 적 없고 어떤 조건에도 규정되지 않는다면 나란 사람의 참된 본질은 어떤 모습일까.

그날 남은 시간 동안 나는 호텔 침대에서 텔레비전을 시청하고 룸서비스를 시키며 시간을 보냈다. 호텔엔 내가 원하는 것이 없어서 채소 샐러드와 감자튀김과 시금치와 크림소스 리크와 라타투유 등 곁들임 요리를 잔뜩 시킨 다음 지중해식 에피타이저 메제(mezze)를 먹듯 빵, 버터와 함께 전부 먹어 치웠다. 음식과 CNN 방송으로 정신이 몽롱해져 날이 이미 어두워진 줄도 몰랐다. 트렌치코트가 파리로 오고 있다고, 가방 외부에 주머니가 달린 한정판 켈리백을 구했다고, 저녁 8시에 라 클로즈리 데 릴라 식당에서 만나자고 문자를 보내왔다.

나는 룸서비스로 타르트 타탱을 주문하고 옷을 서둘러 챙겨 입었다. 나를 위한 크리스마스 선물로 신상 디오르 아이섀도 팔레트를 사 두었는데, 섀도의 모든 색을 눈꺼풀에 하나씩 하나씩 발라 본 다음 전부 섞어서 문질렀다. 그러는 동안 디저트를 다 먹어 치우고 미니바의 압생트도 마셨다.

호텔 밖으로 나가자 춥고 바람 부는 밤이 기다리고 있었다. 나는 로로피아나 스카프로 머리와 귀 주변을 감쌌다, 컨버터블을 탄 그레이스 켈리 말고 이슬람 공포증이 가득한 프랑스에서 히잡을 쓰는 여자처럼. 거리에 호화로운 드레스를 입은 여자들, 선물을 든 아버지들, 턱시도 차림의 소년들이 가득할 줄 알았다. 하지만 그런 풍경은 없었다. 주머니에 손을 찔러 넣은 남자들이 혼자서 종종걸음으로 갈 뿐이었다. 나는 택시를 타야 했지만 걷기로 했다. 지하철역으로 가는 사이 바람이 얼마나 불쾌하게 부는지 알게 됐다. 바람은 부단히 방향을 바꾸어 나를 앞으로 밀치다가 뒤로 떠밀었다.

나는 콩코르드 역으로 들어갔다. 지난주에 가짜 여권 사진을 찍은 곳이었다. 기계에서 표를 산 다음 승강장을 향해 계단을 내려갔다. 승강장은 사람이 하나도 없었다. 열차는 육 분 뒤에 도착할 예정이었다. 콩코르드 역의 벽은 스크래블 게임 조각들 같은 글자들로 뒤덮여 있었는데, 기다리는 김에 단어들을 찾아 보기 시작했다. 일종의 벽화거나 특별한 장치가 아닐까 싶었다. 승강장 맞은편 벽을 훑어보다가 단어 몇 개를 발견했는데, 갈등, 조용히, 공화국 같은 영단어들이었다. 뒤쪽 벽을 보려고 몸을 틀어 시선을 아래로 던졌는데 승강장에 웅크리고 누운 남자 한 명이 눈에 들어왔다. 거무스름한 피부에 굶주린 모습으로, 눈을 감고 있었다. 셔츠도 입지 않았고 신발도 신지 않은 채였다. 주변을 돌아보니 우리 말고는 사람이 없었고, 열차는 오 분 뒤에 도착할 터였다. 나는 남자를 향해 한 걸음, 딱 한 걸음 다가갔다. 남자가 사실은 잘생긴 사람이라는 것을 알 수 있었으나 누워 있는 모습을 보니 개가 생각났다. 더 가까이 가 보려 했지만 그럴 수 없었다. 공포심이 너무 컸다.

지하철역 계단으로 돌아가니, 아무도 없었고 오는 사람도 없었다. 역을 나갈까 고민했다. 식당까지는 걸어갈 수 있었다. 트렌치코트가 분명 식당에서 크리스마스 분위기를 내며 나를 기다리고 있을 터였다. 그렇지만 나는 승강장으로 돌아갔고, 남자는 여전히 그곳에 소리 없이 누워 있었다. 잠깐, 남자가 숨을 쉬나 확인하러 가까이 다가가려 했다. 그렇지만 발이 잘 안 떨어졌다. 나는 남자를 깨워 보려 했으나 내 목소리가 너무 낮았다.

열차가 들어오고, 나는 탑승했다. 차장 앞자리에 앉아 승강장의 그 가엾은 남자를 바라보았다. 바로 그때 저쪽 끝에서 보안관 한 명이 들어왔다. 중년의 흑인 여자였다. 다른 쪽 끝에서 나이 든 백인 보안관 한 명도 나타났다. 터널에서 부는 바람에 백인 보안관의 은색 머리칼이 뒤로 휙 나부꼈다. 열차는 문이 닫히고 출발했다. 두 보안관이 마주 섰다. 그리고 개가 생각나는 그 남자를 아래쪽에 둔 채 서로의 볼을, 흰 볼과 검은 볼을 번갈아 마주 대며 인사를 나누었다.

열차 안에서 어느 나이 든 여자가 내 맞은편 좌석에 앉았다. 검은색 긴 코트 아래 짧은 붉은색 드레스를 입은 여자였다. 내 아파트 이웃 소피아와 비슷한 연배로 보였는데, 틀어 올린 긴 금발 아래로 주근깨투성이 목이 드러나 보였다. 어깨는 굽었고 V 모양으로 벌어진 허벅지가 지하철 좌석에 닿았다. 파리 지하철 좌석은 천이 씌워져 있었다. 한때 저 여자가 아름다운 몸을 가졌고, 그 흔적이 나이가 들어도 여자를 떠나지 않았다는 걸 알 수 있었다. 이 사실이 내 마음을 달래 주었다.

열차가 갑작스레 정차하는 바람에 여자가 균형을 약간 잃었고, 내 시선이 여자의 발로 향했다. 잠깐 보기만 하고 바로 눈을 돌렸다. 겨울인데도 여자는 석쇼노주색 오픈토 가죽 힐을 신고 있었다. 금색 버클이 달린 가느다란 끈이 발목 주위를 감고 있었다. 높은 나무 굽은 점점 가늘어져 끝이 뾰족했다. 멋진 구두였다, 내 취향이 아니라도. 그렇지만 구두를 신은 여자의 발은 두툼하고 나이

든 티가 났으며 피부 표피가 손상되어 있었다. 발뒤꿈치는 누르께한 색에 거칠고 메말랐다.

　무언가 내 속에서 무너졌다. 나는 여자의 발을 다시 보았다. 발톱이 길고 두꺼웠는데, 마치 오래전 붉은 매니큐어를 발랐으나 발톱들이 각기 다른 방향으로 자란 것 같았다. 그리고 발가락들이 하나의 덩어리로 뭉친 모양이었다. 실례지만, 하고 여자가 내게 말을 건네며 바닥을 가리켰다. 난 움찔했으나, 내 지갑 때문이었다. 지갑이 버킨백 밖으로 떨어져 있었다. 나는 황급히 지갑을 줍고 다음 역에서 뛰어나가다시피 내렸다. 트렌치코트에게 저녁 식사를 하러 갈 수 없다고 문자를 보냈다. 그는 혼자서도 클로즈리 식당에서 식사를 잘 할 것이다. 드높은 명성을 떨치는 주황색 쇼핑백을 맞은편 의자에다 둔 채, 고기 요리는 웰던으로 주문하겠지.

　지하철 여자의 발을 본 시간은 고작 몇 초가 전부지만, 네게 말할 수 있다. 지금 그 발이 내 앞에 있는 양 떠올릴 수 있다. 지하철 승강장 냄새도, 어두운 터널을 통해 다가오는 죽음의 천사 냄새도 맡을 수 있다. 그 구역질 나는 여자의 발에서, 오래된 올리브 나무의 뿌리나 구멍에 나타난다는 죽음의 천사 얼굴을 볼 수 있었다.

호텔로 돌아가는 길에 프랑프리 슈퍼마켓에 들러 바게트와 하몬을 사고 문 닫은 공원으로 걸어갔다. 노숙인 텐트는 없었다. 아마도 크리스마스라서 고향에 간 모양이었다. 바람은 더 거세졌고 모든 것이 흔들렸다. 청동상만이 제 자리에 가만히 붙어 있었다. 공원 울타리에 가까이 갔다. 끝이 뾰족뾰족하고 구부러진 생김새가 팔레스타인에 있는 울타리와 비슷했다. 긴 코트 자락을 걷은 다음 울타리를 타 넘었다.

뉴욕의 그 공원처럼 문을 닫아 놓은 상태라도 이곳의 공원은 돌보는 사람이 있었다. 덤불들이 잘 정돈되어 있었고, 정원 자체는 기하학적인 모양이었는데 가지치기되어 있고 살아 있는 식물들은 수직으로 조각상처럼 다듬어져 있었다. 나는 청동상 주변을 걷다가 돌 벤치에 앉았다. 바람이 자갈들을 다닥다닥 움직여 나지막한 소리의 음악을 창작했고, 허공에 먼지층을 일으켰다. 나무 한 그루가 달빛을 가렸다. 커다랗고 둥근 나뭇잎들이 바람에 휙 뒤집히며 딱딱한 키위 열매 두 개가 드러났는데, 고환 한 쌍처럼 보였다. 키위 나무들 옆에는 배나무 몇 그루와 초록 사과나무가 보였다. 과실수들을 따라 공원 안을 걷다 보니 온실이 나왔다.

온실 안은 바람 한 점 없었다. 자갈을 밟으니 소리가 났다. 축축한 공기에 피부 모공이 열리는 느낌이었다. 땀이 나서 스카프를 벗고 겉옷 단추를 풀었다. 꿈으로나 그려 볼 온갖 과일과 채소들을 보니, 이 온실이 도시 한복판에 미니어처로 지은 에덴동산 같았다. 감, 가지, 별별 토마토 들이 어둠 속에서 내게 선홍색 신호를 보냈다. 오렌지, 클레멘타인, 고추도 있었다. 나는 채소와 과일을 모았고 버베나, 세이지, 로즈메리, 민트, 바질 같은 허브로 주머니를 채웠다.

맞아, 내가 열이 났던 것 같지. 넌 정말 현실적이라니까. 너의 그런 점이 좋아, 내가 너무 높이 날아 올라가지 않도록, 땅에 두 발을 디디고 있도록 해 줘서. 내가 바깥에 오래 있었고 파리로 오면서 모자를 안 챙겼다는 사실을 고려하면 열이 났을 가능성이 아주 크다.

공원을 떠나는 내게 한 노숙인 여자가 접근했다. 얼룩덜룩한 금발 머리의 여자는 노숙인 텐트 사람이 아니고 마약 중독자였다. 그녀는 정신없이 다급히 다가왔는데, 목소리는 간절했으며, 축 늘어진 바지를 보니 나이는 젊어도 건강이 나빠 몸이 망가진 상태임을 알 수 있었다. 여자는 마약 때문에 돈이 필요하다고 했다. 나는 돈이 하나도 없어요, 하고 말했다. 그렇지만 먹을 건 있어요. 나는 공원 뒤쪽을 가리키며 말을 이었다. 저기에 먹을 것이 많아요. 내 사이즈 35 버킨백에서 오렌지 두 개와 절반밖에 먹지 않은 하몬 꾸러미를 꺼내 건넸다. 여자는 그걸 낚아채더니 다른 방향으로 뛰어가 버렸다.

그곳을 떠나며 나는 가방에 지갑이 있나 확인했다. 호텔 입구로 들어가려는데 누군가 뒤에서 뛰어오는 것 같았다. 공원의 그 여자였는데, 울부짖고 있었다. 여자가 내게 달려오는 모습이 드잡이라도 할 줄 알았으나 그녀는 멈춰 섰다. 그리고 하몬 꾸러미를 내게 다시 넘겼다. 이건 뜯은 거잖아. 여자의 말에 나는 알아요, 라고 대꾸했다. 하지만 맛있어요, 내가 방금 전에 먹고 있었던 거예요. 여자는 으르렁거렸다. 아니! 비위생적이야! 내가 여자에게 끔찍한 짓이라도 저질렀다는 듯 여자의 눈이 이글거렸다. 나는 하몬을 받아 든 다음 호텔로 들어갔다. 뒤에서 여자의 고함이 들렸다. 돈 르 아 엉 블랙.[14] 방으로 돌아와 미니 냉장고를 열고 트렌치코트의 화장품들 옆에 하몬 꾸러미를 놓았다. 공원에서 먹을 때는 맛있었는데, 여자가 그렇게 말한 뒤로 하몬에 손을 댈 수 없었다. 그것은 우리가 호텔을 떠나는 순간까지 점점 더 기름을 번들거리며 그대로 남아 있었다.

---

14 Donne-le à un Black. '흑인한테나 줘'라는 뜻의 프랑스어.

호텔 측에 양동이 하나를 방으로 가져다 달라고 부탁했다. 나는 절뚝거리며, 다쳤다고 말했다. 긴 하루였다. 처음에는 플래그십 매장에서의 구매 거절, 세실, 그 고약한 년, 이어 침대에서 멍하니 보낸 몇 시간, 그다음엔 지하철역 승강장, 뿌리가 병든 파리지엔 소피아, 문 닫은 공원에서 마주한 초록빛 몽환까지.

양동이에 뜨거운 물을 받고, 변기에 앉은 채 발을 양동이에 담갔다. 거기 앉아 뱃속을 텅 비웠다. 마침내 발 피부가 쪼글쪼글해졌다. 이제 속에 정말 아무것도 안 남았다는 느낌이었다.

샤워하면서 화산석에다 발을 문지르고 티트리 비누로 비누칠을 했다. 음부에는 부드러운 솔을 사용했고, 항문에는 다른 솔을 이용했다. 호호바 각질 제거 크림을 목부터 아래쪽으로 발랐다. 그리고 최고 등급 대리석 위에 누운 다음 발을 벽에다 댔다. 다리 사이로 물이 쏟아졌다. 무릎을 구부린 채 대리석 바닥 위에서 몸을 흔들었다. 튀르키예식 때밀이를 밑에 깔아 놓고 그 비대칭 사각형 부위의 피부를 문지르면서. EGR 게임, 에나멜가죽, 지하철 보안관의 엉덩이, 키스, 오만한 마약 중독자까지, 긴 하루였지만 나는 그곳에 있었다. 씻어 내며, 내 손에 모든 것을 맡기면서. 오른발로 레버를 움직이자 뜨거운 물이 나왔고, 왼발로 움직이자 얼음장 같은 찬물이 와르르 쏟아졌다. 대리석 위의 발, 방해석 위의 갈색 구슬들, 그리고 훤히 드러난 음부, 더럽고 젖은 음부, 정신없이 부딪치는 소리, 뒤이어 희미한 심장 박동 세 번. 나는 눈을 뜨고 물로 씻어 냈다. 슬리퍼를 신고 샤워실을 나와 침대로 갔다.

늦은 밤 트렌치코트가 돌아왔다. 그는 금고를 열었다가 닫은 다음 책상 옆 의자에 앉아 구두를 벗었다. 구두용 나무 보형물을 구두에 집어넣고 양말을 벗어 그 양말로 구두를 닦았다. 그리고 양말을 책상 아래 쓰레기통에 던졌다. 돈을 벌기 시작한 이래로, 그에게 양말이란 한번 신고 버리는 물건이 되었다.

발 마사지해 줄까? 내가 물었다. 트렌치코트에게 먼저 씻고 오라고 했다. 이어 그의 날씬한 발을 마사지했다. 그 발은 완벽하다는 표현 말고는 묘사할 방법이 없었다. 발가락을 입에 넣고 싶었고, 빨고 깨물고 싶었고, 숨이 막히도록 삼키고 싶었다. 나는 그의 발에 키스하기 시작했다. 처음에는 장난스럽게, 애정을 담아 빠르게 네다섯 번, 마치 그가 내 아기인 것처럼. 트렌치코트는 미아 아모레,[15] 하고 키득거렸다. 나는 다시 키스를 시작했다. 느리게, 침을 묻히며. 그러다 내 머리칼을 묶으려고 고개를 들었다. 그에게 입으로 해 주고 싶었다. 트렌치코트가 말했다. 난 여자에겐

---

15 Mia amore. '내 사랑'이라는 뜻의 이탈리아어.

끌리지 않아, 너한테는 문제가 없어, 화내지 말아 줘.

　그날 밤 이후 나는 트렌치코트의 발과 아름다움과 여성적인 섬세함에 분노를 품게 되었다. 질투가 났다. 남성성과 동시에 여성성을 가지다니, 우리로부터 여성성을 가져가 돌려주지 않다니 불공평한 일이었다. 그건 문화적 전유였다.

나는 파리에서 돌아왔고 프린터를 고치기로 마음먹었다. 1월의 어느 일요일 밤이었다. 포트 그린은 조용했고, 차들은 여전히 내 아파트 아래를 지나다니고 있었으나 차창은 올린 채였다. 나는 짐을 풀고 세탁물을 분리한 다음 프린터를 만지기 시작했다.

침실에서 이 소리를 들은 트렌치코트가 도우러 왔다. 세실 사건과 발 마사지 사건이 벌어진 이래로 나는 트렌치코트에게 냉랭했다. 넌 프랑스어를 못하잖아, 그리고 날 구걸 생활로 끌어들였어. 내가 대놓고 모욕해도 트렌치코트는 전과 다름없는 모습으로 참을성 있게 굴었다. 사실 훨씬 더 협조적인 모습을 보였다.

내 입장에서 보면 나는 백만장자였고 트렌치코트는 내 지갑이었다. 트렌치코트는 나를 돌보았고, 나를 품었으며, 나를 지켰다. 낭비할 시간 따위 없다는 건 나도 알았다. 트렌치코트를 잃는다는 건 어리석은 짓이며, 이 세상에는 누군가가 곁에 있어야 최고로 이득이 된다는 것도.

그래, 내겐 사샤가 있었다. 그렇지만 사샤는 과거가 되었고, 트렌치코트와 함께 있으면 하루하루가 타임스 스퀘어 그 자체였다.

트렌치코트는 나더러 물러나라며, 프린터를 부엌으로 가져갔다. 스토브 옆에서 잉크 카트리지를 다시 끼우고 플러그를 꽂았다. 프린터 뚜껑을 열고 틈 사이에 입바람을 후후 불어넣었다. 마침내 색종이 가루 같은 작은 종잇조각이 튀어나왔다. 뭔가 힘이 잔뜩 들어간 듯 낯선 소리가 나다가 펑 소리가 났다. 그런 다음 플라스틱을 가볍게 두드리는 희미한 소리가 났다. 프린터가 돌아가고 있었다.

트렌치코트는 빨래하러 갔고 나는 프린터가 작동하는 동안 부엌 창문가에 서서 한 노숙인을 관찰했다. 한참 전에 내가 프린터를 던져 죽이고 싶다고 했던 그 남자였다. 그는 아무것도 하지 않고 그냥 있었다. 남자의 이름을 알면 좋을 텐데, 이젠 진심이었다. 나는 매일 아침 그 남자 곁을, 태양 아래 말라가는 개똥 한 조각을 지나치듯 걸어갔다.

종이가 나왔는데, 9월에 인쇄한 것이었다. 프랭크 오하라(Frank O'Hara)의 평화로운 시였다. 다시 읽어 보니 그 시는 나에 대한 뭔가를 말하고 있었다. 내가 어떤 사람인지, 어떤 선생님이 되고 싶은지. 그 시는 예술에 대한 여러 레퍼런스를 담고 있었고, 나는 내 학생들이 그 시를 읽으며 잠시나마 무거운 짐을 내려놓고 쉴 수 있었으면 했다. 언젠가 내가 근심 없던 순간이 있었다. 아이들에게 가벼움을 선사한 순간이었다. 프랭크 오하라가 썼듯, 그들은 모두 어떤 경이로운 경험을 빼앗겼던 것 같다.[16]

---

16 프랭크 오하라의 시 「너와 함께 콜라를 마시는 것(Having a Coke with

다음 날 교장이 '댄디스'라는 모임 이야기를 꺼냈다. 우리는 교장실에 앉아 있었다. 나는 점심시간 전에 한 시간이 빌 때였고, 모든 학생은 수업 중이었으며, 학교는 아주 조용했다. 교장의 설명으로는 겨울 방학 동안 8학년 학생 몇몇이 이메일을 보내 와 빵을 팔게 해 달라고 허락을 구했다는 것이었다. 그들은 뉴욕 난민 정치활동 위원회를 위한 모금 행사를 열고 싶다며, 노란색 포스트잇에 메모한 단체 이름을 읽어 주었다. 라디에이터가 전력을 다해 돌아가는 소리가 들렸다. 주말에 강추위가 닥쳤고 화학실 배관이 얼어서 터진 상황이었다.

선생님이 뉴욕 난민 정치활동 위원회와 연이 있으시죠? 나는 고개를 끄덕였다. 네. 기꺼이 학생들을 돕겠다고 말했다. 교장은 플리스 소재 원피스를 입고 있었다. 난 한 번도 본 적 없고 세상에

You)」의 마지막 문장.

존재하리라고 상상한 적도 없는 옷이었다. 커다란 몸을 푸근하게 감싼 옷에 뺨 위의 진한 주근깨까지 더해져 그녀는 거대한 솜인형처럼 보였다. 내 체중은 그녀의 절반이니 그 옷은 입을 수 없었다.

이메일을 보낸 학생들이 누구인지 묻자, 레너드와 살이라는 답이 돌아왔다. 둘이 친구 사이인 줄 몰랐네요, 내가 말했다. 나도 그래요, 교장이 대답하면서 그들이 이메일을 마무리하며 '댄디스'라는 이름을 썼다고 했다.

점심시간 후 레너드가 교실에 들어왔는데, 바가지 모양이었던 머리를 아주 짧게 자른 모습이었다. 또 평소에 매던 빨간색 넓은 넥타이 말고 나비넥타이를 매고 있었다. 레너드는 세 번째 줄에 앉았고 옆자리에는 살이 앉아 있었다.

그간 살과 레너드는 어울린 적이 없어서 내겐 낯선 광경이었다. 레너드는 재능 있고 열심히 공부하는 학생인 한편, 살은 배움에는 관심이 없고 오직 친구들과 어울리면서 빈둥대기만 좋아했다. 그렇지만 10대는 아주 빨리 변할 수 있는데, 특히 방학이 지나면 그렇다. 10센티미터씩 자랄 수 있고, 동정을 잃을 수도 있으며, 대마초에 손을 대거나 알고 보니 본인이 게이였음을 깨달을 수도 있다.

수업이 끝난 후 레너드와 살을 내 자리로 불렀다. 레너드는 어머니가 빵을 구울 거라고 했다. 내가 말했다. 브라우니만 구우시라고 해, 다른 건 팔아 봐야 소용이 없어. 그리고 난민 정치활동 위원회에 연락하겠다고, 몇 주 기다리면 날짜를 잡을 수 있을 거라고 했다. 아이들은 그렇게나 오래 기다려야 한다는 말에 실망한 모습이었다. 그렇지만 나는 기다리는 편이 낫다고 봤다, 둘의 우정이 계속 갈지 확인하고 싶었으니까. 어쩌다 둘 다 나비넥타이를 매게 된 거니? 결국 질문을 던지자 우린 댄디스라서요, 라고 살이 말했다. 그는 옷깃을 당기며 빙그레 웃었다. 생활에 더 좋은 것들을 가져오고자 하는 모임이에요.

    나는 웃음을 터뜨렸다. 이들의 재미난 모습을 보니, 유년 시절 친구와 만든 클럽 'PKK'가 생각났다. 그때의 우리는 쿠르드 저항 단체인 쿠르디스탄 노동자당(PKK)에 대해 전혀 모르긴 했다. 또 누가 댄디스 회원이니? 살이 대답했다. 우린 회원이 극소수고 아무나 받지 않아요.

    그들이 떠난 후, 자리를 계속 지키고 있는 제이가 눈에 들어왔다. 그들과 내가 나눈 대화를 들었을 터였다. 모임에 들어가고 싶은 제이의 마음을 알 수 있었다. 우리는 함께 교실을 청소했다. 나는 진공청소기를 돌리다가, 어느 순간 20달러 지폐를 바닥에 떨어뜨렸다. 그 돈은 제이가 챙길 줄 알았는데, 그는 교실 밖으로 나를 따라와 지폐를 돌려주려고 했다. 아, 그건 내 돈이 아니야, 제이. 네가 가져, 운이 좋네.

댄디스 소식은 학생들 사이에 빠르게 퍼져 나갔다. 그들은 늘 붙어 다니다가 방과 후에는 작은 무리를 지어 각자의 동네로 흩어졌다. 제이와 레너드는 퀸스, 살은 할렘, 레지와 아메드와 일라이자는 브루클린에 살았다. 지하철 R선에서 그들을 볼 때가 있었다. 레지는 휴대 전화로 비디오 게임을 했고, 아메드는 넓적다리 위에 얇은 종이 한 장을 올려놓고 날카로운 연필심 끝으로 종이에 구멍을 내며 그림을 그렸다. 칼은 차이나타운에 살며 버스로 등교했다. 펠릭스는 스테이튼 아일랜드에 사는데, 난 그 아이가 어떻게 등하교를 하는지도 잘 몰랐다. 아마도 이 문제로 펠릭스는 매번 정신없이 뛰어다니는 것 같았다. 물론 다른 학생들도 있었고, 나는 모든 학생을 아꼈다. 가능하다면 그들에게 내 삶을 주었을 것이다.

몇 주 동안 레너드와 살의 우정은 단단해지기만 했고, 댄디스에 가입하는 학생이 늘었다. 나비넥타이를 착용한 학생들이 쉬는 시간에 살의 책상 주변에 모여 있거나, 같이 학교를 나가는 모습을 볼 수 있었다. 트렌치코트가 영향을 미친 결과였다. 제이 말로는, 서로를 나비넥타이 매듭 이름으로 부른다고 했다. 그래서 살은 배트윙, 레너드는 보가트였다. 다들 커프 링크스를 살 꿈을 꾸고 있다고도 했다.

한편 트렌치코트는 모험 같은 사업을 계속했다. 뉴욕 에르메스 매장에서 살 수 있는 모든 가방을 사들였고, 곧 다른 브랜드 매장에도 가기 시작했는데, 주로 루이뷔통과 구찌였다. 손에 넣을 수 있는 한정판 제품은 무엇이든 샀고, 그렇게 적은 액수의 돈을 모았다. 우리는 함께 잠을 자지 않았으므로 나는 기분이 내키면 사샤의 집에 자러 갔다.

1월은 추웠고 몇 주 동안 해가 거의 나지 않았다. 분위기 전환을 위해 8학년 학생들에게 프랭크 오하라의 시 몇 편을 가르쳐 보려고 했지만 마음대로 되지 않았다. 학생들은 이 시인을 좋아하지 않았고, 나는 수업 중에 너무 낙심한 나머지 소리를 지른 다음 문을 쾅 닫고 교실을 나가 버렸다. 제이와 아메드가 바로 뒤따라와서 미안하다고 했다. 나는 기분이 착 가라앉았다. 학생들이 나 때문에 곤란해진 것이었다. 돌아간 제이와 아메드는 선생님을 위해 노래를 부르자고 설득했다. 학생들이 합창했다. 죄송해요, 죄송해요, 죄송해요. 사이사이 살이 래퍼 릴 펌프의 노래 「구찌 갱」을 불렀다.

나는 교실로 돌아가서 가만히 서 있었다. 나도 미안해, 얘들아. 마침내 입을 열었다. 그럴 마음은 없었어, 너희들이 이 시를 좋아했으면 했는데. 제이는 시가 너무 어렵다고 했다. 제이, 더 분발

해야 해, 현실 세계에는 봐주는 일이 없어, 심지어 월마트에서 하나 가격에 세 개를 준다고 해도 그건 사기라는 걸 알아야 해. 칼은 못된 웃음을 억지로 참고 있는 모습이었는데, 내가 폭발한 걸 비웃는 것 같았다. 나는 학생들에게 지금 하고 싶은 건 뭐든 해도 된다고, 자유 수업을 하겠다고 했다. 예술은 취향에 관한 것이고, 취향은 경험으로 형성되는 거야. 나는 말했다. 누구든 너희 취향을 좌지우지 못하게 해. 그건 누가 너희 기억을 정해 주는 것만큼이나 말도 안 되는 일이야.

고맙게도 레너드는 여전히 우수한 학생이었다. 시에 계속 전념했고 내 질문에도 전부 답했다. 심지어 월말에는 새해 기념 작문 대회에서 1등을 했다. 나는 학생들에게 새해에 어떤 일이 일어날지 예측해서 에세이를 쓰라고 했다. 조건은 하나도 붙이지 않았으므로 학생들은 뭐든 예측할 수 있었다. 날씨나 정치, 심지어 가족과 자신에게 어떤 일이 일어날지도 예측할 수 있었다. 처음에는 칼이 1등을 하길 바라며 대회를 열었다. 상품이 비츠 헤드폰이었기 때문이다. 그렇지만 칼은 그런 내 마음을 알아주지 않았고, 심지어 에세이를 내지도 않았다. 그래서 나는 제출된 글을 공평하게 심사해야 했고 상은 레너드에게 돌아갔다.

레너드는 학교 운영이 형편없고 시설이 다 허물어지고 있다고, 특히 배관이 그렇다며, 그래서 프랭클린 중학교는 그 해가 끝나기 전에 문을 닫을 수밖에 없을 거라고 썼다.

내 식물 스무 가지 중에 세 가지는 겨울 동안 살아남지 못했다. 아스파라거스 나누스는 녹색 깃털이 달린 거대한 날개처럼 자라더니 베이지색 가닥들을 조리대와 마룻바닥에 마구 흩뿌렸다. 내가 거둔 실패의 광경을 견딜 수 없었다. 식물의 죽음은 나를 조롱했다. 그래서 어느 날 세라믹 화분의 바닥 쪽을 잡고 뒤집어 유기성 폐기물 통에 내용물을 버렸다. 아스파라거스 나누스의 마른 줄기가 통 속의 썩어 가는 달걀 껍데기, 클레멘타인 껍질, 양배추 심지에 부딪히며 으스러졌다.

스킨답서스 덩굴은 다른 운명을 맞이했는데, 애초에 내가 어찌할 마음이 없었기 때문이다. 부엌 창문 옆 선반에 매달아 둔 스킨답서스는 혼자 건상하게 살 사랐나. 문 닫은 공원을 내다볼 때나 B67 정류장의 가벼운 말다툼 소리를 들으려 할 때마다 그 긴 줄기가 내 정수리를 건드렸다. 어느 날 줄기에 먼지가 묻었나 확인하려고 한 움큼 잡았다. 힘을 많이 주지 않았다고 생각했는데,

줄기들이 끊어져 바닥에 떨어지고 말았다.

세 번째 식물은 야자수였다. 야자수는 구석에서 겨울 끝까지 살아남았으나 나는 그 화분에 애정이 없었다. 어느 날 저녁, 화분을 건물 계단으로 끌고 내려가 연석에 두고 돌아왔다. 다음 날 아침 화분은 사라졌다. 누군가 가져갔으니, 누군가 아껴주고 키워 주겠지. 아니면 아껴 주려다가 죽이거나. 언제나 가능한 일이었다.

나머지 식물들은 살아남았다. 나는 식물들을 극진히 돌보았다. 매주 흙에 손가락을 찔러 넣어 보고, 이파리들의 먼지를 닦고, 누렇게 된 줄기들은 잘라 내고, 혹시 뿌리가 화분 물구멍 밖으로 튀어나오지는 않았나 아래쪽을 확인했다.

나는 반려동물을 아이처럼 키우는 외로운 사람들의 존재를 알았다. 동네에서 그런 사람들을 보았다. 노란색 비옷에 빨간 장화 차림으로 의기양양하게 총총걸음으로 노숙인 주변을 도는 강아지들은 마치 작은 로널드 맥도널드 같았다. 식물을 향한 내 애착도 크게 다르지 않았는데, 다만 내 애착의 대상은 고마움을 표현하거나 반항할 수 없는 완벽한 통제 대상이었다. 이런 이유로 훗날 나는 식물들을 처분하게 되었다. 대학살은 조용히 이루어졌다.

우리는 밸런타인데이에 빵 판매 행사를 열기로 했는데, 사업적 차원에서 한 결정이었다. 소년들은 장미도 팔 수 있겠다고 봤다. 장미는 트렌치코트가 점심시간에 파란 플라스틱 양동이에 담아 전달하기로 했다. 오후 내내 브라우니와 장미는 교무실에서 대기했다. 학교 일정이 끝나기 십오 분 전 나는 댄디스를 교실에서 내보내며 행사 준비를 하라고 했다.

쟁반 다섯 개에 브라우니를 스무 개씩 담아 프랭클린 중학교 입구 쪽에 판매대를 차렸다. 종이 울린 후 나는 댄디스를 보기 위해 계단을 내려갔다. 이미 쟁반 두 개는 동이 난 상태였다. 마침내 나비넥타이를 사서 댄디스에 가입한 제이가 종이 알림판 두 개를 만들었다. 하나에는 기부 단체 이름을 썼고, 다른 하나는 가격을 썼다. 나는 내 몫으로 브라우니를 하나 사고, 아이들이 따로 현금을 챙길 필요가 없도록 모바일 결제 서비스 벤모에서 내가 쓰는 아이디를 알려주었다. 그리고 샬에게 남은 브라우니들을 반으로 자른 다음 같은 가격으로 팔라고 했다.

나는 근처의 볕이 드는 구석에 서서 차갑고 짭짤한 브라우니를 먹으며 이스트빌리지의 기인들이 가까이 오지는 않나 확인했다. 살은 현금을 챙겼고 레너드는 브라우니를, 제이는 장미를 맡았다. 다른 댄디스 회원들은 나비넥타이에 겨울용 패딩 재킷 차림으로 호객을 했다. 한 시간도 지나지 않아 브라우니는 다 팔렸다.

우리는 판매대를 정리하고, 탁자를 안으로 옮겼다. 그리고 살이 내게 돈을 건네주었다. 뉴욕 난민 정치활동 위원회든 어떤 이름으로 부르든, 나는 그 단체에 돈을 전달하지 않았다. 그런 단체는 존재하지 않으니까. 내가 왜 그런 식으로 행동했는지는 설명할 길이 없다. 그냥 그렇게 되어 버렸다. 난 자선 단체를 믿지 않았던 것 같다. 혹은 2백 달러가 변화를 가져올 거라고는 생각하지 않았지도 모르겠다. 중요한 건 형식이었다, 학생들이 행사를 조직했다는.

그 주가 끝날 무렵 나는 댄디스를 교실로 호출했다. 모임은 점점 커지고 있었고, 심지어 7학년 학생도 몇 명 가입했다. 그들에게 뉴욕 난민 정치활동 위원회 회장 명의의 인쇄된 편지를 보여 주었다. 그리고 선물도 보내 왔다고 말했다. 저길 봐. 내가 가리켰다. 1번 애비뉴가 보이는 교실의 창문턱 위에는 둥근 어항이 있었고, 그 안에는 두 마리 금붕어가 있었다. 그들은 어항 옆에 서서 손가락을 물에다 담가 보았다. 살이 헛기침을 했고 다른 학생들은 입을 다물었다. 살은 작은 금붕어를 '저스티스', 환상적인 꼬리를 가진 나머지 금붕어를 '뷰티'라고 부르자고 했다. 다들 살의 제안을 좋아했고, 감히 다른 아이디어를 내는 학생은 없었다.

그날 저녁 사샤와 나는 중식당에서 저녁을 먹었다. 나는 탁자 아래 사샤의 다리를 잡았다. 사샤는 내 직업에 존경심을 표하며, 내 일이 아주 중요하다고 말했다. 음악과 미술과 아이들, 영혼이 있고 의미가 있는 것이라면 무엇이든 좋아하는 사람이긴 했다. 부동산에는 전혀 없는 것들이니까. 사샤는 예술이나 교육 분야의 후원자가 되기를 꿈꾸었다. 지금은 보기 흉한 현대 미술 작품 몇 점을 아파트에 걸어 두었을 뿐이지만. 주요리가 나오고도 사샤는 내 제자들에 대해 이것저것 물었다. 그들의 이름을, 세세한 부분들을 기억하고 있었다. 그가 제이에 대해 물었을 때 나는 고백했다. 같이 청소할 때 바닥에 돈을 몇 번 떨어뜨렸다고. 큰 금액은 아니고, 한 번에 20달러 정도였다고.

3월의 첫 번째 월요일, 모든 교사들이 교무실에 모였다. 로런의 생일이어서 교장이 레드벨벳 컵케이크를 구워 왔다. 그리고 논의가 필요한 행정 문제도 좀 있었다. 미술 교사가 출산 휴가를 떠나게 되었고, 2층 화장실이 완전히 못쓰게 됐고, 체육 활동에 쓸 예산이 더는 없었다. 이런 회의를 하면 나는 거의 의견을 내지 않는 편으로, 그날은 창가에 서서 두 손을 라디에이터에 올린 채 칼로리 폭탄을 피했다. 나는 남들의 눈에 띄지 않았고, 여전히 신규 교사였다. 회의에서 내가 적절한 말을 할 것 같지 않았다.

회의의 마지막 안건은 몇몇 학생으로부터 교장이 받은 편지였다. 그녀는 모눈종이를 흔들며 말했다. 이제는 자기들 모임을 '아름다움과 정의를 위한 운동'이라고 하네요. 교장은 편지를 빠르게 읽어 내려갔다. 아주 웃긴 모양이었다. 그녀는 이해할 수 없는 부분 몇 군데는 뛰어넘었다. 애들이 수업 거부를 하겠다고 협박하는데요, 그녀는 편지를 계속 읽으면서 말했다. 시간은 두 주 준대요. 그녀는 커다랗게 웃음을 터뜨리며 고개를 저었다. 그 모습을 보니 내가 그냥 넘겨 버린 칼의 자살 메모가 떠올랐다.

그레고리가 편지를 쓴 학생들이 누구냐고 묻자 교장은 그건 중요하지 않다고 대답했다. 집단의 규모가 크다고만 했는데, 내 생각에는 살을 보호하려는 것 같았다. 살은 교장의 친척이니까.

제가 편지를 봐도 될까요? 내가 회의에서 입을 연 건 이번이 처음이었고, 교장은 내가 그 자리에 있다는 사실을 알게 되어 놀랐다는 듯 나를 보았다. 편지를 받아 보니 레너드의 손글씨임을 알 수 있었다. 작고 정확하게 쓴 푸른색 글씨. 교장이 읽지 않은 부분은 긴 요구 목록이었다. 음료수 자판기가 필요하다, 주말 숙제는 할 수 없다, 스니커즈를 신고 등교하고 싶다…….

어떻게 할 생각이세요? 나는 교사들을 둘러보다가, 다시 라디에이터 쪽으로 시선을 내렸다. 많은 관심을 쏟는 사람처럼 보이고 싶지는 않았다. 그냥 무시하세요. 그레고리가 이렇게 말하더니 가방을 챙기기 시작했다. 아니, 무시하지 않겠어요, 교장이 말했다. 우리 모두 학생들의 말을 들을 필요가 있죠. 뭔가를 줄 수 있고. 예를 들면 레모네이드 기계라든가. 그리고 실내 온도를 18도로 올릴 수 있고요.

교장은 친절하고 상냥한 사람들이라는 희귀종에 속했다. 타고난 특성이라는 생각이 든다. 교육이나 보건 분야 같은 특정 직종에서 이런 사람들을 잘 볼 수 있다, 이를테면 채혈을 하는 간호사처럼. 이들은 주로 실내에서 장시간 집중 노동을 하며 때로 야간 근무를 한다. 요즘은 이런 사람들이 많지 않은데, 지금의 문화에서는 친절한 사람이 되지 않도록 사회화가 이루어지기 때문이다. 길거리에서 이런 사람들을 만날 일이 거의 없는 현실만 봐도 그렇다.

집으로 가는 길에 한 여자가 열차에 올라탔다. 여자이긴 했어도 여성적인 구석은 하나도 없었다. 골반에 걸친 청바지에 모자 달린 회색 옷을 입고, 머리칼은 느슨하게 땋은 모습이었다. 나는 그녀가 한바탕 소란을 피우리라 예상했는데, 마치 무대에 오르듯 열차에 들어왔기 때문이다.

안녕하세요, 여러분, 여자는 입을 열었다. 전 아무것도 요구하지 않습니다. 그냥 제 말을 들어주세요. 여자는 자신감이 넘치는 말투로, 열차 안을 오가며 우리의 얼굴을 하나하나 바라보았다. 저는 구걸하는 사람이 아닙니다, 여자가 말했다. 마약 중독자도 아니에요. 술을 마시지도 않고 마약을 하지도 않습니다. 담배도 피우지 않아요. 서는 최근에 감옥에서 나왔습니다, 그녀가 밀하더니 목소리를 낮추며 덧붙였다. 겪어 본 분은 아실 거예요. 나는 여자를 보지 않으려고 했으나, 하는 말을 안 들을 수는 없었다. 여자는 달변가였다. 뉴욕에는 정당방위 법이 없습니다. 그래서 과실 치사로 감옥에 가게 되었죠. 사법 체계가 엉망이에요. 그리고 낮은 목소리로 조용히 덧붙였다. 말 안 해도 아시는 분은 아시죠. 여자는 차량 내 여성들에게 호소했다. 아마도 여성들이 더 관대하기 때문일 것이었다. 뭐든 주시면 다 받습니다. 돈, 음식, 물, 탐폰이나 생리 용품 같은 것 모두요. 나는 고개를 들고 물었다. 구걸 안 한다고 하지 않았나요? 여자는 내 말을 무시했다. 쇼는 계속되어야 한다는 듯이. 자매가 되기 위해 피부색이 같을 필요는 없습니다. 나는 피식 웃었다. 여자는 나를 무시하고 말했다. 여러분 중 제 말을 받아들이지 못하는 사람도 있고, 전혀 알아듣지 못한 사람도 있겠죠. 여자는 내 곁을 바로 지나갔고, 내 옆자리 여자가 사과 하나를 건넸다. 그러자 그녀는 큰 소리로 거절하며 치아가 없다고 모두에게 말하며 직접 보여 주었고, 대신 오렌지면 받겠다고 했다.

여자는 커낼 스트리트에서 내렸고 또 다른 목소리가 말을 시작했는데, 이번에는 한 남자였다. 안녕하세요, 여러분. 저는 거지도 노숙인도 아닙니다. 일 년 전에 실직했고 지금은 가족을 먹여 살리려는데 어렵습니다. 남자는 내 쪽으로 다가왔고, 나는 고개를 들어 남자를 보았다. 오늘은 사과와 오렌지를 팔고 있습니다, 1달러면 됩니다.

나머지 귀가 시간 동안 나는 유아차의 아기가 이유식 먹는 모습을 바라보았다. 주변에 관심이 없고 음식을 다 먹어 치우는 모습이 지금 당장은 행복한 지하철의 아기였다. 나중에 자라면 분명 반사회적 인격 장애를 보일 거라는 생각이 들긴 했지만.

나는 디캘브 역에서 내려 CVS 매장으로 돌진했다. 이 매장에는 기인들이 가득했다. 내가 사는 동네는 기인들이 가득한 곳이었다. 전에도 말했지만, 이곳은 롱아일랜드 철도가 그렇듯 여러 지하철 노선이 교차하는 동네였다. CVS 바구니 속 학생들의 공책 위에 클로록스 1갤런짜리 통을 얹어서 매장을 나왔다. 아, 불현듯 이런 생각이 들었다. 내가 돈 많은 여성으로 보이겠구나. 깨끗한 피부, 윤기가 흐르는 머리칼, 꼼꼼하게 화장한 얼굴과 기장이 긴 코트, 굽 높은 구두. 그렇지만 나는 일주일에 오 일씩 브루클린에서 맨해튼으로 CVS 바구니를 끌고 다니는 사람이기도 했다. 이런 부조화라니, 사람들이 나를 쳐다봐도 전혀 이상하지 않았다. 단지 나의 이국적인 아름다움 때문만은 아니었다.

다음 날 학교에 프린터를 가지고 갔다. 학교에 조금 늦게 도착했고, 6학년 학생들이 나를 기다리고 있었다, 물론 자리에 앉아서. 어찌나 착한 학생들인지 CVS 바구니에 놓인 프린터를 보고도 아무 말 하지 않았다. 점심시간 동안 뷰티와 저스티스가 있는 어항 옆에 프린터를 설치하고 종이에 지시 사항을 써 내려갔다.

8학년 학생들이 와서 나는 휴대 전화로 프린터에서 출력하는 법을 가르쳐 주었다. 소년들은 별별 것들을 다 출력했지만 잉크 카트리지는 끄떡없었다. 아메드는 자기가 그린 그림을 출력했고, 제이는 제 수업 시간표에다 형의 시간표까지 출력했다. 학생들에게 프린터 출력은 공짜라고, 얼마나 뽑든 어떤 이유에서 뽑든 상관없다고 했다. 너희들의 아이디어를 널리 알릴 수 있는 좋은 방법이야. 내가 이 말을 한 이후 댄디스는 암호 같은 지령을 출력해서 교실 곳곳에 붙였다. 두 번째 단추 안 됨, 허튼소리 안 됨, 영수증 붙이면 안 됨, 4월 14일. 칼도 영감을 받아 메시지를 하나 출력했다. 방해하지 마시오. 그는 이 종이를 자기 책상 가장자리에 붙여 놓았다.

방과 후, 나는 교장에게 보낸 편지가 무척 인상적이었다며 제이에게 말했다. 네가 썼니? 레너드가 썼다는 사실을 이미 알고 있었어도, 제이를 칭찬해 주고 싶었다. 학생들은 벌써 하교했고, 교실에는 우리뿐이었다. 제이가 책상을 닦는 동안 나는 뷰티와 저스티스에게 먹이를 주었다. 제이에게 물고기 밥을 부탁할까 했으나, 물고기가 죽으면 제이가 책임감을 느낄까 봐 신경이 쓰였다.

내가 윈덱스 세정제로 시계를 닦는 동안 제이는 의자를 잡아 주었다. 그러면서 '아름다움과 정의를 위한 운동'에 문제가 생겼다고 말했다. 살과 레너드가 싸웠고, 살이 레너드에게 못된 말을 해서 레너드가 모임 탈퇴를 원한다는 것이었다. 그리고 레너드가 나가면 제이 본인도 떠날 거라고 했다. 나는 언제 그런 일이 있었느냐고 물었고, 그들이 학교 복도나 지하철 승강장에서 드잡이를 하는 모습을 상상했다. 그런데 이 모든 일이 온라인에서 일어났다는 제이의 답이 돌아왔다. 왜 싸운 거니? 나는 여전히 의자에 선 채 물었다. 살은 그 편지가 멍청하다고 생각해요. 그리고 레너드는 우리가 교복을 폐지해야 한다고 생각하고요.

나는 그 편지가 멍청하다고 생각하지 않았다고 제이에게 말했다. 교사들은 편지를 아주 진지하게 받아들였으며, 회의에서 편지의 요구 사항을 논의했고, 협상할 뜻이 있다고 전했다. 물러설 거 없어, 또 협박해 버려.

제이는 내 말에 고개를 끄덕였고, 그의 목구멍에서 작은 소리가 났는데 딸꾹질 같았다. 제이는 내가 의자에서 내려갈 수 있도록 분무기와 수건을 받아 주었다. 나는 제이의 어깨를 두드려 주고 이마에 입을 맞췄다.

주말을 앞두고 내 지갑이 사라졌다. 금요일 오후, 학교 옆 CVS 매장에 청소 비품을 사려고 들렀을 때였다. 1번 애비뉴 가게는 더 컸고, 우리 동네 지점에는 없는 데톨 같은 브랜드가 있었다. 데톨은 나처럼 더러운 아랍인들이 선호했다. 바구니 안 물건까지 매장에 가지고 들어갈 수는 없어서, 핏불을 데리고 있는 어느 노숙인에게 물건을 맡기고 잘 봐 주면 5달러를 주겠다고 했다.

빈 바구니 안에 라이솔 세정 티슈, 캡슐 표백제, 부드러운 스펀지와 거친 스펀지, 검정 구두약, 그리고 데톨 제품 전부를 담았다. 그런데 계산할 때가 되자 지갑이 보이지 않았다. 당연히 도둑맞은 것이었다. 분실했을 리는 없었다. 난 소지품 관리가 철저한 사람이었다.

누군가 지갑을 가져갔다는 생각에 계산원에게 말했다. 내가 낼 총액은 100달러가 넘었다. 내 35 사이즈 버킨백을 다시 살펴보았으나, 열쇠와 휴대 전화와 우산과 돌리프란 한 알과 카티에 치약 한 개가 전부였다. 지갑은 사라지고 없었다. 내 뒤로 몇 명이 줄서 있었는데, 다들 안달 난 모습이었다. 오늘 가져가고 내일 계산해도 될까요? 내 목소리가 별안간 온순하게 바뀌었다. 직원은 눈알을 굴리더니 내 바구니를 들어 계산대 뒤에 놓았다. 나는 주변을 얼쩡거리며 물건을 슬쩍 할까 생각했다. CVS는 거대 기업이니 그게 올바른 일일지도 몰랐다. 하지만 계산대 직원이 나를 계속 곁눈질하고 있었다.

노숙인과 개를 설득하는 일은 더 어려웠다. 나는 5달러를 달라는 노숙인과 협상했다. 내일 15달러를 줄게요. 그리고 내가 어디서 일하는지 알려 주었다. 내가 돈을 안 주면, 파란 문을 두드리고 영어 선생님을 호출하세요.

나는 돌리프란을 물 없이 삼키고 집으로 걸어갔다. 지갑 생각에 골몰했다. 어디 두었지? 전날 밤에 본 게 마지막이었다. 트렌치코트에게 덴버 스테이크 값으로 돈을 좀 건넸었다. 나는 파리에서 고기를 다시 먹기 시작했는데, 내 체온에 고기가 적합할 거라는 게 트렌치코트의 제안이었다. 스테이크 타르타르에 빠진 이래로 매일 고기를 먹었다. 때로는 아침에도 먹었고 점심, 저녁에도 먹었다. 장의 움직임이 변했고, 대변이 더 딱딱해졌다. 순수함이 줄어든 느낌이었으나 힘은 더 생겼다. 아주 살짝 익힌 고기를 먹으면 싸울 마음이 들어 지하철에서 밀고 나갈 수 있었고 카페에서 새치기를 할 수 있었으며, 이런 공격적인 모습이 부끄럽지 않았다. 기름지고 짠 고기의 경우 활력을 주는 느낌이었다. 학교에 더 오래 머무를 수 있고 독서에 더 많은 시간을 쏟을 수 있으며 힘든 일들을 견딜 수 있었다.

다리를 반쯤 건넜을 때 눈이 내리기 시작했다. 눈송이가 점점 커져 내 돌체 코트에 달라붙었다. 누구도 보이지 않는 가운데 나는 긴 구간을 걸었다. 밤이 내렸고 앞이 거의 보이지 않았다. 브루클린에 들어섰을 무렵에는 눈이 이미 수북수북 쌓여 있었다. 내 우산은 뒤집혔고, CVS 바구니는 바퀴가 빠진 채였다. 나는 둘 다 포기하고, 가방에 공책을 집어넣고 두 손을 주머니에 넣은 다음 안쪽 천을 잡아 올려 코트 단이 젖지 않게 하면서 남은 십오 분을 걸었다.

집에 도착한 나는 트렌치코트에게 내 지갑을 본 적 있느냐고 물었다. 트렌치코트는 못 봤다면서, 자기 캐시미어 모자를 본 적 있느냐고 물었다. 마크에서 손에 넣은 모자 얘기였다. 나는 그 모자를 경멸했는데 사라졌다니 기뻤다. 쉽게 얻으면 쉽게 떠나는 법이야. 내가 이렇게 말하자, 트렌치코트는 나더러 모자를 없앤 장본인이냐고 물었다. 난 트렌치코트가 무척 의심스러워졌고, 지갑을 훔친 사람이 아마도 그일지도 모른다는 생각이 들었다.

아파트 구석구석 찾았으나 지갑은 어디서도 보이지 않았다. 사라지고 없었다. 트렌치코트는 나를 돕는 대신 거울을 들여다보면서 실크 손수건을 매만지고 있었다. 차림은 근사했지만 집안에서 구두를 신고 있었고, 이제 모자도 없이 추운 바깥으로 나갈 참이었다. 그리고 빨래는 아직도 다림질이 안 되어 있었다. 최악은 트렌치코트의 소매에 뭔가 묻었다는 것이있고, 난 그걸 놓치지 않았다. 그의 팔을 붙잡아 뭔지 확인해 보니 표백제 한 방울이었다. 트렌치코트는 계속 내게 진정하라고 했다. 내가 소리를 지르자 그는 맹세코 지갑이 버킨백에서 떨어진 게 틀림없다며, 내가 버킨

대신 피코틴을 들고 다녀야 한다고 말했다. 내가 내 뺨을 철썩 때리자, 트렌치코트는 자기 뺨을 감싸고는 밖으로 나갔다. 나가, 내가 말했다. 눈이 오고 있어, 그리고 너는 내가 없으면 집이 없는 신세잖아. 버버리와 벨루티를 걸치고 있어도 속은 노숙인이지. 침대 시트를 다림질하는 동안 내가 쏟아 낸 말들이 머릿속에 울리고 또 울렸다.

아홉 살이었을 때 나는 은행을 열었다. 9시부터 5시까지 영업 시간이라고 종이에 인쇄해서, 삼촌 집에 생긴 나의 새 침실 문에 붙여 놓았다. 100세겔로 시작했는데, 첫날 오빠에게 50세겔을 빌려주고 거래 장부에 오빠의 서명을 받았다. 다음 날 오빠는 하루 이자로 10퍼센트를 더해 돌려주었다.

내 사업 계획을 기특하게 여긴 가족들은 모두 내 은행에서 돈을 빌리기 시작했다. 내 거래 기록은 점점 늘어났고, 나는 모든 문서를 챙기기 시작했다. 돈은 내 옷장 커피 깡통에다 숨겨 놓았다. 깡통은 점점 무거워졌고, 나는 하루에 두 번씩 돈을 세어 장부 기록과 일치하는지 확인했다. 내가 돈을 모은 건 만들고 싶은 차의 부품을 사기 위해서였다. 공책에 차 설계도를 그리고 필요 부품을 전부 목록으로 정리하고 가격도 매겼다. 기본적으로 나무 몸체에 바퀴가 달린 자동차로, 앞에는 돛을 달고 뒤에는 이동식 팬을 장착하여 돛에 바람을 불어 이동하게끔 되어 있었다. 엔지니어였던 삼촌은 이런 자동차는 작동하지 않는다고 설명했으나 난 내 차를 만들고 싶다고 우겼다. 가족들은 내 장래가 촉망된다고, 정말 아버지의 딸다운 모습이라고 했다.

노력 끝에 나는 2716세겔을 모았다. 어느 봄날 친구가 왔는데 아버지의 오랜 친구의 딸이었다. 아버지는 성공했으나 아버지의 친구는 그러지 못했고, 아버지는 죽었고 아버지의 친구는 살아 있었다. 우리는 함께 휴가를 갔었는데, 사고가 난 그 여름이었다. 나와 아버지, 그리고 아버지 친구와 아버지 친구의 딸, 이렇게 튀르키예에서였다. 그날 우리는 제트 스키를 탔고 밤이 되자 아버지들은 튀르키예의 전통주 라크를 마셨다. 아버지 친구의 딸은 나와 동갑이어서 우리는 친해졌고, 그 아이는 일 년에 한두 번 나의 새 집인 삼촌의 집으로 와서 며칠씩 머물렀다. 우리는 정원에서 놀았고, 내 자전거를 탔고, 벚나무에 올라갔다. 나는 수집한 인형들과 스파이스 걸스 앨범, 그리고 내 은행도 보여 주었다.

아버지 친구의 딸이 떠난 다음 날 아침, 오빠가 내게 돈을 빌리러 왔다. 나는 서랍에서 장부를 꺼내 거래 기록을 새로 기입하고 서명을 받았다. 그런 다음 오빠더러 방에서 나가라고 했다. 바로 돈을 꺼내서 나갈게. 나는 옷장을 열고 깡통을 꺼냈다. 붉은색과 은색으로 된 일리 커피 깡통이었다. 그런데 통 안에는 동전 몇 개만 남아 있었고 지폐는 모두 사라지고 없었다. 그 사건을 계기로 돈은 누구에게도 보여 주지 말아야 한다는 것을 배웠다. 돈을 다 잃어버릴 마음의 준비가 되어 있지 않은 이상.

다음 날 아침, 나는 은행을 찾은 첫 손님이었다. 마스터카드를 완전히 해지했는데, 더 이상 신용 게임에 연루되고 싶지 않아서였다. 나는 여권을 보여 주고, 도난당한 지갑 안의 액수만큼만 돈을 인출했다. 맨해튼 CVS 매장이 문을 연 지 삼십 분 후 그곳에 도착해 노숙인과 개에게 진 빚을 갚았다. 아파트로 돌아갈 시간도 넉넉했고, CVS 휴식을 가질 시간도 충분했다. 서너 시간이 걸릴 텐데, 뉴욕의 기인들이 마라톤을 완주하는 평균 시간과 비슷하다.

나는 욕조를 뜨거운 물로 채우고 비누와 로즈메리와 시나몬 스틱 두 개와 엑스트라 버진 올리브유 한 컵도 추가했다. 너무 뜨거워서 바로 들어갔다간 화상을 입을 지경이었다. 그래서 물이 식을 동안 학생들의 공책을 대충 넘겨 보고 개수를 세면서, 독서는 잘하고 있는지 이혼 중인 부모님이 있지는 않은지 확인했다.

물이 여전히 뜨거워 피부가 간질간질했다. 몸을 담그고 있으니 얼굴에서 땀이 났다. 한동안 물속에 가만히 있으면서, 피부가 부드러워지고 향을 흡수하도록 기다렸다.

그런 다음 발부터 세부 작업에 들어갔다. 필요한 물건들은 새 CVS 바구니에 모두 담아 옆에 준비해 둔 채였다. 매니큐어를 제거하고 붉은 면봉을 물에 버렸다. 큐티클을 밀어 잘라 냈다. 손발톱을 최대한 짧게 깎고 다듬었다. 도구들을 다시 바구니에 넣고, 쓰레기는 물에 처리했다. 그런 사이 물은 점차 식었고 탁해졌다. 다음으로 새 면도기를 써서 몸 전체를 면도했다. 중간중간 자주 쉬었다. 좁은 공간은 증기가 서렸고 심장이 평소보다 빨리 뛰었다. 나 자신을 수프로 요리한다는 생각이 들었다. 여기다 뭘 더 추가해야 한다면 아마 카다멈이 좋을 것 같았다.

전화가 왔는데, 컬스였다. 손을 닦고 휴대 전화를 집었다. 물기 가득한 좁은 공간에 울리는 내 목소리가 낯설었다. 컬스는 내가 행사에 참석하는지 확인차 전화한 것이었다. 사샤를 데리고 가겠다고 다시 알려 주면서 컬스의 목소리에 어떤 감정이 실려 있나 주의 깊게 들었는데 아무 감정도 엿보이지 않아 안도했다. 휴대 전화를 내려놓고 나니 전화가 또 왔다. 사샤였다. 잠시 갈라 행사를 잊은 척, 그의 목소리에 실린 감정을 알아보려고 하다 불쑥 끊어 버렸다.

아니, 내가 사샤를 대하는 태도는 자랑스럽지 않았다. 그리고 혼자가 되는 결말을 맞이하였으니 결국 대가를 치른 셈이었다.

계속 면도를 하고 때를 밀다가 사샤가 내 아파트 열쇠를 가지고 있다는 사실이 기억났다. 처음에는 문을 두드리다가 그다음엔 내가 준 열쇠로 문을 열고 들어와 이런 꼴을 보게 될 텐데 겁이 났다. 사샤는 내가 쓰레기 분리 배출을 마치고 그의 아파트에 가기 시작한 이래 누구보다도 나를 많이 봤지만, 이런 식으로 CVS 휴식 도중에는 본 적 없었다. 나는 욕조를 뛰쳐나가, 차가운 공기 중에 김을 내뿜으며 문을 걸어 잠갔다.

다음은 튀르키예식 목욕용 수세미 차례였다. 왼쪽 팔에서 뱀 두 마리가 나왔고 배에서 뱀 새끼가 나왔으며 엉덩이와 허벅지에서 굵은 녀석들이 나왔다. 트렌치코트와 함께 지낸 시절부터 그가 내 마음을 흐트러뜨리고 있었다는 생각이 든다. 나는 손가락으로 뱀을 집었다. 그걸 더러운 물에 던지기 전 찬찬히 살피며 눈을 찾아 보았다. 나라는 존재를 이루던 것들이었다. 뱀도 그렇고, 물속에 있는 다른 물질도 모두 그랬다. 욕조의 물을 빼는 동안 머리를 두 번 감고 몸을 씻었다. 욕조 밖으로 나와서 까치발로 햇빛 사각형까지 걸어가 거울 속의 나를 보았다.

나는 불그스레하고 깨끗했다. 벗겨 내야 할 것을 벗겨 냈다. 그것은 욕조 바닥을, 하얀 에나멜을 뒤덮고 있었다. 결국 그것은 그저 쓰레기였다. 그런데도 나는 마치 잔칫상에 올릴 양고기 다리인 양 기름을 바르고 향을 곁들였다.

규모가 큰 행사였다. 음악이 흐르고 여러 차례의 연설도 있고 들어오는 모든 기부금을 생중계하는 화면도 설치되어 있었다. 전에 자선 단체를 믿지 않는다고 말한 적 있는데, 그런 단체가 지속적인 변화를 가져올 수 있다고 믿지 않는다는 뜻이다. 그래도 기부는 헌신을 측정하는 좋은 지표라고 생각한다. 행사가 진행되는 동안 나는 사샤의 휴대 전화로 수천 달러씩 기부한다는 문자를 계속 보냈다. 사샤가 나와 가까워지길 원한다면 우리 민족의 해방에 기여할 수 있는 것이 최소한의 일이라고 생각했다.

100만 달러가 모이자 사샤는 열정적인 사람처럼 환호했지만, 나는 사샤 쪽으로 몸을 기울여 지난주에 하임 사반[17]이 할리우드에서 혼자 3100만 달러를 모금했고 전액이 모두 이스라엘 방위군으로 보내졌다고 말했다. 무의미하다는 말은 아니야. 돈은 아주

---

17 Chaim Saban. 이스라엘계 미국인으로, 미디어 거물이다.

중요하다고 봐. 그렇지만 이 분야에 전선을 긋고 싸운다면, 우린 분명 질 거야. 나는 이렇게 말하면서 사샤의 휴대 전화 문자 메시지로 1천 달러를 또 기부했다. 기부금은 '사샤 난 널 사랑해'라는 이름으로 화면에 떴다. 포크로 화면을 가리키며 사샤에게 말했다. 그들은 우리보다 훨씬 유리해, 돈이 너무 많아. 우리가 이길 유일한 가능성은 다른 규칙으로 움직이는 거야. 사샤는 기꺼이 내 말을 경청했는데, 특히 내가 열의에 차 있거나 분노할 때 그랬다. 혹시 폭력이 해답이라는 말이냐고 사샤가 물었다. 그건 그쪽도 마찬가지로 쓸 수 있지. 나는 대답했다. 우리한테 어떤 유리한 점이 있는지 모르겠어. 아직 답을 구하지 못했어.

우리 자리는 9번 테이블이었는데, 내 할아버지의 출생지인 베트셰안을 기념하는 자리였다. 베트셰안은 이제 이스라엘의 저소득 지역으로 주민들은 대부분 모로코 출신의 유대인 가족들이었으며 팔레스타인 사람은 살지 않았다. 원래 있던 화산석 건물 몇 채만 남았을 뿐 할아버지의 집은 무너지고 없었다, 혹은 그렇다고 전해 들었다. 난 그곳에 간 적 없는데 그곳은 너무 울적했다. 사샤는 우리 가족이 베트셰안 출신이라는 사실을 알고 있었다. 내가 언제, 왜 알려 주었는지는 모르겠다. 아마 막 사귀기 시작한 때에, 깊은 비극을 말하는 것이 서로 하나가 되게 하고 더 의미 있는 섹스로 이어지게 되는 시기에 그랬을 것이다. 내가 알기로 사샤의 힐미니는 어떤 수용소에서 돌아가셨다. 그렇지만 아무리 애를 써도 어디에서 돌아가신 것인지, 왜 그런 일이 일어난 것인지는 기억할 수 없었다.

테이블에는 라우다와 컬스까지 여덟 명이 앉아 있었다. 컬스는 밤늦은 시간이 되어서야 볼 수 있었는데, 그 커다란 코와 가슴이 도드라진 모습으로 어디로 가야 할지 모르는 사람들을 테이블로 안내하느라 너무나 분주했다. 사샤 옆자리는 머리를 빨간색으로 염색한 어느 중년 여자 차지였는데, 그 옆에 앉은 그녀의 남편은 주요리로 나온 안심 스테이크를 게걸스럽게 먹고 있었다. 여자에게 내 이름을 알려 주자 여자는 내 고향을 알고 싶다고 했다. 나는 요르단에서 자랐다고 거짓말을 했다. 사샤와 라우다 둘 다 나를 쳐다보았는데, 내가 거짓말했다는 사실을 알면서도 끼어들지는 않았다. 어느 집안이냐는 여자의 질문에는 유년 시절 친구 가운데 한 명의 성을 댔다. 나는 스테이크를 크게 네 조각으로 잘라, 거의 씹지도 않고 삼켰다. 빵에 버터를 발랐고, 사샤의 빵도 가져와 버터를 발랐다. 여자는 내 어머니의 이름이 누하냐고 물었다. 대학 시절 알고 지낸 누하라는 사람과 내가 똑 닮았다고 했다. 아니요, 미안해요, 하고 대답했다. 나는 미소를 짓고 있었으나 바닥에 나이프를 떨어뜨렸고, 그 바람에 버터 때문에 사샤의 바지 옆쪽에 얼룩이 생겼다.

　사샤와 나 둘 다 테이블 밑으로 몸을 수그렸다. 내가 먼저 손가락으로 버터를 집었다. 사샤는 내가 괜찮은지 물어보며 내 종아리를 만졌는데, 마치 만져본 가운데 가장 부드럽고 매끈한 존재를 건드리는 듯한 손길이었다. 신경이 곤두선 나는 사샤의 입에 차가운 버터 덩어리를 쑤셔 넣었다. 처음에는 거칠게, 그다음에는 사샤가 입을 다물도록 자극적인 손길로. 그런 다음 버터를 내 입으로 가져오며 말했다. 오늘 밤에는 버터를 곁들인 내 보지를 먹게 해줄게.

그 말은 사실이었어. 내 어머니의 이름은 누하였지. 넌 알고 있었니?

또 누구에게 말한 적 있는지는 기억이 나지 않았다.

사샤가 나를 정말로 사랑했다는 사실을 지금은 안다. 나는 사샤 이야기를 많이 하지 않는다. 혹여 그럴 때는 언제나 광기가 목소리를 낸다. 여기서 광기란, 나란 존재의 구성 요소 가운데 최악의 요소를 가리킨다.

 맞다, 동의한다. 그렇지만 이건 사샤에 관한 이야기가 아니다. 나머지 저녁 식사 시간 동안 사샤는 빨간 머리 여자와 말을 섞지 않았다. 나 또한 마찬가지였다. 오가는 얘기를 사샤가 엿듣는 일도, 그가 대화에 휘말리는 일도 원치 않았다. 사샤는 아주 예리한 사람이었다. 나와 관련된 문제라면 뭐든 정확하게 기억했다. 사샤는 내가 맺지 못할 관계를 맺을 것 같았고 내가 기억할 수 없는 것들을 기억할 것 같았다. 그날 행사의 남은 시간 동안 나는 여자의 시선을 살폈다. 여자는 나를 빤히 쳐다보고 있었다. 남편 또한 마찬가지였다. 두 사람은 함께 허깨비를 보고 있었.

 화장실 앞에 줄을 서 있는데 컬스가 보였다. 예상대로 컬스의 옷은 머리에 두르는 카피예 천으로 만든 야한 드레스였다. 얇은 천으로 엉덩이를 착 가린 조심성 없는 차림새에 은색 아이섀도에 마스카라도 두껍게 칠한 모습이었다. 전체적으로 짙게 화장한 것이, 에르메스 매장에서 본 사치스러운 제3세계 여성이 생각났다. 컬스가 나를 안아 주자 부드러운 가슴이 닿았다. 그녀는 시스젠더 남자친구를 차 버렸다고 말했다. 나는 행사가 인상적이긴 한데 사람들이 하나같이 마음에 들지 않는다고 털어놓았다. 비즈 장식 드레스들 좀 봐, 저 여자들은 자기가 레바논 사람이라고 생각하는 거야? 내 말에 컬스가 눈알을 굴렸다. 뉴욕에서 저렇게 부유하게 사는 팔레스타인 여자들이라니. 여긴 전 세계에서 이스라엘을 제일 열심히 지지하는 곳이잖아. 나는 그녀의 말에 동의했다. 삶에 모순이 많을수록 정체성은 복잡해지고, 영혼은 더 굳어 버리고, 사랑하고 사랑받는 일은 어려워져. 나는 계속 말했다. 난 비슷한 사람들과 함께 있고 싶지 않아. 엉킨 실 여러 가닥을 한데 대고 비빈다고 해서 아름답게 땋은 머리가 되지 않아. 그저 커다랗고 못생긴 덩어리가 될 뿐이지.

컬스는 내가 하는 말을 큰 소리로 따라 외치며 웃음을 터뜨렸다. 다른 여자들이 우리를 쳐다봐도 부끄러워하지 않았다. 우리는 화장실 칸에 같이 들어가 차례로 소변을 보았다. 컬스는 코카인을 권했고 나는 좋아, 하고 약을 흡입한 후 싱거운 키스로 마무리했나. 염소 맛이 나는, 해롭지 않은 키스였다. 나는 그저 사샤에게 숨길 비밀 하나를 원한 것이었다.

화장실 거울 앞에 컬스를 두고 나왔다. 컬스는 립글로스를 바르는 중이었다. 내 경우 모르는 사람이 있으면 화장 수정은 고사하고 거울조차 볼 수 없었다. 그런 행동은 숙녀답지 않고 불안감을 드러내는 신호라고 생각했다.

나중에 컬스를 다시 보았는데, 우리 자리에 있던 남자 근처에 서 있었다. 그쪽으로 다가가서 내 허리를 컬스의 허리에 갖다 대자 그녀는 나를 밀어내며 말했다. 우리 아버지셔. 컬스 아버지의 이름은 살림, 텍사스 살림이었다. 그는 스스로가 정말 중요한 사람인 것처럼 행동했다. 그런 모습이 흔한 뉴욕 사람의 태도인지 아니면 흔한 팔레스타인 사람의 태도인지는 알 수 없었다. 뉴욕적 태도라면 어떤 뜻으로든 해석할 수 있으며, 팔레스타인적인 태도라면 대체로 소수 민족을 위한 작은 슈퍼마켓 체인을 소유했다는 뜻이었을 것이다. 컬스의 아버지는 내게 무슨 일을 하는지, 어디서 사는지, 전공은 무엇인지, 가족은 어디에 있는지, 사샤와 결혼한 사이인지, 아이가 있는지 물었다. 나는 진지하게 답했으나 대체로 거짓말이었다. 그러자 컬스 아버지도 그 얘기를 했다. 세상에, 아가씨는 누하와 정말 닮았어. 나는 고개를 끄덕인 다음 상대의 눈을 뚫어져라 바라보았고, 컬스 아버지의 위스키가 흔들렸다. 그는 처음에는 웃음을 보였으나 이내 입매가 일그러졌고 나는 시선을 돌려야 했다. 컬스의 아버지는 누하가 대학 시절 여자친구였고, 내가 누하와 아주 닮았다고 했다.

그러다 컬스의 어머니가 뒤에서 나타나 살림에게 나를 그만 놔주라고 말했다. 누하를 모른다고 하잖아요, 놔주세요, 컬스의 어머니가 나를 바라보며 말했다. 미안해요, 아가씨. 그런데 컬스의 어머니 눈동자가 점점 커졌다. 멈출 기미가 안 보였다. 안구 전체가 까만색으로 변할 것 같았다. 나는 샴페인을 한 모금 더 마셨고, 코카인이 목구멍 아래로 넘어가자 구역 반사가 일어났다. 꾹 누르려고 애쓰면서 잔으로 입을 가린 채 자리를 피했다.

내 어머니가 지금 내 나이 때 찍은 사진이 몇 장 있다. 많지는 않고, 대부분 결혼 앨범에 있는 사진들이라 천으로 칭칭 두르고 화장도 진해서 얼굴을 제대로 알아볼 수가 없다. 그런데 어떤 사진 하나가 있다. 할머니 댁 아이들 방에 서 있는 어머니의 모습. 어머니는 중간 길이의 남색 원피스에 굽 높은 구두 차림이었다. 얼굴은 플래시를 받아 반짝였으며, 이목구비가 또렷하게 드러났고, 립스틱 바른 입술에는 의기양양한 미소가 걸려 있었다. 바닥에는 구두 몇 켤레가 더 있었는데, 적어도 열 켤레는 되었다. 나는 자라면서 이 사진의 모든 부분을 세세히 살폈다. 어머니는 나보다 피부색이 더 밝고, 머리카락은 더 길고, 코는 더 크고, 얼굴은 더 넓고, 구두 굽도 더 높았다.

그날 저녁 나는 약속을 지켜 사샤가 구강성교에 버터를 곁들이도록 허락해 주었다. 다 끝나고 나니 씁쓸한 감정이 돌아왔다. 아니, 그냥 부끄러움과 후회의 감정일지도 모르겠다. 나는 속옷을 입고 드레스를 내린 다음 지퍼를 다시 채웠다. 무슨 일이야? 사샤가 물었다. 좋았다고 생각했는데. 맞아, 좋았어. 나는 키스로 사샤의 입을 다물게 했다. 사샤는 대식가로 언제나 체중 문제로 애먹었다. 사샤가 칼로리 높은 음식과 함께 나를 집어 삼키려 드는 모습을 보는 게 좋았다.

사샤는 자기 아파트에서 밤을 같이 보내자고 했다. 그렇지만 나는 내 집에 가서 씻어야 했고 표백제로 세탁한 침구가 필요했다. 나는 사샤에게 함께 있어 행복하지만 돈이 해답은 아니라고, 아마도 내게 필요한 건 자연인 것 같다고 말했다. 그는 트렌치코트를 사랑하느냐고 물었고, 나는 전혀 그렇지 않다고, 사실 헤어져서 그 사람은 이제 아파트에 없다고 했다. 사샤는 조금 안도하더니 나를 보내 주었다. 나는 좁은 걸음을 내디디며 집까지 천천히 걸어갔다. 손을 목 뒤쪽에 얹고, 꼬리뼈 쪽을 아래로 내려서 동전에 공간을 좀 내주었다. 내 음부는 미끈거렸고, 두 허벅지는 서로 닿을 때마다 남근 빌딩부터 문 닫은 공원 구석에 이를 때까지 버터 냄새를 뿜었다.

그날 밤 꿈에서 나는 비명을 지르려고 했지만 잘 안 됐다. 아주 중요한 할 말이 있는데 목소리가 나오지 않았다. 잠에서 깨어나자 그 단어는 여전히 내 혀끝에 걸려 있었다. 내겐 아주 중요한 말 같았다. 나는 침대 밖으로 세차게 몸을 굴렸고, 옷을 입지 않은 그대로 딱딱한 마룻바닥에 쾅 떨어져 의식을 잃었다. 아침이 되고 보니, 나는 곱게 다진 파슬리 토사물 속에 잠들어 있었고 밤의 시간은 새카맣게 기억이 나지 않았다. 입 안이 바싹 말라 있었고 콧속에서는 화이트 와인에 담근 조개 같은 냄새가 났다. 옆에는 오빠가 가장 최근에 보낸 수표가 있었는데 날짜가 4월이었다. 수표 위에는 내가 쓴 글씨가 있었다. 네가 그걸 삼켰어.

다음 주 월요일, 로런이 나를 찾았다. 학교 청소 미화원이 찾았다며 내 지갑을 건네주었다. 신분증을 확인하려고 열어 보긴 했어요, 그녀가 덧붙여 말했다. 나는 지갑을 살폈다. 모든 것이 그대로였으나 돈이 없었다. 현금이 얼마나 있었는지 정확히 알고 있었다. 3502달러. 없어진 게 있나요? 로런이 물었다. 네. 200달러쯤 없어졌어요. 로런은 미화원이 내 교실에서 지갑을 발견했다고 했다. 앞뒤가 안 맞긴 하다고, 내 교실은 청소하기엔 너무나 깨끗하다는 말도 했다. 어떤 미화원이죠? 내가 묻자 로런은 마리아라고 알려주었다. 누가 마리아죠?

점심시간 동안 나는 톰킨스 스퀘어 공원에 앉아 있었다. 얼굴을 태우고 싶었다. 나 빼고 아무도 없었고, 나무들은 완전히 헐벗은 채였다. 놀이터도 텅 비어 있었는데, 날씨가 너무 춥고 미끄럼틀이 금속 재질이어서였다. 내 자리에서 프랭클린 중학교 입구가 보였다. 문이 열렸다 닫히는데, 대체로 점심을 먹으러 가는 교직원들이었다. 그러다 어느 순간 문이 열리고 살이 나타났다. 밖으로 나온 살은 스쿠터를 타고 온 남자에게 배달 음식을 받았다. 갈색 봉투 여러 개를 수령하고 현금을 건넸다. 그런데 배달원이 떠나지 않았다. 레너드, 아메드, 펠릭스까지 댄디스 일원 모두 나타나, 각자 배달원으로부터 더 많은 종이봉투들을 건네받았다.

학교로 돌아가는데 살이 다시 보였다. 코트도 입지 않은 채, 여전히 종이봉투를 들고 있었다. 나는 살을 불렀으나 그는 내가 부르는 소리를 듣지 못했다. 살은 거리의 쓰레기통 가운데 하나를 열었다. 만화라면 더러운 오렌지색 고양이가 튀어나올 법한 커다란 금속 쓰레기통이었다. 살은 그 안에 갈색 봉투를 버렸다. 나는 살을 향해 걸어가기 시작했다. 뭐 하는 거야? 그 봉투 안에 뭐가 있니? 수업 거부 계획은 여전해? 살은 나를 보더니 뛰기 시작했다. 나는 그를 쫓아가며 외쳤다. 돌아와, 학교 밖으로 나가면 안 돼. 살은 교차로에 도착하기 전 속도를 줄이더니 멈추었다. 쓰레기 가지고 뭘 하고 있었던 거야? 아무것도 안 했는데요. 살은 이렇게 외치며 손을 허공에 올렸는데, 은제 커프 링크스 한 쌍이 햇빛을 받아 반짝였다. 나는 살의 팔목을 붙잡았고, 우리는 프랭클린 중학교로 함께 돌아왔다. 커프 링크스가 내 손바닥에 닿아 차가웠다. 진짜 은인 것 같았다. 수업 시작했어, 안에 들어가서 손 씻어. 나는 살을 건물 안으로 살짝 밀어 넣은 다음 뒤따라 들어갔다. 그닐 일과가 끝나고 나는 쓰레기를 모두 집으로 가져갔다. 아이들이 무슨 일을 꾸미고 있는지 알고 싶었다.

코인 223

나는 프랭클린 중학교에서 가지고 온 쓰레기봉투를 부엌에 쌓아 두었다. 아이들한테서는 쓰레기가 많이 나온다. 그래서 브루클린으로 죄다 가져오기 위해 택시를 두 번 타야 했다. 늦은 밤, 담배 가게가 문을 닫은 시간에 그것들을 모두 들고 아래로 내려갔다. 예전에 종이 재활용함에다 게시물을 붙여 놓았다. 바보들아 여긴 종이만 넣는 곳임. 실제로 확인해 보니 통 안에는 종이만 들어 있었다. 소피아의 악보뿐만 아니라 소피아 앞으로 온 편지도.

먼저 프랭클린 쓰레기에서 종이를 분류했다. 화학 쪽지 시험지, 낙서한 종이들, 프랭크 오하라 시 인쇄물, 학생들이 출력한 모든 게시물, 거기다 수업 중에 주고받은 쪽지들도 있었다. 붉은색 잉크로 쓴 칼의 메모도 있었다. 날 쏴. 거기에 아메드가 연필로 답도 써 놓았다. 9밀리 아니면 45. 녹색 마커로 쓴 레지의 쪽지도 있었다. 역사 숙제 좀 베껴도 되느냐고 묻는 내용이었다. 스니커스에 대해 토론하는 쪽지도 좀 있었는데 알아볼 순 없었다.

다음에는 샐러드 쓰레기를 뒤져 플라스틱 빨대와 포장지와 미니 당근과 치토스를 분리했다. 마지막으로 검은색 쓰레기봉투를 열었더니 트러플 냄새가 났고, 안에 살의 갈색 종이봉투들이 들어 있었다. 나는 그 봉투들을 건물 입구 계단에 차례로 세웠다. 맨 처음 봉투에 음식 용기만 들어 있는 걸 보니 학생들은 배달 음식만 시키는 모양이었다. 침착하게 내용물을 나누어 보았다. 남은 음식은 하나도 없고 종이와 플라스틱 용기만 있었으며 소고기와 머스터드, 달걀, 앤초비, 튀김 기름 냄새가 났다. 일곱 번째 봉투에서 영수증이 나왔는데, 단정히 접혀 어떤 봉투 안에 들어 있었다. 감자튀김과 콜라를 곁들인 디럭스 트러플 버거 3세트, 감자 튀김과 스프라이트를 곁들인 누보 버거 2세트, 푸아그라와 양파 튀김을 곁들인 와규 버거 1세트, 그리고 감자 튀김과 코카콜라를 곁들인, '렛 뎀 잇(Let Them Eat)'이라는 낯선 이름의 버거 1세트가 있었다. 영수증을 빠르게 훑어 내려가 총액을 확인했다. 처음에는 236달러 18센트라고 생각했는데, 알고 보니 2361달러 80센트였다. 다시 영수증을 보니 60번 스트리트 어딘가에 있는 애프터라이프라는 식당에서 시킨 것이었다.

내 돈을 훔친 사람이 살이고, 멍청하게도 그가 그 돈을 비싼 햄버거와 커프 링크스, 그리고 아마도 스니커즈에도 썼다는 확신이 들었다. 살을 비난할 수는 없었다. 좋은 음식과 옷은 아주 비싸고 자선 사업을 훌쩍 뛰어넘는 쾌감을 준다. 그렇지만 살과 같은 소년들은 미래에 대해 투자해야 한다. 라이프스타일은 중요하지만 그것으로는 충분하지 않다. 트렌치코트를 보라, 여전히 노숙인으로 살고 있지 않은가.

아침 5시에 쓰레기 수거 차량이 왔다. 스튜라는 이름의 운전사는 쓰레기통 속 쓰레기가 이렇게 분류된 모습은 한 번도 본 적 없다고 했다. 플라스틱은 일주일에 한 번씩 사기업에서 들고 간다고 했다. 시가 그들에게 돈을 낸다며 이렇게 말했다. 전부 마피아들이죠, 사기꾼들. 내가 물었다. 그럼 유기성 폐기물이 있는 녹색 통은요? 녹색 통은 나머지 쓰레기와 함께 가지고 가요. 유기성 폐기물이든 아니든. 나는 상대의 노고에 감사를 전하며 녹색 통은 직접 처리하겠다고 말했다.

그들이 떠나자 나는 녹색 통을 끌고 모퉁이를 돌아 길을 건너 문 닫은 공원 옆에서 멈췄다. 그리고 유기성 폐기물을 한 움큼 집어 철제 울타리 안으로 던졌다. 쓰레기는 공원 안으로 들어가기도 하고, 튕겨 나와 인도에 떨어지기도 했다.

주말에 사샤는 나를 데리고 북부로 향했다. 돈은 덜 필요하고 자연이 더 필요하다고 한 내 말 때문이었다. 나는 운전도 요리도 사샤에게 맡겼다. 음식도 그보다 덜 먹으려고 신경 썼고, 그의 등 마사지와 그 이상의 것도 받아들였다. 우리 사이 힘의 균형이 그랬다. 트렌치코트와 지낼 때와 달리 내가 기여하거나 제공할 것이 거의 없었고, 돈도 확실히 적게 썼다.

예상했어야 하는데, 사샤가 고른 시골 저택은 내 마음에 들지 않았다. 그 집은 다른 이들 — 어머니, 아버지, 아이들 — 의 소유였다. 이 문제에 관해서 내 입장은 분명했다. 나는 다른 누군가의 기념품과 장화, 아무렇게나 둔 잡동사니까지 있는 공간에서 지낼 수 없었다. 내 침실 문들에서 지워지지 않는 붉은색 낙서 속에 들어가 있는 기분이었다.

사샤는 실내에 머물면서 노트북 컴퓨터로 일하고 하루에 네 끼씩 요리했다. 나는 종일 밖에서 시간을 보냈다. 밖이 그리 춥지 않았다면 잠도 밖에서 잤을 것이다. 나무 둥치 사이로 사샤를 향해 외쳤다. 네 잘못이 아니야, 난 밖이 좋아. 사샤가 죄책감을 느끼지 않기를 바란 건 내가 그의 감정을 다룰 수 없어서였다.

때는 겨울의 끝자락으로, 공기는 차고 산소로 묵직했다. 집 안에 있는 것보다 더 좋았고 더 깨끗했다. 태양이 구름 뒤편에서 빛나며 사방에 날카로운 그림자를 드리웠다. 멀리 산이 있었고, 사샤가 허드슨강에 관해 뭐라고 한 말이 있어 근처에 강이 있다는 건 알았으나 지도에서 그 위치를 찾을 수는 없었다. 나는 심지어 뉴욕주가 어떻게 생겼는지도 몰랐다. 솔직히 신경도 쓰지 않았다. 그때쯤에는 내가 정착한 사람이며, 취할 것을 취하고 떠날 사람이라는 것을 알고 있었다.

나는 숲속으로 걸어 들어갔다. 땅은 살아 있는 것이라곤 없었고 눈 때문에 젖어 있었다. 눈은 주말 동안 완전히 녹았다. 돌들은 재처럼 짙은 회색이었는데, 자연과 연관 지어 본 적이 한 번도 없는 그런 색이었다. 내게 저런 색은 모직 팬츠나 도시의 보도를 떠올리게 할 뿐이었다. 팔레스타인의 돌은 대체로 붉은색이거나 흰색이기 때문일 것이다.

아무 소리도 안 나다가 근처에서 물소리가 났다. 물 흐르는 소리를 따라가니 시내가 나왔다. 나는 시내 옆에 파란 요가 매트를 깔고 작은 캠프를 만들었다. 자리에 앉으니 내 밑 나뭇잎들이 보드라웠다. 몇 달 전에 떨어진 게 분명한데 여전히 땅 위에 남아 있었다. 나무 둥치는 헐벗은 모습으로, 자신에게 일어나는 일에 두려움 없이 당당해 보였다. 내가 살아온 세월이 없었다면, 저 나무들이 여전히 생명을 품고 있다고 절대 생각하지 않았을 것이다. 그건 가장 낮고 깊은 차원의 죽음이었다. 봄의 첫 징후는 아직 눈에 보이지 않았는데, 내가 도시로 돌아간 후에나 나타날 것이었다.

매트에 눕자, 시간이 천천히 흘렀다. 아무것도 없었다. 심지어 새도 없이 물만 흘렀다. 차를 타고 올 때 틀었던 라디오가 생각났다. 가자 지구에서 오십오 명이 죽었다는 뉴스가 나왔고, 나는 가슴을 쑤시는 듯한 아픔을 느꼈다. 그렇지만 고개를 들어 나무를, 하늘을 보니 아무것도 달라지지 않았다.

잠시 치유된 것 같은 기분이 들었다. 나는 눈을 감고 잠이 들었다.

잠에서 깨어나자 사슴 한 마리가 눈에 들어왔다. 사슴은 나를 응시했다. 움직임 없이, 그냥 나를 보고 있었다. 내 존재에 호기심을 느끼는 것 같았고, 아울러 내가 멀리서 왔다는 사실을 아는 것 같았다. 나는 아주 천천히 땅에서 머리를 들며 몸을 움직였다. 해가 여전히 나무 사이에서 빛나는 모습을 보니 그리 오래 잠든 건 아니었다. 사슴은 덩치가 나와 비슷했고, 아몬드형 눈도 나와 비슷했다. 사슴의 윤곽은 정지 상태가 아니었다. 그것은 숨을 쉬고 있었다. 별안간 사슴이 너무나 무서웠다. 사슴의 냄새를, 사향 냄새를 맡을 수 있었다. 그 냄새는 좋은 소파 같았고, 따뜻한 담요, 위안을 주는 속삭임 같았다.

집이 있는 방향으로 뒤를 돌아보았다. 사샤는 집 안에서 설거지를 하고 있을 것이었다. 나는 겁이 나기 시작했고, 다시 몸을 돌리면서 사슴이 사라졌기를 바랐다. 그러다 정말 겁이 났는데, 사슴이 내가 멀리서 왔다는 사실을 알기 때문이었다. 사슴이 가까이

다가올까 봐, 나를 뒤쫓아올까 봐 두려웠다. 자리에서 일어나 집 쪽으로 몇 걸음 간 다음 뒤돌아 사슴을 보았다. 사슴은 그냥 눈을 끔벅이기만 했다. 나는 집으로 빠르게 걷다가 달리기 시작했고, 집 뒤쪽 현관에 다다랐다. 집에 있는 사샤가 보이자 그의 이름을 불렀다.

몇 달 동안 나는 뉴욕에는 자연이 없어서 힘들다고 사샤에게 불평을 늘어놓았었다. 그리고 이제 도시 밖으로 나오자마자 진짜 야생을 목도했다. 차에서 내리자마자 깨달았다. 이렇게 큰 나무들은 본 적이 없었다. 초연한 모습의 산들이 쭉 이어졌고, 야수의 거친 털처럼 생긴 헐벗은 나뭇가지들이 지평선을 빼곡히 채웠다. 이런 자연은 내게 낯설었다.

나는 묘지와도 같은 땅에서 왔다. 수천 년 동안 온갖 사람들이 그곳에서 태어나고 죽고 살해당했다. 몇몇은 심지어 부활하거나 다시 태어났다. 그곳은 피비린내와 공포가 가득한 비운의 땅이자, 인간에게 속한 땅이었다. 미국의 자연은 문명의 흔적 없이 야생 그대로였다. 어떻게 해석해야 할지 알 수 없었다. 사슴이 어떤 경고의 신호였다 해도, 나는 몰랐으리라.

사샤가 사슴을 보기 전, 사슴은 방향을 틀어 떠났다. 나는 토끼 꼬리 같은 보송보송한 사슴의 하얀 꼬리를 보았고, 그러자 나를 사로잡은 온갖 공포가 몽글몽글 들뜬 기분으로 바뀌었다. 사샤는 사슴을 찾겠다고 밖으로 나가지 않았다. 그는 사언과 거리를 두며 실내에 머물렀다. 그는 복잡한 사람이었지만, 네가 이해해야 하는 것은 내 외부에 존재하는 모든 것이 그저 기능을 수행할 뿐이라는 점이다.

그래, 나는 좋은 여자다. 사람들을 존중하며, 그들의 말을 경청한다. 네 말 또한 마찬가지다. 그렇지만 여기는 바흐친의 카니발이 아니다.[18] 하나의 중앙집중식 신경계이다.

---

18 문학 이론가 미하일 바흐친은 카니발을 혼란과 다성성, 경계가 무너진 축제적 공간으로 보았다.

시골에서 보낸 두 번째 날은 태양이 이글거렸고 남은 눈이 모두 녹았다. 그래서 나는 옷을 다 벗고 시내에서 목욕을 하기로 했다. 물이 너무 차가운 나머지 CVS 휴식을 하듯 천천히 몸을 담글 수 없었다. 그래서 셋까지 센 다음 단숨에 들어갔다. 물속에서 다시 셋까지 열 번 셌다. 아랍어로만 셌다. 그렇게 하고 나니 괜찮았고, 호흡이 느려졌다.

물이 내 몸의 경계를 따라 흘러갔고, 죽은 잎과 잔가지가 내 긴 머리카락에 얽혔다. 등이 미끄러운 시내 바닥에 닿았다. 바닥에 튀어나온 날카로운 돌이 있어 그 돌이 동전을 찌르도록 자리를 잡았다.

그런데 뭔가에 물려 따끔한 느낌이 들었다. 손목이었다. 거머리로, 작은 점만 한 크기였다. 등, 엉덩이, 허벅지 안쪽 등 온몸에서 물린 느낌이 났다. 마치 뾰족한 창으로 만든 침대에서 잠든 것처럼 피가 줄줄 흘러나왔다. 몸 뒤쪽이 거머리투성이일 것 같았다.

나는 몸 곳곳을 들여다보며 여기저기 더듬거렸다. 여전히 추웠고, 바람이 귀로 불어왔고, 젖은 머리에서 물이 고드름처럼 뚝뚝 떨어졌다. 그래도 거머리는 더 없었고, 팔목에만 한 마리 있었다. 가까이 들여다보니 녀석은 눈이 없었다. 그리고 돌아보니 그 사슴이 또 나타났다. 사슴이 꼬리를 흔들었다. 그는 내게 친구가 필요하다고 말하고 있었다.

그래서 나는 친구들을, 거머리를 찾았다. 돌 주변을 둘러보고, 돌을 뒤집기도 하고, 찾을 수 있는 가운데 가장 큰 녀석들을 모았다. 검은색도 있고 노란색도 있었다. 축축한 잔가지 하나가 짝수로 모으라고 내 귓가에 속삭였다. 한 마리는 이미 있었고, 열한 마리를 더 모으기로 정했다.

내 거처인 파란 요가 매트에 앉아 거머리들을 몸에 붙였다. 첫 거머리는 내 오른 손목에 얹었는데, 왼쪽과 맞추기 위해서였다. 두 마리는 발목에, 두 마리는 꼬리뼈가 있는 옴폭 들어간 두 곳에 얹었다. 녀석들이 자꾸 떨어져서 한 마리씩 붙여야 했는데, 내가 고른 장소를 좋아하지 않으면 다른 데다 붙였다. 너무 추웠고, 재채기가 나기 시작했고, 젖꼭지가 딱딱해졌다. 관자놀이에 두 마리를 붙이고, 마지막으로 노란색 네 마리는 등의 네모 구역 모서리마다 붙였다.

바람이 거세게 불기 시작했다. 사슴은 가족과 저녁을 먹으러 집으로 갔다. 나는 풀밭을 따라 걸었다. 노란 풀들이 부드러운 무더기를 이루며 울퉁불퉁 쓰러져 있었다. 나는 광대한 사막을 건너가는 유목민처럼 걸어가며 발자국을 남겼다. 연못에 다다랐을 즈음에는 몸을 질질 끌다시피 걷고 있었다. 목이 말랐고 여정이 너무나 길었다. 물가에 얼굴을 가져가 내 모습을 보니 입술이 짙은 보라색이었다. 그래도 물을 마시지는 않았는데, 식수가 아니라는 걸 알아서였다. 지난번에 갈라 행사 전에 욕조에서 원시 물질을 마셨는데, 밤에 그것을 토했다.

나는 연못 안에 한참이나 떠 있었고, 검은 물고기 무리가 내 주변으로 모여들었다. 물고기 몇 마리는 황금색으로, 내 행운이었다. 물고기들에게 나의 은밀한 욕망을 속삭이고 도움을 청했다. 치유를 기도했다. '자연'이 내 약이라고 혼잣말했다. 나는 나무들이 내는 휘파람 소리에, 바람에 활기를 얻은 나뭇가지에 빠져들었다. 붉은 울새가 머리 위로 지나가는 모습은 해 지는 하늘에 뿌려진 내 피 한줄기와도 같았고, 그것으로 충분했다. 거머리를 잡아 뽑아 시내에 다시 돌려놓은 다음, 옷을 들고 집으로 향했다. 마르니 팬츠, 그리고 에코 패션의 여왕 스텔라 매카트니의 재생 캐시미어 스웨터.

사샤는 오크 통에 숙성하지 않은 샤르도네를 리소토에 막 붓고 있었다. 나는 위층에서 뜨거운 물로 한참이나 샤워했다. 꼼꼼히 씻었다. 클레오파트라처럼 앞머리를 내려 눈썹을 덮는 길이로 잘랐다. 아이라이너를 두껍게 칠하고, 깨끗한 옷을 입었다.

아래층으로 내려가 근사한 저녁 식사를 했다. 사샤에게 말했다. 고향이 그리워. 우리는 나의 어머니에 대해, 내가 남겨 두고 온 것들에 대해 얘기했다. 내 이야기를 듣고 있던 사샤가 말했다. 네가 가는 곳마다 그걸 가지고 다닐 필요는 없어. 나는 동전 얘기라고 생각하고 바로 말했다. 난 그걸 가지고 다니는 게 아니야, 그것이 그냥 홈이 팬 곳에 자리 잡은 거야. 솔직히 말하면 거기 갇힌 것 같아. 우리는 또 사랑을, 주말에 두 번 나누었다. 화해한 사이처럼 보이겠지만 그건 우리의 마지막, 소멸 전의 밝은 불꽃이었다.

제이는 '아름다움과 정의를 위한 운동'이 공식적으로 둘로 갈라졌다고 전했다. 살이 '아름다움' 쪽을 맡고, 레너드가 '정의' 쪽을 맡게 되었다고 했다. 그 얘기를 듣고 내 지갑을 훔친 사람이 살이라는 확신이 들었으나 교장에게 말하지는 않았다. 사실 나는 범인이 미화원 마리아일 거라고 넌지시 말했다. 돈을 훔친 일로 그 사람을 탓하지는 않겠어요, 나는 교장에게 말했다. 나라도 시급 8달러를 받고 일하는데 빨간 악어가죽 지갑을 봤다면 똑같이 했을 거예요.

며칠 뒤 교장은 할 말이 있다며 나를 불렀다. 선생님의 교실에서 이상한 일이 일어난 걸 알게 됐어요. 그녀는 프랭클린 중학교 곳곳에 카메라가 있으며 금요일, 내 지갑이 사라진 날 무슨 일이 일어났는지 봤다고 했다. 무슨 말씀이세요? 내가 물었다. 그날 금요일에 6학년 학생들이 자리에서 일어나 교실에서 뛰고 춤추기 시작했어요. 그러다 모두 바닥에 누웠고요. 남은 시간 동안에는 화면이 거의 움직이지 않았죠. 컴퓨터가 멈춘 건가 했다니까요. 선생님은 자고 있었나요? 나는 웃음을 터뜨리고는 학생들과 특별 활동 수업을 진행했다고 털어놓았다. 학생들이 스트레스를 받고 있어요, 아직 어린아이들이잖아요, 제발 좀요. 거기다 주말에 숙제를 많이 내 주었거든요.

내가 말하는 동안 교장은 자기 노트북 컴퓨터를 열고 USB 플래시 드라이브를 꽂았다. 컴퓨터가 켜지는 동안 그녀가 책상 위에 놓인 종이 한 장을 획 뒤집었다. 이거 보셨나요? 아이샤는 내가 읽을 수 있도록 종이 방향을 돌렸다. 수업 거부에 나서겠다고 협박을 하는, 프린터로 인쇄한 편지였다. 네, 봤어요. 나는 웃었다. 온갖 곳에 붙어 있던데요, 복도에도요. 교장이 말했다. 아뇨, 얘네 선넘었어요, 이거 봐요.

드라이브에는 파일이 영상 파일 하나뿐이었다. 그날 일과가 끝난 후의 영상이에요. 교장은 파일을 재생했다. 십육 초 길이로 시점이 창문 밖이었다. 마치 1번 애비뉴에서, 혹은 창가의 어항 속에서 교실 안을 보는 것 같았다. 내 책상이 화면 왼편에 있고, 거기 내가 있었다. 나는 몸에 꼭 맞는 구찌 셔츠를 입고 책상에 기댄 모습으로, 등은 활처럼 휘어 있었다. 레지, 아메드, 살이 내 앞에 서 있다. 나는 그들에게 말을 건네며 손을 빠르게 휘젓고 웃고 있지만, 그들은 아니다. 그러다 나는 문 쪽으로 고개를 돌리고 교실을 빠져나간다. 소년들은 가방을 맨 채 나를 따른다. 그날의 끝, 14시 50분이다. 몇 초 동안 교실은 텅 비어 있다. 그러다 커다란 머리가 화면 아래쪽, 창문 근처에서 나타난다. 레너드의 머리다. 교실 문이 저절로 닫힌다. 레너드가 내 책상에 접근한다. 한 손에는 가방을, 다른 손에는 공책을 들고 있다. 레너드는 책상 뒤쪽에서 몸을 숙였다가 이 초 후 다시 세우고 가방에 무언가 빨간 것을 넣은 다음 교실을 나간다. 다시 일 초가 흐르고, 화면 속에는 아무도 없다가, 이윽고 나와 제이가 교실에 들어온다.

다시 틀어 주세요. 내가 말했다. 영상을 세 번째로 재생한 후 고개를 들어 교장을 보았다. 이해가 안 가는데요. 교장은 냉정을 잃지 않은 모습으로 영상을 정지했다가 재생하고, 화면 속 빨간 것을 가리키며 말했다. 저건 선생님 지갑이잖아요. 유감이지만 학생에겐 퇴학 처분을 내려야 할 것 같군요. 이미 부모에게 연락했고, 곧 도착할 예정이라고 했다. 그녀는 지치고 낙담한 모습이었으나, 어느 순간 분노가 번뜩였다. 이것으로 아이들의 허튼수작은 끝이에요. 정의를 원하니 정의를 얻게 될 테죠.

우리가 레너드의 부모를 기다리는 동안, 그레고리는 교직원 화장실에 한참이나 들어가 있었다. 거기서 감정을 가라앉히는 모양인 듯했다. 그렇지만 그레고리가 나와서 문을 닫은 다음 우리 곁에 서서 팔짱을 꼈는데, 화장실 냄새가 났다. 대변을 본 모양이었다. 어쨌든 마리아는 아닌 거네요, 그레고리가 말했다. 아니었어요. 내가 대답했다. 레너드였어요. 그레고리는 툴툴거렸다. 이 아이들은 믿을 수가 없다니까요. 그러고는 가방을 매고 퇴근했다.

벌써 4시 반이었고, 로런도 퇴근했다. 나는 교장을 바라보았다. 그녀는 목이 길고 어깨가 트인 노란색 무늬 원피스 차림이었다. 같은 옷을 두 번 이상 입는 일이 거의 없는 사람이었다. 아이샤가 굴곡진 자기 몸매를 부끄러워하지 않는 모습을 언제나 존경하면서도, 시선을 보낸 그 순간에는 그저 뚱뚱한 몸매라는 생각만 들었다.

어떻게 하실 건가요. 내가 물었다. 레너드를 퇴학시키실 건가요? 그 애는 내년에 세인트 이그나티우스 학교에 입학하기로 되어 있는데, 퇴학 처분을 받으면 그곳에 갈 수 없어요. 우리가 레너드의 미래를 망치게 될 거예요.

그때 레너드의 아버지가 들어왔다. 직접 만나는 건 이번이 처음으로, 레너드로부터 전해 들은 게 다였다. 레너드가 쓴 글에 따르면 아버지는 한때 어머니를 때렸고 직업이 없으며 개과천선한 사람이었다. 그래서 레너드처럼 커다란 수박 같은 머리를 지닌 위협적인 사람일 거라고 짐작했다. 실제로 만나 보니 레너드의 아버지는 작은 키에 몸에는 근육이 없었고 머리는 벗어지고 피부색은 레너드보다 훨씬 짙었다. 저 남자는 레너드의 생물학적 아버지가 아니라는 생각이 잠시 들었다. 그때 남자가 내 쪽으로 찬찬히 걸어와서 예의 바르게 악수한 다음 나를 응시했다. 그 지성적인 시선과 긴 눈썹은 레너드의 눈이었다.

레너드의 아버지는 당황한 상태였다. 교장이 자리에 앉으라고 권했다. 앉으세요, 넬슨 씨, 얘기를 좀 했으면 합니다. 나는 내 의자를 옮겨 넬슨 씨의 자리를 만들었다. 넬슨 씨가 앉자 나는 내 소개를 했고 레너드가 내 최고의 제자라고 해도 과언이 아닐 정도라고, 만약 내게 선택권이 있다면 경고만 하고 넘어가고 이번 일은 전부 잊을 거라고 말했다.

그 아이가 훔친 게 확실한가요? 넬슨 씨가 물었다. 교장이 그렇다고 대답했다. 레너드는 나랑 말도 안 해요. 넬슨 씨가 털어놓았다. 몇 달 동안 그랬죠. 같은 공간에 있어도 한 마디도 안 할 겁니다. 넬슨 씨는 손톱이 깨끗했고 금으로 된 결혼반지를 끼고 있었다. 아내를 넘어뜨리고 타고 올라 머리를 잡고 부엌 바닥에 짓찧을 거라고는 상상할 수 없는 모습이었다. 레너드의 일을 바로잡고 싶지만 내가 그 아이를 잘못된 길로 접어들게 했고, 이젠 너무 늦었다는 생각이 드네요. 교장은 생각에 잠긴 채 고개를 끄덕였다. 나는 넬슨 씨의 작은 손을 보며 저 손이 따귀를 마구 때리면 느낌이 어떨지, 필요한 상황이면 내가 방어를 할 수 있을지 생각을 해 보았다. 긴 침묵 후 넬슨 씨는 결과를 물었다. 교장은 퇴학 처분을 내릴 수밖에 없다고, 교칙 위반 정도가 너무 심하다고 조심스럽게 대답했다. 넬슨 씨가 고개를 저었는데 자기 자신에게 화난 것 같았다.

넬슨 씨는 떠나기 전 주머니에서 200달러를 꺼내 교장에게 건넸다. 그리고 나직한 목소리로, 레너드가 길에서 돈을 주웠다고 어머니에게 말했다는 사실을 전했다. 교장은 그 돈을 바로 내게 건넸다. 지폐를 펼치니 놀랍게도 붉은 낙서가 보였다. 나는 은행에서 돈을 찾으면 지폐에 표시해 두었다. 돈이 나한테 돌아올지 알고 싶어서였다. 그때까지도 나는 레너드가 내 돈을 훔쳤다고 정말로 믿지 않았고, 그가 말도 안 되는 짓에 내 돈을 썼다고 믿지 않았다. 그렇지만 이제는 알았다. 레너드는 내 돈을 훔쳤고, 대부분을 햄버거 구매에 썼고, 일부는 어머니에게 주었다.

넬슨 씨가 떠나자 나는 약속 시간에 늦었다고 교장에게 말하며 바로 뒤따라 나갔다. 나는 넬슨 씨를 따라 1번 애비뉴를 걸었다. 그의 어깨를 두드리고 대화를 이어가고 싶었고, 내 잘못도 있다고 상황을 설명하고 싶었다. 넬슨 씨가 고개를 돌려 나를 발견하기를, 아니면 신호 때문에 걸음을 멈추어 내가 따라잡을 수 있기를 바랐다. 그렇지만 넬슨 씨는 한참 동안 1번 애비뉴를 계속 걸어갔다.

넬슨 씨를 이스트 할렘까지 쫓아갔는데 별안간 그가 사라졌다. 넬슨 씨를 찾아 주변을 둘러보았다. 1번 애비뉴의 끝으로 브롱크스로 가는 다리와 랜들스 아일랜드로 가는 다리가 있었고, 거대한 간판을 단 잡화점과 추위에도 티셔츠 바람으로 몸을 떠는 코카인 중독자들이 눈에 들어왔다. 가장 가까운 역을 찾아보니 할렘 125번 스트리트 역이었다. 나는 브루클린으로 돌아가는 6호선 열차를 잡아 탔다.

차량에는 흑인 남자들만 있었는데, 이런 일은 처음이었다. 정차 역이 나타나다 사라지는 동안 승객은 우리가 다였다. 세어 보니 열여섯 명이었다. 내부가 따뜻해서 나는 코트를 벗었다. 나는 장식 단추가 달린 미우미우 팬츠에 윤이 나는 부츠를 신은 채였다. 빠르게 지나가는 작고 푸른 불빛을 배경으로 창문에 내 모습이 비쳐 보였다. 이 남자들은 내 학생일 수도 있어, 나는 스스로 진정하려고 해 보았다. 칼이 학교에 오지 않는 날이면 나는 밀폐된 공간에서 흑인 소년과 갈색 피부를 한 소년 열여섯 명과 함께 시간을 보내곤 하는 사람이었다.

불현듯 나 자신이 매우 의식되었다. 저들은 나를 어떻게 생각할까. 그들도 내 눈에 보이는 풍경을 보고 있을까? 차량 속 흑인 열여섯 명과 눈 밑에 다크서클이 진 베이지색 피부의 여자. 아니면 나를 그냥 백인으로 간주할까? 물론 그들은 내가 백인이라고 생각하며 부츠 둘레의 장식을 보겠지.

뉴욕에서처럼 내 피부색을 의식한 적은 없었다. 그 순간 나는 물감 팔레트 앞에 있는 것처럼 나 자신을 바라보았고, 진실로 놀랐다. 내가 어떻게 나를 하나의 모습으로 보면서 동시에 다른 모습으로 볼 수 있는 걸까?

마침내 백인 여성 한 명이 탔는데, 모니카 르윈스키를 닮았고 얼굴에는 즐거운 표정이 역력했다. 아마 내가 투사하고 있는 것일지도 몰랐다. 아무도 알아차리지 못했을 수도 있지. 뭐라고 해야 할까, 인종적 피해의식? 계급적 피해의식? 젠더적 피해의식? 그때 한 남자가 차량 끝에서 일어나 아무 이유 없이 내 맞은편에 앉았다. 나를 가까이에서 보고 싶어서인 줄 알았는데 내겐 눈길도 주지 않았다.

레녹스 힐에 도착하자 승객들이 바뀌었다. 블루밍데일스 백화점 쇼핑백을 든 중년 여자 두 명이 내 옆에 앉았다. 나는 다리를 쫙 벌려 앉았고, 그러자 내 음부가 좌석에 닿았고 무릎이 갈색 송이 가방을 건드렸다.

금요일부터 월요일 아침까지 거리에서 쓰레기를 분류할 때만 빼고 아파트 밖에 안 나갔다. 금요일 오후에 먼저 식료품 가게에 갔다가 CVS에 또 갔으며 그다음으로 건축 자재를 파는 홈 디포에 갔다. 나는 생존에 필요한 모든 것을 샀다. 도시가 나를 병들게 한다는 확신이 들었다. 떠나고 싶었지만 학생들을 너무 사랑했고, 다른 곳에 가 버리고 싶어도 갈 곳이 떠오르지 않았다. 나의 뉴욕 아파트에 처박혀 새로운 자연의 질서를 창조하는 수밖에 없었다.

세상과 담을 쌓기 전에 사샤를 보러 갔다. 이제 사과해야 할 때였다. 우리는 여행에서 돌아오는 길에 차 안에서 크게 싸웠다. 나는 사샤를 존중하는 마음이 없는데 그 이유는 그가 자기 자신을 존중하지 않기 때문이라고 말했다. 사샤는 신경 쓰지 않는다고, 내가 자기 말고 다른 사람이 없다는 것을 깨달을 때까지 기다리겠다고 했다. 그리고 내가 깨달음을 얻는다면 본인을 인정하게 될 거라고 했다.

처음에 사샤는 아파트 문을 열어 주지 않으려고 했다. 그렇지만 그가 두른 철벽을 무너뜨리기 위해서는 문장 몇 개면 족했다. 사샤는 문을 열었고, 나는 미소를 지었으나 그는 그저 슬픈 눈빛으로 나를 바라보기만 했다. 뭘 원해? 사샤가 물었다. 아무것도, 사샤. 그냥 미안하다고 말하러 왔어. 그러자 그가 말했다. 나도 미안해, 그렇지만 너와 관계를 이어 가고 싶지 않아. 나도 똑같이 말했다. 나도 그래, 그냥 사과하고 싶고, 열쇠도 돌려받고 싶어. 문에서 돌아서는데 사샤는 나를 붙잡지 않았다. 그래서 나는 그곳에 내 의지로 머물러야 했다. 사샤는 내게 어떻게 지내느냐고 물었다. 나는 해결책을 찾았다고, 그런데 간단하지는 않다고 대답했다. 알다시피 조건이 불평등한 상황이잖아. 나는 양면 전략을 세웠어, 두 방향에서 동시에 문제를 풀어나가려고 해. 약자가 강해지는 것으로는 부족해, 사샤, 다시 태어나기 위해서는 뭔가가 반드시 죽어야 해.

무슨 말을 하는 거야? 사샤가 물었다. 내가 설명했다. 순환 구조에서는 약자가 강자만큼 강해질 수 없잖아. 그래서 난 뱀의 머리를 잘라야 해.

약물이라는 뱀, 제국주의라는 뱀, 대체 뭐가 문제인지 모르겠어? 해답은 민주주의가 아니야. 기회가 동등하게 주어져야 한다는 거야.

백지상태로, 저음부터, 뿌리부터 다시 시작할 필요가 있었다.

프로젝트는 사샤와 북부에 갔다가 돌아오자마자 가동했다. 처음에 그것은 캔버스나 종이 사각형처럼 면적이 있고 경계가 있었다. 도시로 돌아온 밤, 나는 탁자와 의자를 욕실로 옮겼다. 많이 생각해 보지는 않았고 기껏해야 새로운 청소 의식을 만들어 내는 거라고 여겼다. 그러다 한 주가 그렇게 흘러갔고, 나는 거실이 왜 비어 있는지 여전히 깨닫지 못했다. 금요일이 되어 나는 사샤에게 사과했다. 이후 나는 해방되었고, 순수한 본능에 따라 움직일 수 있게 되었다.

나는 홈 디포에 가서 많은 돈을 썼다. 왜, 무엇을, 어떻게 같은 건 몰랐다. 고집스럽고 공격적인 뭔가에 사로잡혔고, 내가 무슨 일을 벌였는지 깨달았을 때는 이미 너무 늦은 뒤였다. 모든 비품을 들고 집으로 돌아왔을 때, 집은 전과 다를 바 없는 모습이었다. 주저할 때가 아니었다. 나는 연필을 들고 방 둘레를 돌며 벽에 내 키 높이만큼 선을 그었다. 선 위쪽은 죄다 파란색으로 칠했다. 프랭클린 중학교의 파랑이 아니라 밝은 파랑, 하늘색이었다. 이 파랑 또한 단순하다. 파랑은 보통 단순한 색이라서 마음을 가라앉혀 준다. 선 아래쪽 벽에는 모래색을 칠했다. 칠이 마르기 시작할 때쯤 손과 발로 만져 약간의 질감을 더했다. 그리고 모래색 위쪽에다 나무 격자 패널을 못으로 고정하고, 레몬 나무 잎 색 같은 녹색을 칠했다. 풀턴 스트리트와 정류장을 바라보는 벽은 전략적 전선 구역이었다. 나는 창문을 철조망으로 덮고 그 위에다 찢어진 비닐 봉지들을 씌웠다. 마치 바람에 날아온 것처럼 보이도록.

욕실은 없었다. 욕실은 모든 것이 시작된 장소이므로 막아 버렸다. 나무와 못을 썼고, "집에 머물러 있어야 생명을 구할 수 있다."라고 쓴 종이를 붙였다.

빈방 한가운데에는, 자세한 건 기억나지 않지만, 어찌어찌해서 커다란 흙더미를 쌓아 올렸다. 그 더미는 중동식 혼합 향신료인 세븐 스파이스와 삭스 백화점의 못생긴 베트멍 옷더미의 중간쯤 될 법한 혼합물로, 화분 흙, 흰 모래, 유기농 비료, 붉은색과 녹색 진흙, 커민, 계피, 자갈 등이 재료였다.

내가 하고 있는 행동에 관해 생각을 해 봤다면, 나중에 이걸 다 치워야 한다는 생각만으로도 마음을 돌리기 충분했을 것이다. 몇 달 동안 나는 뭔가를 붙잡으려고, 주변 환경과 신체를 통제하려고 노력했다. 면도도, 청소도, 제정신을 유지하는 것도 질린 상태였다. 그렇지만 나는 패배를 받아들이지 않았다. 나는 계속 적응했다. 심지어 질서를 부여하려는 내 전략이 처절하게 패배했음을 깨달은 최악의 상황에서조차 그랬다. 누구도 시간 혹은 도시와는 싸울 수 없기 때문이다. 그런 상황에서도 나는 또 변신했고, 앞으로 나아갈 새로운 길을 만들어 냈다.

그 팔 개월 동안, 나는 생명의 진화를 몸소 겪은 기분이었다. 하루하루가 새로 생긴 곁가지와도 같았다. 하나가 경계에 부딪혀 죽으면, 다른 어딘가에서 새로운 것이 자랐다. 통과할 길을 찾으면, 몸을 뒤틀어 더 굵게 자랐다. 네게 꼭 말해야 할 이야기는, 잠이 아주 중요하다는 것이다. 어떤 의미에서 잠은 나의 가장 가까운 동맹이었다. 시간을 쪼개 놓기 때문이다. 내 존재가 끊김 없이 계속 이어졌다면 나는 버텨 낼 수 없을 터였다.

내가 지금 이야기하는 것은 일종의 생존에 대한 이야기다. 이건 너도 꼭 알아야 한다. 나는 절대 패배하지 않는다는 걸. 때때로 네가 나를 시험하고 있는 것처럼 느껴지거든.

프로젝트의 목적은 새로운 자연 질서의 창조였다. 아이디어는 뉴욕 북부의 자연, 그리고 파리의 온실에서 얻었다. 그렇지만 내게 필요한 건 이와는 다른 더 오래된 것, 나의 성서적 고향으로의 회귀임을 알고 있었다.

우리는 농부가 아니었고, 우리 가족은 도시 엘리트 계층이었다. 사실 내 증조부는 부유한 지주였다. 1948년, 증조부의 땅에서 일하던 팔라힌[19]들은 난민이 되었고 이스라엘이 증조부의 땅을 몽땅 몰수했다. 증조부는 부자였다가 빈자로 전락했고, 속병을 앓다 우리 할머니가 보는 앞에서 사망했다. 그러니 자연에 관한 내 앎은 할머니의 정원에서 얻은 것들이다. 허브, 시트러스, 견과, 그리고 영어로는 이름조차 존재하지 않을 근사한 과일들.

배처럼 생긴 살구 같은 과일이 있다. 포도처럼 두꺼운 껍질이

---

19   소작농.

있어 앞니로 벗기고 싶게 생긴. 속은 촉촉하고 향긋하며, 한가운데에 길쭉하고 부드러운 씨 네 개가 있다. 결정처럼 감각적인 모양의 씨는 각각이 태좌 속에 감싸여 있다. 블루베리 포도를 닮았지만 신맛 나는 과일도 있는데, 수련 연못 옆 덤불에서 자랐다. 크기는 살구만 하고 색이며 질감이 허니 크리스프 사과와 비슷하며 와삭 베어 무는 식감은 생 풋 아몬드와 비슷한 과일도 있다. 앞서 나열한 열매들을 조합한 그런 맛이 난다.

그 과일들은 땅에 속한 것이지, 우리 할머니의 것도 아니었다. 우리 할머니가 말년에 치매에 걸렸고, 과일의 이름도 자신의 이름도 다 잊은 채 그것들을 먹었다는 걸 기억해야 한다.

나는, 이름이 없다. 전쟁 중에 잃어버렸다, 방패를 잃어버린 기사처럼.

나는 마구잡이로 설치 작업을 시작했다, 작업장이 되어 버린 침실에서. 철조망, 백리향, 감귤류 상자, 흙 자루, 덕트 테이프, 리놀륨, 십자가를 만들기 위한 나무와 못, 글루건, 가습기, 선풍기, 자외선램프가 있었다. 산 물건도 있고 모은 물건도 있었다. 포트 그린 공원에 가서 돌을 주웠다. 길 건너 문 닫은 공원의 담을 타 넘고 들어가, 작은 나무와 덤불 하나를 잡아 뽑아 아파트까지 끌고 왔다. 잠시 프랭클린 중학교에 들러 프린터와 물고기 두 마리도 가져왔다. 심지어 홀푸즈 매장에도 갔는데, 감이 필요해서였다.

조경은 겨울을 살아남은 나의 식물들을 기반으로 했다. 흙더미를 밀어 주변에 흩뿌렸다. 뿌리고, 뿌리고, 또 뿌렸다. 분명 천장 높이가 30센티미디 줄었으리라. 한기운데에 알로에 베리를 심고, 부엌에는 덩굴 식물 다섯 개를 심었다. 부엌에는 카무플라주 패턴 벽지를 발랐는데, 미군식 마른 흙색이 아니라 사이프러스 나무 같은 진한 녹색 벽지였다. 내 침대 옆에는 접란을 두고, 창가에는 허브 정원을 만들고, 내가 만든 땅의 입구에는 양치식물을, 나무 격자와 철조망 주변에는 덩굴 식물을 두었다. 남은 선인장은 한 줄로 세워서 수면 구역과 분리된 새 구역을 만들었다. 수면 구역에는 푸른색 요가 매트를 깔아 두었다. 오락 활동 구역도 만들었는데, 햇빛 사각형에 어린이용 고무 풀장을 설치했다. 풀장 안에 물을 채우고 수련, 물고기 뷰티와 저스티스, 그리고 차이나타운에서 구매한 15살짜리 잉어 한 마리를 넣었다.

화장실로 쓰기 위해 나는 직접 고양이 화장실 같은 것을 제작했다. 거기다 밝은 색 아크릴 물감으로 꽃과 태양을 그려 넣었다. 그 옆에는 향긋하고 평온을 주는 식물인 라벤더를 심었다. 화장실에 가야 할 때면, 크기가 서로 다른 흰색 수건 여섯 개 가운데 하나를 썼다. 상자에 수건을 넣어 두고, 볼일을 다 보고 나면 그 위에 다른 수건을 덮었다. 하루가 끝나고 상자가 다 차면 수건들을 전부 세탁기에 넣었다. 이 세탁기는 화장실 변기처럼 생겼다고 전에 말한 적이 있다. 세탁물은 한 번에 다 돌린다, 30도 코스로. 두 번째는 60도 코스로, 세제를 넣는다. 세 번째는 90도 코스로 돌리고, 세제와 표백제를 넣는다. 믿지 않겠지만, 수건은 깨끗해진다. 나는 내 오랜 습관을 여러 가지 포기하고 있었고, 현대 사회의 안락함을 포기했고, 심지어 내 옷도 포기했다. 그렇지만 세탁에 대한 집착을 놓을 수는 없어서 계속 매달리고 있었다. 그저 다른 방식으로, 더 힘껏 매달릴 뿐이었다.

유년 시절, 내겐 유대인 친구가 있었다. 발레리나를 꿈꾸는 무척 상냥한 소녀였다. 친구는 두꺼운 돌벽과 아치형 창문, 화려한 정원이 딸린 아름다운 집에 살았다. 그 집은 1948년에 쫓겨난 어느 팔레스타인 가족의 집이었다. 친구의 아버지는 정화 작업[20] 몇 년 뒤에 그 집에서 태어났다.

오후가 되면 나는 친구의 집으로 놀러 가곤 했다. 그곳이 좋았고 친구의 가족도 좋았다. 친구는 외동딸이었고 집은 늘 적막한 가운데 어디선가 클래식 음악이 부드럽게 흘러 뭔가 애달픈 구석이 있긴 했지만. 친구의 어머니는 베샤멜 소스를 곁들인 파스타를 만들고 작은 그릇 두 개와 작은 숟가락 두 개를 준비해 주었다. 친구네는 생활 방식이며 태도에 군더더기가 없었다. 우리 어머니

---

20 1948년 이스라엘 건국 전후 팔레스타인 지역에서 수십만 명의 아랍인들이 추방당한 사건을 가리킨다.

에게도 베샤멜을 만들어 달라고 했던 기억이 있다. 어머니는 그게 뭔지 몰랐고 그걸 만들 인내심도 없었다.

나는 친구의 집을 좋아했으나 그곳에 귀신이 있다는 걸 알았다. 어린 나이였어도, 열쇠를 계속 붙들고 있는 어느 가족이 그곳에 존재한다는 걸 알았다.

직감으로 알아챈 건 아니었다. 엄마가 그 집에서 나를 데리고 올 때마다 귀신을 언급했다. 물론 문은 오래전에 바뀌어서, 작은 알루미늄 열쇠를 쓰는 현대적인 유리문이었다. 내 친구는 그곳에 우정 팔찌를 걸어 두었다. 친구네 가족이 문 오른쪽에 매달아 둔 마늘 다발이 기억난다. 친구는 흡혈귀를 물리치기 위해 둔다고 했지만, 내가 볼 땐 사실 원래 그 집에 살던 이들의 영혼을 쫓아내기 위함이었다.

우리는 사방치기를 하고 나뭇가지를 찾으며 정원에서 오랜 시간을 보냈다. 심지어 호두나무 위에 나무집도 지으려고 했다. 널빤지를 나무에다 못으로 고정하기 위해 돌벽을 기어 올라갔는데, 벽에서 조각 하나가 떨어져 나와 발레리나 친구의 소중한 발에 떨어졌다. 친구의 어머니는 큰 충격을 받았고, 딸이 다시는 춤을 출 수 없을지도 모른다며 친구의 아버지에게 집을 개조해야 한다고, 백 년이 넘은 집이라고 소리쳤다.

얼마 지나고 친구의 집에 찾아가니 더는 정원에서 놀지 못한다고 했다. 그래서 친구의 장난감 폴리 포켓을 가지고 놀았다. 친구는 비밀이 있다고, 누구에게도 말하면 안 된다고 했다. 인부들이 정원 땅을 파다가 지하에서 방 두 개를 발견했다는 것이다. 친구 말에 따르면, 첫 번째 방은 하수 시설이 있기 전 화장실로 쓰이

던 곳이었다. 대변을 보는 곳이었으나 나쁜 냄새는 나지 않았다. 대변용 방 안에 비밀의 문이 있는데 잠겨 있었다고 했다. 친구의 아버지는 인부들에게 나가 달라고 했고, 밤에 친구의 부모님은 그곳에 가서 비밀의 문을 열었다. 그러자 또 다른 공간이 나왔는데, 한가운데에 놓인 커다란 나무 금고에는 보물과 금이 가득했다고 했다.

나는 다시는 친구와 이야기하지 않았다. 우리 엄마한테도 그 이야기는 하지 않았지만, 옳고 그름을 구분할 정도의 나이이긴 했다. 평생 그 대변용 방 안의 비밀 공간에 대해 생각했다. 나무 금고를 가득 채운 은 식기와 금은 다시 돌아오리라 생각했을 그 가족의 것이었다.

뉴욕으로 떠나기 전 삼촌 댁을 방문 중이던 어느 날 밤 그 집 근처를 지나가다 자석처럼 끌렸다. 나는 점점 걸음을 늦추며 그 집을 향해 갔다. 위치가 정확히 기억나지는 않았지만 일단 눈에 들어오면 알아볼 수 있을 터였다. 어둠 속에서 친구의 아버지가 잠옷 차림에 슬리퍼를 신고 나타났다. 나이가 백 살은 되어 보이는 그는, 이젠 귀여운 파란 폴로 셔츠 차림으로 우리를 차에 태워주던 날렵한 젊은 아버지일 수 없었다. 안녕하세요. 내 인사를 듣고 상대는 좀 있다 나를 기억해 냈다. 반가운 마음이 일긴 하나 슬픔과 고통에 깊이 빠진 모습 같았다. 어둠 속에서 우리는 몇 마디만 주고받았는데, 친구의 아버지는 몸을 떨었고 파킨슨병을 앓고 있다고 했다.

아니, 내 아파트는 더럽지 않았다. 자연은 깨끗하다. 더러운 쪽은 문명이다. 처음 며칠은 당연히 훌륭했다. 그 공간에는 오류라고는 없었다. 나는 가장 건강하고 신선한 식물군을 얻었다. 조경에 오랜 시간을 들였고, 계속 키울 식물과 안 키울 식물을 선택했다. 나는 빛을, 오후의 그림자를 고려했다. 미적이면서도 실용적인 행위였다. 물은 눈을 감은 채 조심스럽게, 마치 비를 뿌리듯 주었다. 결과는 어마어마했다. 실내는 25도로 따뜻했고, 가습기는 세이지와 재스민 추출물을 넣고 종일 틀었다. 방음 창문은 언제나 김이 서려 있어서 햇빛이 부드럽게 들어왔으며 시각 공해는 가려졌다.

변신한 아파트에서 나는 근사한 꿈을 꾸었다, 어쩌면 꿈이 아니라 기억이었는지도 모르겠다. 하늘을 나는 꿈이나 프랑스어로 말하는 꿈이나 소설가 주노 디아스의 무릎 위에 앉아 있는 꿈보다도, EGR 게임을 하면서 아이가 있는 결혼 생활을 하는 그런 꿈보다도 더 멋진 꿈이었다.

　이런 꿈이다. 나는 소파에 누워 있고 아버지는 맞은편 팔걸이 의자에 앉아 있다. 꿈속의 나는 어린이로 텔레비전을 보고 있다. 때는 여름밤으로 해가 뉘엿뉘엿 넘어가고 있다. 엄마가 부엌에서 내는 소리가 들린다. 오빠도 분명 집 안에, 자기 방에 있다. 나는 「파워 레인저스」의 어떤 에피소드를 보는 중이고, 아빠도 그냥 거기 앉아 나와 같이 텔레비전을 보고 있다. 에피소드가 아주 재미있어서 나는 아주 푹 빠져들어 보고 있다. 노란색 전사가 납치되자 다들 구하러 간다. 아버지와 나는 대화를 좀 나눈다. 아버지는 세상을 떠났을 때처럼 마흔세 살로, 내가 기억하는 모습이다. 아버지는 내 기분이 어떤지, 귀가 여전히 아픈지 묻는다. 유년 시절 나는 귀가 자주 감염되었는데, 아버지가 내 귀에 약을 넣던 때를 기억한다. 짭짤한 액체가 내 입안으로 흘러들었다. 좋아졌어요. 귀 아래에 손을 둔 채, 나는 텔레비전 화면을 보며 대답한다.

　잠에서 깨어났을 때는 아버지의 목소리가 들리는 것 같았는데 몇 초가 지나자 또 잊어버렸다. 귀가 꿈에서처럼 아플 줄 알았지만 괜찮았다. 나는 아파트를, 아니 거실조차 며칠 동안 떠나지 않았다. 내 몸은 외부와 내부 모두 따뜻하고 축축했다. 나는 그냥 잘 하고 있었다. 여전히 살아 있었다.

트렌치코트가 나를 도우러 왔다. 얼마나 큰 프로젝트였는지 상상이 가? 나 혼자서는 할 수 없었다. 남자가, 드릴 쓰는 법과 전기에 관해 잘 아는 사람이 필요했다. 트렌치코트에겐 손에 물 묻히지 않는 일을 맡겼다. 그러다 유기물을 다룰 때가 오자 그는 더 이상 관심이 안 간다며 불편하다고 했다. 내가 잉어를 보여 주자 트렌치코트는 거의 토할 뻔했다. 난 산 출신이라 물과 관련된 냄새는 역겨워. 파리에 갔을 때 내가 굴을 주문한 일이 기억났다. 트렌치코트는 굴에 알레르기가 있다고 했는데, 내가 볼 때 그건 거짓말이었다. 트렌치코트는 메스껍다는 반응을 보였다. 같은 이유로 나와 섹스하지 못했다는 생각이 든다.

내가 말했다. 난 여기 있을 테니, 당신은 작업장에서 지내면서 내 침대를 써. 그렇지만 다음 날 아침 우리는 또 싸웠다. 나는 애원했다. 여기 들어와서 좀 봐, 잠깐이라도. 트렌치코트가 맨발로 걷자 흙에 부드러운 발자국이 남았다. 트렌치코트는 작업 구역을 지나쳤는데, 그곳에는 종일 작동 중인 프린터가 있고 음악 재생기도 있었다. 식사 구역에서 트렌치코트는 자갈을 밟았다. 혹은 내가 한 움큼 추가한 가시 많은 씨앗이었을지도 모른다. 전날 트렌치코트한테 흙을 더 구해 달라고 했는데 거절당했다. 흙 자루는 너무 무거워서 안 돼, 내 허리가 작살날 거야. 그가 별안간 화를 내는 걸 보니 자갈이 민감한 부분에 닿은 모양이었다. 그냥 밖에 좀 나가지 그래? 트렌치코트가 말했다. 무슨 말이야? 내가 물었다. 밖에 나가 봤어? 완전 전쟁터라고. 그러자 그가 소리쳤다. 그럼 그냥 네가 왔던 곳으로 돌아가면 되겠네. 나는 울컥했다. 그 말은 인종차별적인 비방이었다.

당연히 우리는 그렇게 끝났다. 하지만 그가 떠나기 전에 나는 죽은 물고기를 가지고 가 달라고 부탁했다. 트렌치코트는 침실로 갔다가 작은 구찌 쇼핑백을 챙겨 돌아왔다. 몇 주 전 우리는 모험 일정에 따라 트럼프 타워 옆 구찌 매장에 들렀다. 모자를 쓴 나, 가짜 롤렉스를 착용한 트렌치코트, 그는 소유가 선사한 황홀경에 빠져 내 목에 팔을 둘렀다. 우리는 매장 정면을 보며 감탄했다. 유리 선반에 꽃을 수놓은 가죽 핸드백들이 진열되어 있었다. 물건 뒤쪽에는 굵은 글씨로 자유! 평등! 성애! 라고 쓰여 있었다.[21] 이단이잖아, 어떻게 혁명에다 저런 소릴 할 수 있지. 설상가상으로, 네가 이 사실을 아는지 모르지만, 사람들은 더 이상 같이 잠자리를 함께하지 않고 있었나. 나들 겁이 너무 많았다. 섹스는 대면의 시간이니까. 내가 좋아하는 시인은 언젠가 말한 적이 있다. 밤이면 남

---

21 프랑스 혁명의 이념인 "자유, 평등, 박애"를 가지고 한 말장난.

들이 모르는 보랏빛 시간이 있어서, 그 시간 속에서 우리는 연인의 몸을 만나고, 함께 반대쪽 해안에서 들려오는 목소리를 경청한다고."

그래서 나는 딱딱해진 죽은 물고기를 마른 꽃을 모아 만든 작은 꽃다발과 함께 에메랄드 색 구찌 가방에 넣었다. 잘 가, 내 사랑.

트렌치코트는 집을 떠나기 전 자홍색으로 핀 부겐빌레아 꽃나무 위로 손을 뻗다가 집게손가락으로 철조망을 건드렸다. 그곳은 정글도 궁전의 뜰도 아니었다. 나중에 생각해 보니 우리 할머니의 정원과 비슷했다. 망가지긴 했으나 거칠게 살아 있는 것이.

---

22 T. S. 엘리엇의 시 「황무지」의 제3부 「불의 설교」의 한 구절.

아버지가 등장하는 꿈을 또 꾸었다. 이 꿈은 기억일 수가 없었다. 아버지와 나는 거실에 앉아 있었고, 어머니는 슈퍼마켓에 갔다. 오빠는 자기 침실에서 마이클 잭슨의 음악을 듣고 있었다. 아버지와 나는 텔레비전을 또 시청 중이다. 아버지는 목동들이 쓰는 나무 피리를 들고 팔걸이의자에 앉아 있다. 아버지는 피리를 불어 별 의미 없는 소리를 낸다. 텔레비전에서는 가자 지구의 열두 살 소년 무함마드 알두라가 총에 맞는 영상을 계속 보여 주고 있다. 저 뉴스 더는 보고 싶지 않아요. 내가 아버지에게 말하자 아버지는 텔레비전을 끈 다음 그냥 피리 소리를 들으라고 한다. 그동안 오빠 방에서 마이클 잭슨 음악이 점점 크게 흘러나온다. 유리가 깨지고 사자가 포효하는 노래다. 후렴이 흐르자 아버지는 그에 맞춰 마법처럼 연주를 시작한다. 목동 피리로 마이클 잭슨의 노래를 연주하는 것이다. 아주 근사해서 나는 자리에서 일어나 춤을 추기 시작한다. 그러다 아이디어 하나가 떠오른다. 내 꿈속에서는 기발하게 느껴지는 아이디어다. 나는 내 침실로 가서 침대 밑 서랍을 연다. 서랍 안에는 연주 악보들이 있다. 나는 악보를 가지고 아빠가 있는 서실로 돌아간다. 이 부분 때문에 기억이 아니라 꿈이라는 것이다. 아버지는 악보를 읽을 줄 몰랐다. 그냥 음악이 몸 안에서 흐르는 타고난 사람이었다. 그렇지만 꿈속에서 아버지는 목청을 가다듬고 악보를 보고 연주를 시작했다.

    꿈에서 깨어나니 소피가 연주하고 있었다. 나는 일어나서 스트레칭하고 아침으로 양젖 요구르트에 꿀과 아몬드를 넣어 먹었다. 점심은 더 많은 양젖 요구르트와 렌틸콩과 병아리콩에 내가 기른 허브들 중 제일 먼저 누레지고 있는 파슬리를 곁들였다. 저녁은 과일이었다. 많아 보일지 몰라도 양은 무척 적었다. 사이사이 나는 주변을 돌보고 춤도 추고 놀기도 했다. 내가 창조한 이 새로운 환경이 나를 향해 문을 열어 주고 있었다.

이곳에선 전에 읽은 적 있는, 소위 자연 자살도 재현할 수 있었다. 죽음을 원하는 어떤 사람들은 자연의 손에 죽을 때까지 자연 속으로 계속 걸어간다. 얼마나 품위 있고 용기 있는 자살 방법인지. 그게 어떤 일인지 상상할 수 있어? 며칠이고 생존 본능과 싸우는 것이다. 어느 날은 물을 찾고, 또 어느 날은 다시 살고 싶어서 억지로라도 이파리와 벌레를 먹는 것이다. 내 아파트에서라면 자연 자살이 가능했다. 살고자 하는 내 의지를 실험하고, 내가 만들어 낸 것들만으로 버틸 수 있는지 볼 수 있었다.

그래, 네 말이 맞다. 나는 언제나 과장한다. 여긴 길들인 자연이지 진짜 자연이 아니었다. 식료품점이 너무 가까워 내 안의 동물이 성말로 살고 싶다면 삼결에라도 설어살 수 있었나. 솔직히 말해 지금 인류의 단계에서, 내 삶의 단계에서 자연으로의 회귀는 불가능했다. 그래서 내가 뱀이 아니라 잉어를 산 것이었다.

그 주에는 병가를 냈고, 휴대 전화를 옷장 속에 집어 던진 다음 그대로 방전되도록 뒀다. 패션을 피할 방법이 없었으므로 나는 그냥 벌거벗기로 했다. 모든 것이 정치라는 말과 마찬가지로, 모든 것은 패션이다. 심지어 내가 매일 청바지에 하얀 티셔츠를 입는다고 해도, 그 옷차림 또한 어떤 방식의 말하기가 될 것이다. 셔츠는 면화라는 특정 물질로 만들며, 면화는 지구상 어딘가에서 키울 것이고 그곳은 북반구와 남반구 가운데 어느 한쪽이리라. 청바지는 재단한 모양에 따라 다양한 종류가 있고, 그 모양은 사람에 대한 많은 내용을 전달한다. 기본이라는 건 없다, 정상이라는 것이 없듯이.

그래서 나는 자연스럽게 벗고 지내기로 했다. 자연이 벌거벗듯, 식물이 벌거벗듯, 하늘이, 지구가, 물이 벌거벗듯 그렇게 벌거벗었다. 벌거벗는 것이 내가 받은 교육, 나의 피부색, 혹은 내 계급을 무력화하진 못했지만, 뭔가이긴 했다. 뭔가가 떨어져 나갔다.

그리고 나는 혼자였다, 철저히 혼자였다.

트렌치코트는 돌아오지 않았다. 그는 냄새라든가 내가 변한 모습, 그보다는 내가 변화를 멈춘 모습을 참지 못했다.

그 무렵의 나는 더 튼튼해진 것 같다. 육체노동 때문인데, 이 망할 정원 일에는 코어 근육이 필요했다. 그런데 나는 새로운 방식으로 몸을 써서 새로운 근육을 키웠다. 예를 들어 바닥을 기어가는 것 또한 움직이는 한 가지 방법이었다. 혹은 손발을 다 써서 걷거나, 등으로 밀면서 움직였다.

처음에는 느낌이 이상했다. 내 몸이 언제나 거기 있었기 때문이다. 나는 곁눈질로 젖꼭지를 볼 수 있었고, 손으로 엉덩이를 건드릴 수도 있었고, 바닥에서 일어나다 의도치 않게 음순이 쏠리기도 했다.

그러다 몸을 계속 만지고 있는 자신을 발견했다. 느낌이 좋았는데, 옷을 만질 때보다 훨씬 더 좋았다. 옷은 털이나 실크 재질이 아닌 한, 아무 느낌도 안 든다. 그렇지만 피부는, 안팎 양쪽으로 느껴보면, 쾌감이 어마어마하다. 먼저 손바닥만 써서 다리를 쓸어내리면서, 이젠 깎지 않아 새로 자란 털의 감촉을 느끼며 처음으로 그 느낌을 알게 되었다. 그런 다음 손등으로 가슴과 배를 쓸게 되었다. 그리고 발바닥으로 종아리를, 허벅지를, 얼굴을 만져 보았다.

나는 몸을 비틀고 구부리고 신체 부위끼리 바싹 붙였다. 한쪽 다리를 다른 쪽 다리로 두르고, 한쪽 팔은 몸 뒤로 보내고, 배를 무릎에 대고, 나머지 한쪽 팔은 머리 뒤로 보내 귀를 건드렸다. 이런 식으로 지렁이처럼 몸을 비틀며 여러 가지 편안한 자세를 알게 되었다. 이 또한 카티에 요법의 확장이었다. 그 무렵 팔 개월 동안의 실천 끝에 나는 몸 구석구석을 만질 수 있게 되었을 뿐 아니라 팔뚝, 허벅지, 배, 얼굴로도 감촉을 느낄 수 있었다.

내가 하는 말이 사실인지 잘 모르겠다. 그렇지만 내 느낌은 그랬다. 그리고 내가 창조한 자연의 질서 속에서 나는 무척 안전함을 느끼고 있어, 일종의 과민감성 상태에 빠지게 되었다. 내 몸의 경계가, 영적 차원뿐 아니라 신체적 차원에서도 느슨해진 느낌이었다. 내 피부의 경계에 해당하는 맨 바깥 피부가 늘어나 그 밀도를 잃어버린 것 같았다.

나는 보다 미묘한 것들을 맛볼 수 있었고 냄새를 맡을 수 있었다. 예를 들면 부엌 창문 가운데 하나로 들어오는 바람의 흐름을 느낄 수 있었다. 낮에는 아래층 식료품점 냄새가 나는 것 같았는데, 음식 냄새는 전혀 아니고 고기 보존제 냄새 같았다. 밤이 되면 공기의 흐름이 변했는데, 날씨에 따라 달랐다. 비가 내린 날이면 근처 나무 두 그루와 반쯤 자란 나무가 이야기를 나누는 것 같은 냄새, 그러니까 나무들의 숨 냄새가 났다. 화창하고 건조한 날이면 지하에서 올라오는 냄새를 맡을 수 있었다. 때로 열차가 아래쪽을 지나간다는 느낌이 들면 바로 냄새를 맡을 수 있었다. 혹은 노숙인이 밖에서 신음하면, 그 사람의 담요 냄새까지 맡을 수 있을 것 같았다. 내 몸 또한 마찬가지였다. 이제 내 몸은 새로운 냄새를 생산했다. 리스 메디테라네 향수 냄새를 맡으며 지낸 지 그토록 오래였는데 말이다. 내가 말한 적 있었나, 그 향수는 너무나 진해서 거의 폭력적이라고.

맞다, 소리 역시 마찬가지였다. 프린터 소리와 세탁기 소리 말고는 거의 들리지 않았다. 소피아도 연주를 계속했으나 그 소리도 희미해졌다. 때로 침묵이 너무나 위압적이라 나는 직접 소리를 냈다. 쿵쿵 걷거나 툭툭 치거나 마른 이파리들을 흔들었다. 내 목소리를 가지고 놀기도 했다. 어떻게 말해야 할지 잘 모르겠지만, 어떤 이유에선지 그걸 생각하면 마음이 약해진다. 목소리를 진지하게 탐색하다니 이런 일은 처음이었다. 나는 음치인데, 이 사실을 생각만 해도 부끄럽다. 침대에서 큰 소리를 내긴 하지만 기억이 사라지고 말기에, 무슨 말을 했는지 절대 모른다. 정치인이나 외국인 억양을 흉내 내는 법도 모른다. 내 호흡은 언제나 얕았고, 말할 때의 목소리는 내가 아는 한 낮고 억눌려 있었다.

유년 시절 오빠와 나는 전화 게임을 했다. 발을 귓가에 댄 다음 서로를 향해 말을 걸었다. 우리 방에서, 텔레비전 앞 카펫에서, 바깥 잔디에서 이 놀이를 했다.

행복한 시절이었다. 우리는 주로 정원에서 놀았는데, 여름이면 물이 나오는 호스를 가지고 많이 놀았다. 오빠는 돌바닥에 물을 뿌렸다. 그것은 한낮에 맨발로 바닥을 밟을 수 있는 유일한 방법이었다. 타는 듯이 더운 날씨라서 물은 몇 분 내로 따뜻해졌고 벌이 우리 주변에서 윙윙거리며 날기 시작했다. 오빠는 벌을 무서워했지만 나는 아니었다. 나는 벌 사이를 헤치고 축축한 돌 위로 뛰어 올라가 레몬 나무 그늘에서 발을 쉬게 했다. 언젠가 오빠는 벌을 얼리면 혼수상태에 빠질 거라고 말했다. 우리의 계획은 벌을 붙잡아 얼린 다음 다리에 끈을 묶어서 반려동물처럼 키우는 거였다. 나는 잠자리채를 가져와 펄쩍 뛰면서 벌을 잡으려 했고, 오빠는 레몬 나무 아래서 나를 응원했다. 그러다 벌 한 마리를 밟았고 그 벌에 쏘였다. 그래도 나는 계속 시도한 끝에 벌 두 마리를 잡았다. 플라스틱 통에 벌을 넣고, 그 통을 냉동고에 넣었다.

벌은 살아남지 못했다. 내 발은 감염되어 통통 부었고, 아버지는 상처 난 부위에 마늘을 문질러 주었다. 밖에서 놀면 내 몸에 많은 일이 일어났다. 물리고 감염되고 베이고 탔다. 그렇지만 나는 언제나 후딱 회복했다.

여보세요, 여보세요. 황혼이었고, 우리는 바닥에 등을 대고 누웠다. 하늘에 별 몇 개가 반짝이고 있었고, 도시 어디에서나 기도가 메아리쳤다. 귓가에 댄 내 부은 발에서 마늘 냄새가 났다. 전화가 왔다. 네, 말씀하세요. 오빠는 수도 회사 사람인 척 계량기를 확인해 달라고 했다. 전화가 또 왔는데 우리 할머니였고, 어머니를 바꿔 달라고 하더니 툭 끊어 버렸다. 다음은 이모였고, 이모는 끝도 없이 이야기를 늘어놓았다. 피자 배달부는 집을 찾지 못했다고 말했다.

우리는 전부 이런 식으로 대화를 나누었다. 나는 발에서 나는 마늘 냄새가, 뺨에 들러붙은 빵 부스러기 같은 흙이 좋았다. 마치 귓가에 조개껍데기를 댄 것 같았다. 세차게 흐르는 피의 소리를, 내 안의 깊은 생명에서 나는 소리를 듣는 기분이었다. 때때로 나는 혼자서, 두 발 모두 내 귓가에 대고 번갈아 가며 말하고 놀았다.

낮이 점점 길어졌고, 알로에가 너무나 빨리 자라서 그게 정말 커지고 있는 건지 아니면 내 눈이 렘수면 상태에 접어들고 있는 것인지 가끔 헷갈릴 정도였다. 알로에 줄기들은 두껍고 즙이 많아서, 나는 그것들을 부러뜨린 다음 조심스레 껍질을 벗기고 촉촉한 속을 얼굴에 문질렀다. 가끔은 참지 못하고 그냥 손가락으로, 주먹으로 쥐어짜서 손이 깨끗한 점액 범벅이 되면 피부와 머리카락에 문질렀다. 더럽게 보일지 몰라도 그곳의 모든 건 내 것이었다. 자연스러웠고, 내가 선택한 것이었다.

예전에도 이 같은 날것의 신체 에너지를 경험한 적 있는데, 춤을 추거나 섹스를 하거나 혹은 카티에 요법을 따르며 스트레칭을 할 때였다. 이제 이 새로운 자연의 질서 속에서 나는 내 몸의 또 다른 쓰임을 알게 되었다. 그토록 오랫동안 움직여 온 방식에 맞서는 것. 나는 얼굴을 흙에다 댈 수 있었고, 기어가는 자세를 취한 채 음식을 먹을 수 있었다. 등을 대고 누워 다리를 허공에 뻗은 채 흔들다가, 햇빛에 내 음부를 노출할 수 있었다. 같이 놀 사람은 없었지만 내 몸의 흥분을 재발견했다. 머릿속 포르노그래피 이미지를 억지로 재생하며 오 분 동안 클리토리스를 문지를 것 없이, 몇 시간이고 자위를 계속할 수 있었다.

많은 경계가 사라졌고, 몸을 구획화하는 일이 의미를 잃었다. 머리, 어깨, 무릎, 발가락이 더는 존재하지 않았다. 동시에 내가 하나의 덩어리로 변하지는 않으리라는 것도 깨달았다. 나는 언제나 꼬인 몸을 풀고 두 발로 서서 호모 사피엔스의 직립 자세를 취할 수 있었다.

나는 나 자신과 하나 된 존재이면서도 분리된 상태였다. 내가 내 몸을 통제한다면, 팔과 다리와 혀를 움직일 수 있다면, 우리는 하나이고 같은 질료로 만들어졌다는 뜻이었다. 그렇지만 나는 내 몸을 전부 통제할 수는 없었다. 호흡도 심장도 살고자 하는 의지도 통제할 수는 없는 것이다. 나의 일부는 스스로의 욕망을, 스스로의 기분과 욕구와 목소리를 가지고 있었다. 이걸 다루는 데 시간이 필요했는데, 처음에는 신호가 확실히 올 때만 편했다. 배가 고프면, 위에 물어보았다. 얘야, 뭐가 필요하니. 그럼 배는 보통 렌틸콩 혹은 쌀이라고 말하고 가끔 양배추라고 말했는데 장이 끼어들어서였다. 가슴이 아프면 이렇게 물었다. 얘야, 뭐가 그립니. 그러면 가슴은 사람, 포옹, 울음, 터져 나오는 웃음이라고 말했다. 그러면 내가 스스로 웃거나 울게 힐 수 있었다. 포옹이 필요하다고 하면, 뱀처럼 몸을 꼬아 나 자신을 안아 주었다. 가슴이 사람을 바란다고 해서 챙겨줄 순 없었어도 상상은 할 수 있었다. 그리고 내 겐 떠올릴 수 있는 멋진 기억이 있었다.

코인

때로 내 귀나 코, 혹은 다른 감각 기관이 요청을 보내면 나는 애정을 담아 응했다. 프린터 소리에 맞춰 노래를 부르거나, 꽃향기를 맡거나, 혹은 꽃을 씹어서 입으로 향기를 음미했다. 마침내 나는 점점 확신하게 되었다. 이런 방식이 삶을 사는 안전한 방법이라고, 이런 식으로는 내가 나에게 상처를 줄 수는 없으리라고.

내 몸은 해롭지 않았다. 적대적이지 않았으며, 나를 죽이려 들지 않았다. 우리는 같은 것을 원했고, 같았다. 뭘 원하니, 하고 몸에 말을 건네면 몸은 절대 비열하게 나오지 않았다. 망할, 넌 네가 누구인 줄 아는 거야, 같은 말은 하지 않았다. 상냥하고 순진했다. 때로는 나를 왜 이렇게 아프게 하느냐고 소리를 질렀다. 이런 일은 하루의 끝에 다다를 때, 동전에서 통증이 불붙듯 차오를 때 벌어졌다. 나는 냉정하게 굴다가 별안간 아주 공격적으로 나섰다. 그러면 위는 상황 설명을 제시하려 했고 등은 난 모르겠어, 모르겠다고, 널 아프게 할 생각은 없었어, 하고 말했다.

맞다, 나는 동전과 대화를 나눌 필요가 있었다. 슬개골도 아니고 쇄골도 아니었다. 그것들은 괜찮았다. 나는 내 안의 이물질과 이야기를 나누어야 했다. 그 작은 은화. 내 가족에게 저주는 곧 열쇠이기도 했다.

기억하니? 우리가 처음 이야기를 시작했을 때 넌 거의 아무 말도 못했잖아. 처음엔 대부분 나 자신에게 말하듯 혼자서 떠들고 있었어. 나는 아프긴 해도 자신감에 찬 여자였어, 내가 내 이야기를 계속 이어가니 무언가 부드러워졌는데, 그걸 내 성대라고도 말할 수 있을 것 같아. 지금 내 목소리가 얼마나 나직한지 들려? 처음에 대화를 나눌 땐 거의 고함을 지르다시피 했잖아.

맞아, 네 목소리 또한 변했어. 말문을 열기까지 시간이 좀 걸렸다고 생각해. 그건 나 자신의 목소리였지만 질문처럼 들렸지. 처음에는 네 목소리를 거의 들을 수 없었어.

어느 날 아침 누군가 꽤 조심스럽게 문을 두드렸는데, 소피아인 줄 알았다. 나는 혼잣말을 속삭이며 웃기 시작했다. 처음에는 우리 집에 다른 사람이 있는 것처럼, 가족이나 친구가 있는 것처럼 보이고 싶었다. 그러다 정말로 내가 방해받지 않고 혼자 있고 싶다는 뜻을 전하기로 했다. 나는 목소리를 능숙히 조절할 수 있게 되었으므로 신음 소리를 내기 시작했다. 누군가와 섹스하는 데 바쁜 것처럼, 혹은 미친 사람처럼 들렸을 것이다. 그런데 이번에는 밖에서 아주 단호하게, 문을 쾅쾅쾅 두드리는 것이었다. 그리고 목소리가 들렸다. 해충 방역입니다.

나는 바닥에서 일어나, 문까지 발끝으로 걸어가 작은 구멍으로 밖을 살폈다. 배낭에 연결된 파이프를 든 남자가 문 너머에 서 있었다. 남자는 우리 집 문을 두드린 다음 소피아네 문으로 갔는데, 그 집도 반응이 없었다. 그제야 건물 우편함 근처 알림판이 기억났다. 해충 방역 매달 둘째 주 월요일 10-12시. 나는 방역 기사를 한 번도 맞이한 적이 없었다. 우리는 도시에서 다른 위치를 점유하고 있었던 것이다.

그날 또 누가 왔는데, 사샤였다. 나는 사샤가 문을 두드린다는 사실을 알아채고, 그를 존중하는 마음에서 가만히 있었다. 사샤는 떠났다. 계단을 내려가는 그의 묵직한 발소리를 들은 다음, 창문으로 지켜보았다. 남근 타워를 향해 돌아가는 침통한 뒷모습을.

나는 혼자라서 마음 깊이 행복했다. 내 수치심을 자극할 사람은 아무도 없었다.

나는 시간을 붙들려고 노력했으나, 시간은 고집을 부렸고 부패하는 것들이 나타나기 시작했다. 견디기 힘든 냄새가 났다. 또 한 마리의 죽은 물고기를, 마찬가지로 죽은 나뭇잎 더미 아래 묻을 수는 없었다.

아니, 다행히 잉어는 아니었다. 잉어는 살아남았다. 결국에는 잉어를 입양 보내기로 했다. 하우스턴과 2번 애비뉴에 있는 공공 텃밭에 데려다 놓고 왔다. 죽은 물고기는 뷰티였다. 마른 잎 몇 개에다 묻으려고 했지만 자꾸만 밖으로 튀어나왔고 색이 변하고 있었다.

나의 뉴욕 아파트에 자연을 재현해 냈다고 한들 결국 죽음이라는 문제를 대면해야 했다. 물고기는 언제나 죽고, 열매는 나무에서 떨어져 썩으며, 꽃은 시든다.

처리해야 할 문제는 또 있었다. 프랭클린 중학교, 나의 학생들, 특히 8학년들. 나는 거의 두 주 동안 아픈 척하며 쉬고 있었다.

하지만 이제 4월 14일, 학생 파업의 날이었고 나는 아이들을 지지하고 싶었다.

그날 아침에 나는 욕실의 판자를 걷어 내고, 씻고 옷을 입었다. 거울로 확인하진 않았으나 괜찮아 보일 터였다. 눈썹은 부숭부숭하고 콧수염 자국이 희미하긴 하겠지만. 건물 밖에는 완전히 달라진 풍경이 기다리고 있었다. 내가 아파트에 틀어박혀 지내는 사이 온갖 나무들이 잎을 틔웠고, 문 닫은 공원은 정글 같은 모습으로 변모해 있었다. 지하철 여자들은 원피스 차림으로 미끈한 다리를 드러냈다. 프랭클린 중학교에 도착하면 어떤 광경이 기다릴지 상상에 잠겼다. 선글라스와 확성기를 챙긴 댄디스 회원 모두가 뭐든 원하는 걸 다 외치겠지. 나도 확성기를 뺏어 들고 파업을 선언할 계획이었다. 모두가 보는 앞에서, 그만두겠다고, 이제 끝이라고, 개자식들.

그런데 프랭클린 중학교에 도착해 보니 노란색 대형 쓰레기 수거함이 있었고, 그 안에는 잔해가 가득했다. 고개를 들자 2층 창문이 불탄 모습이 눈에 들어왔다. 내가 절대 잊지 못할 모습은 새카맣게 타서 벗겨진 파란 카펫이었다. 커다란 카펫 조각은 우리 교실 너비만 한 크기였다. 불과 몇 주 전 6학년 학생들이 그 위에서 낮잠을 잤다. 학교 꼭대기 층이 전소되었고, 우리 교실도 마찬가지였다.

프랭클린 중학교는 침수되었고 불도 났다. 단순 사고기 아니었는데, 모든 수도꼭지가 열려 있었기 때문이다. 학생들 모두 연락을 받고 아무도 학교에 오지 않았다. 나만 제외하고. 집 안에 틀어박혀 세상과 단절되어 지낸 바람에 교장이 보낸 메시지를 하나도 받지 못했던 것이다.

교장은 쓰레기 수거함 옆에 서 있었다. 며칠 동안 거기 서 있었다고 했다. 어니 다녀왔어요? 그녀는 내 얼굴을 훑어보았다. 북쪽 시골이요. 메시지를 받지 못했어요. 교장은 수사관이 나를 찾고 있었다며, 이런 경우 보통 학생의 소행이라고, 도를 넘은 장난이거나 어떤 사건에 대한 복수라고 했다. 레너드가 그랬을까요? 교장이 물었다. 나는 수거함을 돌아보았다. 죄다 산산조각이 나서 원래 무엇이었는지 알아볼 수 없었다.

교장은 내 CVS 바구니를 가리켰다. 바구니 안에는 학생들의 공책이 들어 있었다. 그녀는 공책을 넘겨 달라고 했다. 나는 학생들과 가장 가깝게 지내는 교사였고, 그들의 사생활과 은밀한 욕망을 누구보다도 잘 알았다. 공책은 개인적인 거라서, 교장 선생님께 넘기면 학생들을 배신하는 일이 될 거예요. 사생활을 보장하기로 약속했어요. 교장이 말했다. 선생님은 상담 교사가 아니에요. 그래서 나는 대답했다. 학생 짓이 아니에요. 내가 보장해요. 다들 겁쟁이예요. 아이들과 한 번이라도 얘기 나눠 본 적 있나요, 선생님? 교장 선생님이 말을 건넨 학생은 살뿐이죠. 그리고 그 애는 나머지 학생들과 달라요. 심지어 이제 학생들에게는 유머 감각도 없어요. 우리는 이 넥타이로 유머 감각을 죄어 왔어요. 다들 구부정한 자세로 책가방을 매고 있어서, 웃기라도 하면 갈비뼈가 부러질 거라고요. 교장이 말했다. 선생님, 이제 그만 놓아 줘요. 집에 가서 쉬어요.

나는 다시 보았다. 새카맣게 타서 벗겨진 파란 카펫을. 그리고 CVS 바구니 손잡이를 교장에게 넘겼다.

나는 빈손으로 집에 돌아갔다. 늦은 아침인데도 열차는 여전히 만원이었다. 이 사람들은 다 누구일까. 일도 없이 어디를 가는 걸까. 아파트에 돌아오면 편해질 줄 알았는데 마법 같은 풍경은 사라지고 없었다. 꽃은 말라가고, 오렌지는 물컹거렸고 군데군데 녹색 곰팡이가 피었다. 흙과 일곱 가지 향신료로 만든 보송한 층은 왠지 폭신함을 잃은 모습이었다.

교장은 내가 아무리 전화를 걸어도 답이 없었다. 나는 과도하게 불안해졌고, 마음을 달랠 유일한 방법은 위스키였다. 마실 수 있는 만큼 많이 마시다가 결국 성질을 부리며 흙바닥에 맨 등을 문질렀다. 너도 거기 있었다. 내가 말을 걸었지만 너는 답이 없었지. 나는 진실을 말했는데, 넌 왜 아무 말도 없었던 거야?

나는 네게 다 내 잘못이라고 말했다. 제이에게 내 지갑을 보여준 건 나였다. 필요한 만큼 돈을 가져가도 된다고, 투쟁에는 돈이 필요하다고 말하면서. 아이들이 그 돈으로 좋은 일을 할 줄 알았는데, 터무니없이 비싼 햄버거와 커프 링크스에 다 써 버리다니.

가슴이 찢어지도록 속상한 일이었다.

내가 옳고 그름을 구별하는 법을 가르치지 못했기 때문이다. 그리고, 어떻게 보면 나 자신이 내가 생각한 사람이 아니었기 때문이기도 했다.

너도 나를 위로하지 않았고, 나 역시 그저 불탄 학교만 생각했다. 학교 측에서는 그 사건이 내 잘못임을 알게 될 것이고, 콘리 경관은 언제든 문을 두드려 내 집 안의 상태를 확인할 거라는 생각만 했다. 그랬다, 그게 바로 나의 종말이었다. 나는 절망에 사로잡혀 흙바닥에서 몸부림을 치고 울부짖고 발바닥으로 벽을 찼다.

나는 흙에 대고 제대로 성질을 부렸다. 짐승처럼 흙을 파기 시작했는데, 한계가 있었다. 중심부에 도달할 수가 없었다. 용암 따위는 없었다. 그저 리놀륨이었고, 그 밑에는 딱딱한 나무 바닥이 있고, 또 그 밑에는 노트북 컴퓨터로 드라마 「가십 걸」을 보는 NYU 학생이 있었다.

나는 흙을 헤집기 시작했다. 예전에 묻어 둔 물건 몇 가지가 있었다. 동전 몇 개, 플라스틱 포크, 맥주병 뚜껑, 친숙한 느낌을 내기 위한 돌 몇 개. 돌이 나오자, 나는 바닥에서 일어나 전략적 전선 쪽으로 달려갔다. 그리고 창문을 향해 돌을 던졌다. 돌은 부서지지 않았고, 바로 바닥에서 튀어 올라 나를 칠 뻔했다. 나는 정말 팔레스타인 사람이었고, 정말 짐승이었다. 돌을 던지고, 또 던졌고, 몇 번은 벽을 때렸다. 또 채광창과 하늘, 구름, 그리고 그 모든 일의 배후에 있다고 확신이 드는 달을 향해 돌을 던졌다. 돌은 계속 내게 돌아왔다, 아파트가 무장이라도 한 것처럼. 다음으로 나는 프린터를 발로 찼다. 내 꿈의 실현이었다. 프린터를 집어 들어 바닥에 내던졌더니 맹세코 그 망할 물건이 낑낑거리는 소리가 들렸다. 나는 발로 걷어차고, 또 찼다. 결국 내 발은 푸르뎅뎅하게 변했고 잉크와 피로 더럽혀졌다.

나는 흙에 몸을 묻어 질식사해 보려고 했으나 그저 입 안에 흙이 들어올 뿐이었다. 나는 위스키를 더 마셨고, 결국 토했다. 그리고 대학살을 저질렀다. 나는 이케아 가위로 다 죽여 버렸다. 꽃잎을 하나하나, 잎사귀를 하나하나, 줄기를 하나하나 잘랐다. 때로는 같은 것을 몇 번씩 자르기도 했다. 긴 손톱으로 썩은 오렌지의 껍질을 벗기고 그 껍질을 갈기갈기 찢어 내 몸에 던졌다. 금붕어도 으스러뜨렸다. 그렇다, 고무 풀장에 작은 구멍을 낸 후 물고기를 입에 넣었다. 풀장에서 새어 나온 물이 흙으로 흘러들어 내 침대를 적셨다.

나는 다시 태어나고 싶었다. 덤불과 십자가를 놓고 불을 붙이려고 했지만 마음대로 되지 않았다. 그래서 십자가를 부수고 날카로운 가위로 덤불을 싹둑 자른 후 작은 조각으로 잘게 잘라 더미로 만들었다. 뿌리도 잘랐다. 그러다 단추를 발견했다. 버버리 단추. 녹색 실로 꿰맨 버버리 단추. 몇 달 전 저 단추를 트렌치코트의 옷에서 뜯어서 창문 밖으로 던졌다. 내 생각에 그 단추는 문 닫은 공원으로 떨어져 덤불 뿌리로 갔다가 내게 돌아온 것 같았다. 결국 세상만사가 그런 식이었다. 그것은 업보였다. 영적이면서도 물리적이었다. 이 세상 어디에 무엇을 내놓든 돌아왔다. 세상은 닫힌 체계이자, 스스로 강화되는 행성이었다. 쓰레기는 순환하고, 같은 사람들이 지하철 승강장에 계속 나타났다. 가능성이란 무한하다고들 하지만 그것은 환상일 뿐이었다. 연방준비제도는 계속 돈을 찍어 내지만, 그와는 달리 이 세상에는 유한한 수의 입자가 존재할 뿐이다. 우리는 언젠가 죽지만 물질은 변하지 않는다.

그래서 나는 에르메스 백을 고무 풀장과 알로에 베라 아래에 묻었다. 가방이 분해되려면 시간이 얼마나 걸리는지 알고 싶었다. 빨리 썩게 하려고 가방 속을 유기농 비료와 내 아버지의 유언장

복사본으로 채웠다. 썩고 나면 거기서 뭐가 자라날지, 저기서 뭔가 성장하는지 아니면 지구상의 저 부분은 영원히 척박하게 남을지 알고 싶었다.

물론 아무 일도 일어나지 않았다. 몇 주 동안 거의 아무 일 없었다. 가방을 파 내서 확인하니 유언장은 대충 멀쩡했다. 버킨백은 더러워졌다. 내가 망가뜨린 거였다. 그렇지만 금속 장식은 여전히 반짝였다. 나는 금속에 대해, 유년 시절의 풍경에 대해 생각했다. 그 풍경은 동전들로 가득했다. 로마 동전, 아바스 왕조의 금화, 고대 유대 동전. 세겔도 있고, 밀도 있고, 드라크마 동전도 있다. 황제, 신, 여왕 들. 그것들은 썩지 않았다. 땅속에 그대로 남아 있었다. 그리고 내 몸속 동전도 내가 죽을 때까지, 그리고 죽고 나서도 오랫동안 거기에 남아 있을 것이다.

나는 다시 자살을 떠올렸지만, 자살은 나를 떠올리지 않았다. 우리는 안 맞는 사이였다. 양립할 수 없는 사이였다. 나는 가족이 있었다, 어딘가에. 심지어 내가 존재하지 않아도 그들은 여전히 존재했다, 닭과 낟알에 대한 농담처럼.

사회는 사람들의 고통이 동등하다는 것을, 내게 자살할 자격이 있었다는 것을 받아들인다. 그렇지만 나는 사회에 빚을 지고 있었고, 더 나아질 필요가 있었다. 그리고 내겐 치료, 약물, 휴가, 일을 그만두고 제3세계 국가의 해안으로 이주하기, 그곳에서 남자들과 섹스하고 야자주를 마시고 문어 요리 믹기라는 수단이 있었다.

자, 네게 이 모든 이야기를 털어놓는 유일한 이유는, 내가 흙을 먹고 생물을 씹고 토하고 울고 나 자신이 죽었다고 선언하고 난 후에 인생 최고의 크고 강력한 오르가슴을 느꼈기 때문이다. 나를 구해 주는 건 언제나 나의 성애였다. 가장 진실한 것이자 유일한 자랑거리. 고통도, 형제도, 아빠도, 섹스 상대도, 겉만 번지르르한 사디스트나 징징거리는 년도 내게서 절대 앗아갈 수 없는 것. 그런 이유로 매일 감사하다. 내가 운이 좋다는 걸, 모든 사람이 이렇지 않다는 걸 알기 때문이다. 오르가슴은 존엄이다. 나는 존엄을 느끼며 지렸다.

나는 잠들었다, 오랫동안. 깨어날 때마다 애써 다시 잠들었다. 눈이 떠질 때마다 흙 한 움큼을 집어 몸에다 뿌렸다.

사샤는 끝내 돌아오지 않았다. 트렌치코트 역시 돌아오지 않았다. 그는 나를 구하러 오지 않고 사라졌는데, 나는 처음부터 그럴 거라고 생각했다. 그는 내 돈을 얼마쯤 가져갔고, 내 옷 중 마음에 들어 하고 본인에게 잘 맞는 옷도 몇 벌 가져갔다. 콘리 경관 역시 오지 않았다. 그는 그냥 내가 꾸며낸 허구의 존재였다. 사실 아무도 오지 않았다. 오직 나뿐이었다. 나와 내 아파트의 흙, 뒤섞인 낮과 밤, 죽음의 방식으로서의 수면, 삶의 방식으로의 오르가슴, 그러다가 죽음의 방식으로 오르가슴, 삶의 방식으로의 수면.

그 이후로 너와 나는 대화하지 않았다. 그래, 그러지 않았다.

열흘이 지났다. 나는 아무 말도 안 했다. 내가 말하는 것은 뭔가 잘못된 걸 이해할 필요가 있을 때뿐이기 때문이다. 나는 힘든 시기에만 네게 말을 건넸다. 내가 보낸 좋은 날들은 거의 설명하지 않았으니, 내가 사랑에 관해 무엇을 아는지 넌 모를 것이다. 나를 아끼는 소수의 친구가 있다는 사실도 모를 것이다. 내가 상을 받은 적이 있고, 농담을 외는 사람이었고, 나 자신에 관한 생각은 접어둔 채 오직 출입구며 가게 진열창에 대해, 담장과 유리 너머의 이방인에 내해 궁금해히며 많은 도시를 오랫동안 걸었다는 것에 대해서도.

그런 식이다, 모든 작품은 기만적이다. 작품은 고통과 양면성, 갈등으로 이루어진 그림을 그린다. 불이 나고 사람들이 공책을 찾으러 왔을 때 걱정된 건 그래서였다. 말은 속임수를 부리니까.

자, 넌 내가 어떤 이야기를 해주길 원했던 거야?

아무것도 영원하지 않다. 악취는 나조차 참을 수 없을 만큼 심해졌고, 그래서 나는 청소를 시작했다. 자러 가기 전에 할 수 있을 만큼 했다. 나는 흙을 손으로 퍼서 창문 밖으로 버렸다. 도시는 원체 더러우니 한 번에 흙 한 움큼 버린다고 해도 달라질 건 없었다. 그러다 배고픔을 더는 참을 수 없을 때, 내 몸을 씻었다. 그저 흙먼지를 제거하기 위해서였다. 그런 다음 배달원을 맞이하기 위해 문을 열었다. 나는 나 자신을 먹이고, 천천히 쓸고 닦았다.

부재중 전화와 메시지가 엄청나게 많을 줄 알았는데 거의 없었다. 쿠바에서 사샤와 나흘 동안 보내고 났을 때도 지금과 비슷했다. 나는 교장에게 전화를 걸어, 화재 때문에 큰 충격을 받았다고 말했다. 그녀도 마찬가지라고, 침대에서 나오지 못하고 있다고 했다. 나는 내가 죽지 않을 것임을 깨달았다, 그냥 그랬다. 휴대 전화 저편에서 그녀는 아래층 도서관에 있는 것 같은 직사각형 책상을 사야 할지 정사각형 책상을 사야 할지 내 의견을 구했다. 나는 상관없다고 대답했다.

마지막 날 아침, 나는 쓰레기차 소리에 깨어났다. 쓰레기는 이제 내 일부였다. 너는 나와 함께 깨어났다. 아침이면 넌 언제나 졸려서 눈 뜨는 데 시간이 걸렸다. 안녕, 여기 누구 없나요? 대답이 없었으나, 방 저편의 나뭇잎 하나가 떨었다. 뭘 원하니? 내가 물었다. 내 햄스트링이 경련했다. 나는 대답했다. 우린 함께야. 난 너와 같이 있고, 널 놓지 않을 거야.

그날 나는 출근해야 했다. 다른 선택지는 없었다. 그렇게 하지 않으면 수업을 할 교사가 없을 것이고, 아이들은 공사 현장에서 난리를 피우며 뛰어다닐 것이다. 그러면 무슨 일이 벌어질지 아무도 모를 것이다. 아이들은 예비대학수학능력평가시험에서 엉망인 점수를 받을 것이고, 칸은 권총 자살을 할 것이고, 세이는 그 잔해들을 청소할 것이다.

넌 어디든 나와 함께 갈 거야. 나는 네게 말했다. 우린 선택의 여지가 없어. 이윽고 밖에서 새 지저귀는 소리가 들렸다. 그게 너의 목소리임을 나는 깨달았다. 그렇게 우리는 대화를 하기 시작했다.

감사의 말

　모니카 우즈와 켄들 스토리에게 감사 인사를 전한다. 그들이 아니었다면 이 책은 존재하지 않았을 것이다.

코인

1판 1쇄 찍음	2025년 9월 5일
1판 1쇄 펴냄	2025년 9월 15일

지은이	야스민 자헤르
옮긴이	진영인
발행인	박근섭·박상준
펴낸곳	(주)민음사

출판등록	1966. 5. 19. 제16-490호
주소	(06027) 서울시 강남구 도산대로 1길 62(신사동) 강남출판문화센터 5층
대표전화	02-515-2000	팩시밀리 02-515-2007
홈페이지	www.minumsa.com

한국어 판 ⓒ (주)민음사, 2025. Printed in Seoul, Korea

ISBN   978-89-374-0497-9 (03840)

* 잘못 만들어진 책은 구입처에서 교환해 드립니다.